# 林中空地

萧耳 —— 著

北京出版集团
北京十月文艺出版社

海德格尔说,真理有如林中空地。

——题记

目 录

1　《喧哗与骚动》

77　《局外人》

182　《变形记》

293　《老人与海》

341　《鼠疫》

387　后　记

## 《喧哗与骚动》

威廉·福克纳的《喧哗与骚动》是意识流小说的经典代表作之一。有人对福克纳说看了三遍还是看不懂,他说那就看四遍。确实,小说没有连贯的故事情节,需要耐心地到连篇的意识流中,一点点去打捞去拼凑。当拼图完成,犹如登顶见日出般兴奋。

《喧哗与骚动》写了曾经是名门望族的康普逊家族到了杰森·康普逊这一代已然没落。康普逊夫妇育有三男一女,老大昆汀(男),老二小卡(女),老三杰森(男),老四小本（男）。福克纳将这一家三十多年的往事浓缩在四天里，通过四个角度、一条主线来讲述。

一九二八年四月七日。这天，作者通过康普逊夫妇的小儿子小本的视角，向我们展现了家族三十多年来的各方人物，大小事情。这天是他三十三岁的生日，但他只有三岁的智商，不会说话，不能自理。他的视角不带主观评判，是纯粹的白描记录。爸爸醉生梦死，妈妈怨天尤人，大哥昆汀因循守旧，姐姐小卡温暖呵护，二哥杰森冷酷贪婪，黑人女佣迪尔希坚韧善良……作者通过他的意识流将多个时空交错，写了爸爸的去世，哥哥的自杀，姐姐的失贞和被驱逐，以及自己的惨遭阉割……在小本的意识流里，姐姐小卡就像他最爱看的火，明亮而温暖。

一九一〇年六月二日。这天大儿子昆汀沉湖自杀。作者通过昆汀的视角让我们一窥他自杀的心理动机。妹妹的失贞、未婚先孕和结婚带给他的打击以及爸爸卖地供他上哈佛的压力……重振家族的荣耀他无力承担。昆汀的意识流是快速而杂乱的，文中大段大段无标点无段落划分的文字,如电影的快闪蒙太奇镜头,镜头里的主角当然是妹妹小卡。

一九二八年四月六日。这天是康普逊家中的老三杰森忙碌的一天。苛责用人,懈怠工作,交易股票,伪造信件,欺骗母亲,勒索姐姐,监视侄女……他的意识流不多,有也是与姐姐小卡有关。

一九二八年四月八日。作者在这天用了第三人称视角,也就是全能视角,告诉我们小卡的女儿偷了舅舅的钱(是十几年来他侵吞小卡的钱),逃离了这个家。

不难看出,小说的主线,核心人物是小卡。这就是为什么四个篇章如此排列:第一章写了小卡的失贞,第二章写了小卡结婚,第三章写了小卡生女后被驱逐,第四章写了小卡女儿的逃离。

虽然主角是小卡,可是福克纳并没有给她话语权,而是通过男性视角来表现她。是作者轻视女性吗?并不!我们来反观一下小说中的男性。爸爸是名律师,可从没打过官司,整日酗酒,无所事事。孩子们的舅舅游手好闲,偷情有夫之妇，和杰森联手骗取小卡的钱。三个男孩不用说，我们已经见识过了。看来作者并非男权至上！还有一个有力的证明就是在这个家待了三十多年的黑人女佣迪尔希。迪尔希作为一个黑色人种的女用人，在阶级、种族和性别上都处于劣势，可作者笔下的迪尔希信仰并身体力行博爱精神，她是这个家族实际上的真正的母亲。是她在撑起这个衰亡家族的最后一刻，她"看见了初，也看见了终"。福克纳虽然没有给她们话语权，表面上看是遵循传统的道德观，实则是利用反衬的手法，摆明了自己的反传统。

以上是我对《喧哗与骚动》的粗浅认识。有人说，"也许威廉·福克纳根本无意传达什么理念，所以才起了这个书名——它来自莎士比亚《麦克白》中的名句：'生活就像白痴讲故事，充满了喧哗与骚动，然而没有任何意义。'"

我阅读并记录，为了预防痴呆。

——"林中空地"读书会笔记一则　细雨

## 1. 银桂

一个离西安市中心开车一小时距离的别墅区,终南山庄。

胡桃树是最早掉光叶子的树种之一,其次是桑树、梣树和七叶树。到十月底左右,榉树开始凋谢。差不多十一月底,苹果树和梨树开始落叶,此前一直是枝繁叶茂,绿意葱茏。到了春季,榉树萌生新叶。五月,悬铃木花开。除此之外,微小生命也很活跃,比如地上的蚯蚓,和草丛中低飞的萤火虫,这群小精灵会在夜里十点后闪闪发光。

最初的一年,银桂仿佛是这个别墅区唯一的女主人。很多时候,偌大的别墅园区里,只有她一个人晃来晃去。银桂是伺候惯了花花草草的人,她埋头做活,偶尔抬头擦擦汗,看看天,唱一唱歌,又继续埋头做活,天就黑下来了。

山谷里的花开花落,没有人看见,花白开了,花白落了。白忙了一场。终南山庄周边野外的一年四季,没有几个人看见。四季了一个寂寞。

平日空闲时间，银桂骑车带女儿小灿在园子各处转悠。终南山庄别墅区分一期、二期、三期，很大的一片地。她们看过各种各样的树、池塘、花园、草地，漂亮的风格各异的别墅，看鱼、青蛙、鹅或水鸭、鸳鸯、枝头的各种飞鸟，一年四季不同的小径，如樱花小径、玉兰花小径，夏天玩水，冬天玩雪，在雪景中找红梅树。园区里有很多种果树次第开花结果，柿子树、栗子树、核桃树、苹果树、石榴树。秋天，小灿见很多柿子树上的红柿子高高挂着，红得饱满诱惑，她够不着它们，叹息一声。银桂摇一摇，柿子就掉下来，小灿想吃，但银桂不让小灿吃树上掉下来的柿子。初冬的时候，银杏树也极好看，成片的金黄，有皇家气派。等银杏果落地，小灿捡了，银桂就炖白果猪肚汤。春天的时候，终南山庄后边往山岭上去，漫山遍野开着红的、粉的杜鹃花。银桂对女儿说，哪儿的杜鹃花，都没有秦岭的好看呢。春天的时候，山谷里还有大片的油菜花。小灿说，春天我们看花都来不及了。银桂问女儿，你知道西安的市花是什么花？小灿说，老师跟我们说过了，是石榴花，五月开花，可是我还是最爱看杜鹃花，像花仙子，我们老家后山也有，大片大片的。银桂的眼睛就酸了一酸。有一天天气好，银桂和女儿穿上漂亮的春衫，银桂给小灿在杜鹃花海中拍了很多的照片，小灿学会了用手机拍照，也拍下了妈妈在花海中的倩影。小灿说，妈妈是花仙子。银桂说，小灿才是花仙子。

银桂的肚子里仿佛藏着一张园区的花木景物季候图，她知道每一个片区、每一个季节种的是什么植物，她一一说给小灿听。小灿说，妈妈懂得真多。偶尔，她们还爬山，带上餐布，带着自己包的饺子、自制的鸡蛋馅饼等餐食，母女俩在外面摊开一大块布野餐，风吹过来，有时蜜蜂飞过来，有时蝴蝶飞过来，有时鸟儿也飞过来。有时同园区的园丁小赵也一起来。小灿每次都特别开心，就说，妈妈，终南山庄真是太好玩了。

小灿写的小学生作文里，总是有花有草有树，偶尔还有漂亮的房子——

西安的有些房子像富丽堂皇的宫殿，有些房子像庄严的庙宇，有些房子像美丽的花园，里面还有一座小亭子，有鱼池子，都是很好看的。我和我妈不住在这么漂亮的房子里，我们住的房子很简陋，却也很温馨。我和妈妈可以经常欣赏终南山庄里的漂亮房子，对这些漂亮房子评头论足，我曾好奇房子里面是什么样的，里面住着什么人，问妈妈，她说，都是很有钱的、很有福气的人，才能住这么好的房子。

很奇怪我们在那里很少看到人，我就想，房子的主人都去哪里了呢，他们什么时候回家，这里是他们的家吗？我总觉得住在这些房子里面的人应该很漂亮，男的女的都漂漂亮亮的。我妈喜欢的房子比较气派，我喜欢的房子，更像安徒生童话里的森林里头的房子。

小灿还写到和妈妈一起在终南山庄的林中空地上挖野菜，随便走几步路，她们就可以采挖到野地的荠菜。小灿和妈妈挖了很大一袋子，回家剁碎了，在清水里煮过，捞起，就包荠菜饺子吃，吃起来特别香。

第二年，看见此地花开花落的，除了银桂外，又有了一些住进别墅的业主，他们也是终南山庄的第一批业主。前些年，这些人们眼中的有钱人，银桂眼中有福气的人，买了这里的别墅，一家占据一亩地以上。房子大多数时间空着，主人偶尔来这里住个新鲜，给身体补充氧气。他们的日常生活，主要是在西安城里。此地在终南山脚边，人烟稀薄，人气稀疏。本来在城里住的太太们，忍受不了西安冬季特别严重的雾霾，想搬来这里，就带上保姆，有老人的带着老人来入住。一到夜里，大宅子显得空空落落的，凉气四面八方地渗进来。山谷看起来更加野里野气，空旷无边。寂静荒郊，霜雾四起。某一幢离群索居的大宅，倒像是《聊斋志异》里的狐仙变出来的华丽楼阁，不知到第二天正午的阳光下，这华丽的楼阁是依然存在，还是化成了露珠。

银桂听小赵说，终南山庄海棠片区有一户人家，女主人怀孕养胎，搬到别墅新家后，却天天拉肚子，说山里的湿寒气重，房子里也阴气重，钻进了女主人体内。女主人气虚，需要阳气旺盛的男人一起同住才能缓解，但那家男人太忙，没空来别墅住着享清福。女主人坚持了半个月，怕肚子里的孩子再出状况，还是回城里住了。后来想想不放心别墅空着，怕房子装修了一直没人住不好，又派保姆每周去别墅住两天，收拾一下，两头跑。保姆会开车，是位职高毕业的姑娘，稍微涂脂抹粉收拾一下，出去也有四五分姿色。她正值求偶的年纪，后来就把男朋友接到东家的别墅里约会，睡在女主人的新席梦思上，和男朋友在女主人的床上滚床单。男朋友人帅傲娇，她好吃好喝地伺候着，为了取悦男朋友，还时常穿上女主人的真丝睡袍，宽衣解带时增添诱惑。一年多下来，神不知鬼不觉。女主人在城里忙着当新手妈妈，别墅这边发生的事，她什么也不知道。有一天回城里，她跟女主人说有两件挂在那边的真丝睡袍有了霉渍，女主人说那就扔掉好了，反正衣服旧的不去新的不来。后来姑娘去给女主人的豪车做保养时，在4S店"邂逅"了一个有钱的离异男人，要跟男朋友分手。

那个男朋友气不过，就威胁她如果硬要分手，他就去把他们在别墅里的丑事捅给她的东家，他说已经拍了私房照了。姑娘害怕了，忍了一段时间，不再提分手的事，后来索性就不辞而别，玩消失了，也不知再后来怎样。过了一段时间，这家女主人又找了一位会开车的保姆，也是个女青年，高中学历，去别墅整理，忽然发现床头柜的一个空抽屉里，扔着好几个用过的避孕套。这个保姆心思不算深沉，觉得诡异，就将这件事告诉了女主人，女主人吓了一跳，亲自去好久不去的别墅家中察看，就怀疑起前任保姆不告而别的事来。她清点了一下，还好也就少了一个香奈儿的旧包包、两件九成新的羊绒大衣、一件新的羽绒棉衣和几件新的丝质睡袍，女主人也就懒得兴师动众了，只自认倒霉。银桂说，小赵，你咋知道那么多事情？小赵说，对有钱人的生活，你不好奇吗？银桂说，我一般吧。

　　小赵是个三十多岁的后生，比银桂早一天到终南山庄园区工作，也是银桂在终南山庄认识的第一个人。他们第一次在终南山庄门口的花坛遇见，银桂初来乍到，见小赵穿着工装站在花坛前，就怯生生地问了小赵紫薇片区怎么走。两个人站在花坛前，简单地交流了几句。小赵得知银桂是来做园丁的，就说自己也是园丁，昨天刚到，熟悉了一下园区的情况。后来小赵让银桂稍等，他骑上小电驴带银桂在整个园区里转了一圈，随后把银桂送到了紫薇片区，两个人就这么认识了。银桂说，这园区这么大啊，走都走不完似的。小赵说，你可能也需要个电驴。小赵和银桂都是江西人，小赵是萍乡人，银桂是九江人，到了西安，也算是老乡。小赵说，我们那儿一个村的男人，一大半都出来做园艺了。银桂说，我知道，你老家是革命老区啊。小赵说，我在西，你在北。别人打工都往南方、往沿海跑，我们怎么都到西安来了呢。银桂说，我是稀里糊涂就来了，正好有几个小姐妹在这儿。小赵到西安打工已经有三四年了，之前在城里一个高档楼盘的物业公司做园艺，这里郊区别墅的物业公司开的薪水更高，而且郊区房租更便宜，他就跳槽到这里来了。

他们马上知道了，彼此租的房子也离得很近。那以后，小赵上班时经常捎上银桂一起去园区，银桂做了好吃的就给小赵捎一份，银桂和小赵你来我往，就越走越近了。两个人模样也登对，银桂有一次请小赵到家里吃饭，饭桌上小灿说，小赵叔叔长得挺帅的，像她的数学老师。小赵说，他还真的在老家当过两年的数学代课老师。后来考了两年教师编制没考上，而且乡下小学的学生越来越少了，很多孩子都跟着打工的父母出去了，小赵想想自己毕竟没上过大学，基础差了点，还是得靠园艺的手艺吃饭，就出来打工了。

　　他们又一起度过了一个回不去老家过年的春节，小赵和银桂母女俩凑在一起，吃了年夜饭，守了岁，一起看了春晚。小赵问小灿想不想老家，小灿摇了摇头。小赵说，穿好衣服别冻着，我带你们去一个地方。小赵带上母女俩，骑上小电驴，这时候，小赵的小电驴已经加了一个塑料的挡风装置。不一会儿，他们就到了园区后面一处静寂的水库。站在水库边上，小赵放起了烟花，那烟花蹿到天空中，很高很高，火树银花，总共有十八响。小灿看得心花怒放，拍着手蹦蹦跳跳的，大呼小叫。银桂也开心地说，小赵你真有心，太美了。小赵说，过年嘛，我们就要放烟花庆祝一下。银桂说，谢谢你，小赵。小灿说，妈妈，可惜这么美的烟花只有我们三个人看，周围一个人都没有。小赵说，这儿是有点荒凉。从此他们感觉越来越像一家人了。

有一天休息，小赵和银桂一起在小赵屋里看了一部韩国电影，是小赵下载到电脑上的，电影名字叫《寄生虫》。电影里有韩国的高档别墅，别墅下有神秘的地下室，地下室里藏着一个已经破产的穷人；有光鲜的富人派对，也有穷人住的半地下居室，一下雨屋子里就污水横流。银桂说，你看我们租的房子好多了，看起来简陋，但下雨也不会进水，冬天屋子里也有暖气，还时常有大把大把的鲜花。小赵笑了。银桂的出租屋里不缺花儿，银桂和小赵都是园丁，哪怕是冬天，小赵也会剪了蜡梅花枝给银桂送来。小赵问，银桂你想住电影里那样的别墅吗？银桂说，我才不想，多冷清哪，再说我一个人也会害怕的，还是现在的出租屋住得踏实。两人看电影，电影里别墅的男女主人在沙发上做爱，不知道还有几个人藏在大房子里，银桂脸都红了，很不自在，小赵搂着银桂肩膀，也很不自在。看完电影，银桂忽然说，小赵你跟我说过的海棠片区那户人家的事，不就是西安的《寄生虫》吗？小赵说，还真像，只是没有闹出人命而已。人也跑路了，那个女主人刚生了儿子，也懒得追究了。银桂说，我听说如今保姆这一行也挺乱的，要是都不讲职业道德，也很丢人。小赵笑银桂，你还真会替富人说话呢。银桂说，我不是替富人说话，富人穷人，总要做个好人吧。小赵说，银桂你真善良。银桂说，富人又不都是坏人，穷人里也有坏人。小赵说，银桂你跟别人不一样。银桂说，我想有些富人是祖上积德，福气大，有些富人是人很聪明，靠勤劳致富的，我都挺佩服的，我不会嫉妒他们。小赵说，银桂，我也想勤劳致富呢，你觉得我行吗？银桂看了看小赵，说，我看你行的。小赵说，我前妻就觉得我不行，跟着我过不到好生活。银桂说，那是她没福气。

过了几个月，小赵跟银桂说，那户人家的女主人已经正式搬过来了，双休日她家男人也在。好像还把公公婆婆接来了一起住，还有带孩子的住家保姆，一大家子，人丁兴旺，前几天叫我上门做花园呢。银桂问，她家男人是做什么的，搞生意的吧？小赵说，这家男主人是我见过的男主人中最年轻的，他好像是做互联网的，看着才三十几岁。银桂说，我想看到园区里的住户一家家地多起来，有老的有小的，才像个样子。小赵笑了，说，这样我们客户多了，赚钱会多一些。银桂说，不然这么贵的房子都空着，我觉得太可惜了。小赵又笑道，又不是你住，有啥好可惜的。银桂说，那也可惜呢，多好的房子呀。小赵说，你是替富人可惜呢，他们才不可惜。现在房价涨得快，他们买了别墅，不住也赚钱的，这就是富人更富，穷人更穷。银桂说，也不是，我是替这个地方可惜，空荡荡的，有点荒凉。小赵说，我曾想，"朱门酒肉臭，路有冻死骨"，我们现在还会有吗？银桂说，我相信有手有脚，能劳动就不会冻死。

第二年开春，银桂在园区做活时，越来越频繁地见到进出大门的高级轿车和越野车，银桂安之若素，并不关心这些人，觉得坐在车子里的人跟自己没有什么关系。银桂也买了一台二手小电驴。园区太大了，在里面干活的人，人人都有一台小电驴。一到傍晚，银桂就骑上小电驴，出了终南山庄大门，回到边上一个城郊接合部村子的出租房去，每月租金五百块。村里鸡犬之声相闻，是社会主义新农村的标准模板。黄昏时分，烟熏火燎中，小摊贩纷纷出动，此地的人们喜欢大声说话，大声吆喝，南腔北调。吃饭睡觉打工，吵架打架和好，各种浓重的味道在空气中交汇、流窜着，生活如此热火朝天，人人都来不及寂寞，人人都有奔头，人人都有焦虑。村子里的流动人口多，有些人走了，永远不会再来了。有些人来了，也不知会在这里待上多久，一般都是签半年的租约，你若是提前走了，给不给退租金，完全看房东的心情。新来的人，又填满了出租房。银桂租的是村支书家的房子，比别处略贵，但房间内装了空调。银桂盘算着，觉得她们母女俩是村支书家的房客，就多了一份安全感。银桂时常下了班，接了女儿，在村口集市停下小电驴，买一个烤得香喷喷的大红薯或者煮玉米，母女俩充个饥，再回家做晚饭。小灿在附近的一所小学上学，学校里，有很多她这样的打工子弟。银桂每天基本上就在出租房、女儿的学校、上班的终南山庄别墅区三个点之间奔波，小电驴的轮子嗒嗒嗒嗒的，银桂的每一天都很充实。慢慢地，银桂的口袋也充实了起来。

两三年间，银桂打工的这个别墅区，到此地做过住家保姆的外地女子陆续跑掉了一半，另一半年龄大一点的保姆觉得工作舒服，寂寞可以克服一下，有钱赚就留下来了。跑掉的那一半保姆相对年轻，主要是待在这里太寂寞，没法像城里的小区那样，保姆们可以扎堆闲聊，互相打听东家家里的秘事，打听男女主人赚多少钱，夫妻生活是否和谐，有没有猫腻等等，别墅区这里日子过得太寂寞，闲了只能在网上的各种老乡群里混混，打发时间，想约个会，一起吃个饭也不方便。年轻的、会开车的保姆，模样标致一些的，太太们看着又不放心。这里别墅区的主人们，毕竟不是几代阔下来的，也就是这几年才有钱了，太太们心里还不能自洽，总不甘心拿豪宅养这等不让人省心的外来妹。有的太太，让保姆买了进口水果，舍不得让保姆共享这么贵的，但表面上又要客气一下，撑一下阔太太的排场。太太们换住家保姆换得勤，银桂曾听一位园区的太太抱怨，她实在忍受不了她家保姆借出门购物之名，开着她的豪车去城里跟人约会，结果她想开车出门，去机场接个朋友，都没车开了。保姆说马上回来，结果呢，左等不来，右等不来。两个小时后，保姆开车回家了，气急败坏的太太直接结了工资，让保姆滚蛋。那位太太说，她老公在外面辛辛苦苦赚钱，一天到晚要应酬，都不知道是给谁赚的。银桂诺诺，真心替那位太太觉得生气。太太忽然打量银桂，问，银桂你会开车吗？你这人，看着特别本分。银桂连忙说，我只会骑小电驴。太太笑着说，我家开的工资挺高的，但还是得会开车才行。银桂忙说，我现在的这份工作挺好的。银桂被不止一个客户看中，想让她当住家保姆，又能打理家务，又能打理院子，一举两得。但银桂带着女儿，开再高的工资，她也不可能去住家。

这期间，别墅的女主人们听闻了一桩震惊全国的命案，豪宅保姆因嫉妒主人家的优越生活，屡屡借钱不成，蓄意纵火，出了三条人命。一时之间，全国人民都在议论此人间惨剧。远在西安终南山庄的女主人们听闻，也不由得人心惶惶，纷纷审查起自家保姆的为人和前科来，有几家本想用生不如用熟，将就一下的，也干脆辞退了看起来不那么可靠的保姆。但也有一种观点，保姆这个行业的从业者，跟奢侈品专柜的营业员有些相似，天天接触有钱人，骨子里就媚富欺贫，受雇的东家越是有头有脸，保姆越会努力表现出人性中最好的一面来，事事谨慎，得体，勤快，不越雷池。可一旦到了条件差一点的人家，保姆心里的落差也会很大，会嫌弃条件差一点的东家穷，处处给人甩脸子，对自己的要求也大大降低，表现出人性中坏的一面来。世事如此，在西安，能到拥有豪宅的人家当保姆的，毕竟是少数。

还有一个嘴碎的湖南老太太，住在终南山庄的海棠片区，回湖南老家前，居然自爆家丑，说自家老东西住在女儿家一年，享着女儿的清福，却贼心不死，偷偷睡了四十多岁的保姆，还暗暗给保姆钱，被她逮了现行，女儿一怒之下把保姆赶走了。保姆为了多拿钱就闹起来，说是不要脸的老头子欺负她，半夜摸到她床上去，说要她帮帮他，老太婆老了，他还想做男人，她胆小，不敢叫。女儿听得气死了，自觉理亏，为辞掉保姆，还给了一笔精神损失费才打发了。保姆走后，老头子就嚷嚷着不想待在这里了，这荒郊野岭的大房子有什么住头？他太寂寞了，太无聊了，要回老家县城去，起码还有人一起打麻将，一起喝个小酒。老太太担心老头一个人在老家胡作非为，把钱给别的女人花，也要跟着走了。

哪里都是人间喜剧。生老病死，男盗女娼。春秋几度，银桂道听途说的终南山庄八卦一箩筐，大抵如此。经过这一轮的洗牌，太太们变得精明了，务实了，有些干脆将住家保姆换成了钟点工。有做园艺的，有做家务搞卫生的，分工明确，彼此生活又不会介入太深。银桂作为旁观者，见园区里的住家保姆和钟点工此消彼长，偶也若有所思。

住进来的人多了,对银桂来说是个好事,她的私活越来越多了。为了联系方便,不少业主加了银桂的微信,院子里需要做个散工时就通知她。银桂从他们的朋友圈里了解了新来的业主们的生活:太太们住了一段时间,一边赞美这里空气清新,花香鸟语,树木高大茂盛,隔三岔五地拍几张美图发朋友圈,一边又抱怨这里没几个人,太冷清了,人气也没有,狗气都不旺,出去遛狗也遛了个寂寞,周边连个便利店小超市都没有,买包烟都得开车去附近的镇上。外面公路上,一连排倒是有几十家饭店,挨挨挤挤,可所有的饭店招牌上都是石锅鱼,都是麻辣系列。也有的业主很神秘,朋友圈不发任何东西,银桂也不知道是他们故意屏蔽了自己,还是人家本来就不发朋友圈。银桂不越雷池,不敢给业主们留言点赞,不过在心里替他们说话:如果不开车,出去散个步,别墅区大白天也碰不到几个人,这对过惯了城市烟火生活的人来说,是挺不欢喜的。有些太太住别墅新鲜了一阵,用自己的呼吸和体温暖过了大宅子,又跑回城里公寓住了。毕竟,约个小姐妹吃饭喝茶看电影逛商场，城里要方便得多。有几个业主男人做着大生意，并没有多少到郊外看闲花野草的心情。业主太太相对清闲，有些太太喜欢上将自己的豪车开进宽大车库的那种舒爽，有些太太迷恋上隔三岔五住进郊外别墅的身份感。有些太太因为家里的狗喜欢这里的活动场地大，每天一早一晚地遛狗，也不回城里的公寓房住了。她们把狗当作心肝宝贝，为了爱犬的生活质量，有些太太连丈夫那边的花边事也懒得过问了，唯狗狗开心为第一要务。

银桂有一天去一个业主家做园艺活，发现这家的院子里用铁链子拴着一只黑色大藏獒，藏獒见到陌生人就吼叫，声音雄壮得仿佛自带音响。幸亏男主人赶紧制止了藏獒，银桂才在院子里畏首缩尾地做完了活。银桂小时候在乡下被邻村的恶狗咬过，咬得小腿上鲜血直流，从此见着大狗心里就发毛。不过第二次去那家，那只藏獒就懒得理她了，像个王者那样独自沉思冥想，让银桂想起动物园里见过的雄狮子。

这家男主人看起来五十多岁，人高马大，黑黑的，似乎很喜欢过郊区生活，有一次银桂上门做活时，男主人正在院子里擦拭着猎枪，说等立冬后想去秦岭打猎。银桂不知道这猎枪是否合法，也不敢多问。上门次数多了，银桂得知原来男人和老婆在澳大利亚生活了几年，在澳大利亚时，最喜欢的事就是打猎和海钓。后来嫌澳大利亚的生活太闷，一个人回了西安居住，老婆喜欢那边的生活，不想回来。没想到疫情一来，他和老婆都没法来来去去了，男人就在这里过起了独居生活，有时候把城里的老母亲接来住一阵，但老母亲也嫌这里冷清，住一段就要儿子送她回城里小区，宁愿和老姐妹们跳广场舞。男人因为在澳大利亚生活久了，比较重视园艺的活，叫了银桂一起打理，男人很客气，同时又见多识广，两人总是有说有笑的。有一天银桂和他一起忙到了晚上快十点，忽然下大雨了，男人就请银桂进屋吃点东西，等雨小了再走。银桂盛情难却，跟他进了大客厅，男人自己开了瓶银桂看不懂英文名的什么洋酒，又亲手煮了咖啡请银桂品尝，问她咖啡味道如何，银桂老实地说她不懂得喝咖啡，男人从厨房端出了凉皮，请银桂吃。银桂是真的饿了，把一碗凉皮都吃完了，觉得特别好吃。男人又问了一些银桂的私人情况，银桂也很有分寸地回答了。这时雨差不多停了，因为银桂回家路上还需要半小时，只好有些尴尬地向男主人借卫生间一用，等银桂用完卫生间打开门，却被男人堵在门口。男人一把把银桂抱住了就亲，银桂的嘴被堵住了，他的手还去摸她身上。男人说，银桂，今晚别走了吧，陪我好吗？银桂被吓坏了，有几分钟都无法思考。等男人要剥她的裤子时，银桂才用尽全身力气推开他，慌不择路地开门跑了，脑袋还撞了一下墙。后来男人在微信上几次道歉，说他不该一时冲动吓着银桂，又说很喜欢银桂身上特别健康温暖的女人味，他是不由自主的，银桂就一直不理他。男人又说他可以每个月给她一万块钱，只要她一个月陪他两三个晚上就行，银桂不理，但心里原谅了那男人，觉得他可能是一个人太寂寞了。后来男人又说有园艺活想请她来，银桂礼貌地回复说自己已经有安排了，去不了。这男人见银桂回复他，以为银桂心动了，又得寸进尺了，有一晚给银桂发了自己所谓"雄壮健美的身体"的半身裸照,银桂看了气坏了,干脆把他拉黑了。

出了这个意外的插曲,银桂自己回家哭了一通,没告诉别人。有时银桂在雇主家里做活晚了,就会让小赵骑小电驴来接她回去。

银桂和小赵有时闲聊时,会探讨一下终南山庄园区的各种行情。此地整体呈一团祥和安宁之气。女主人基本上是些到了中年的女人,经历过岁月风霜,这些年看淡了男欢女爱,修炼得表面上宠辱不惊了,不再一点事就兴风作浪。自己不上班了,西安城里的家几乎留给了还在打拼的先生。孩子长大后远走高飞了,家里空了巢,太太们跟先生们没有多少天可谈。每天大眼瞪小眼,男人无趣得紧,话少表情少,女人却碎烦、唠叨,彼此都尴尬。先生们有的是借口,于是不回家吃饭睡觉的时候越来越多。太太们自觉无趣,又不想多年贤妻终成怨妇,索性搬去郊区别墅,眼不见为净。之后,太太们的生活主场撤退到了终南山下的郊区别墅,夫妻关系进入到新模式。接下来从家庭资金中,太太们提了一笔郊区别墅启动资金,从五六十万到上百万元不等,又搞了一下室内软装修,买齐了桌椅沙发等家具。家电花不了多少钱,都很便宜,就又搞了大投影。厨房里的各种进口锅、烤箱之类一律升级换代,花费不少钱,太太们号称这样的家庭厨房可以提供二十个人左右的下午茶,又专门请人给院子种上了一年四季的花花草草,在大鱼池里养了金鱼、锦鲤,先生们又慷慨地给换了新车,就这样正式搬了进来。搬家仪式上,点了火,放了大爆仗,有些人家拜了土地菩萨,太太们坐在崭新的大客厅的沙发上,环顾这个新居,终于有了一点郊区别墅女主人的成就感。小赵说,银桂你也有好奇心了呀。银桂羞涩地笑了,说,其实我很有好奇心的。

银桂知道的终南山庄园区的太太中,有两个太太是不请住家保姆的,她们都住在一个叫"紫薇谷"的别墅片区。其中一个太太,银桂加她微信时,见对方的微信名简单到只一个"云"字,突发奇想,给她备注了个新名字:云间夫人。

银桂闲了，除了辅导女儿作业，也会刷手机，每天有空就翻那些她加了微信的业主的朋友圈，看得津津有味，她觉得自己就像是一个别墅主人们神秘生活的窥探者。某天清早，园区里的女主人们都还在睡觉，银桂已经进园区上班了，她在路上拍了一张园区里紫藤花开烂漫的图，随手写了一行字：每一个老板，都做着一个陶渊明的梦，说自己性本爱丘山，也不知真假？不过这条朋友圈，她屏蔽了园区的所有业主。

隔天上午，银桂到云间夫人家里，做三个小时的园艺零活，银桂给月季花扦插，云间夫人在边上陪着，一边闲话。云间夫人说，我有几天没看见你了。银桂说，我回江西老家去了一星期，奔丧去了。云间夫人关切地"噢"了一声。银桂说，真是怪事，我老家亲戚两兄弟，也是我表兄弟，前几天一起去鄱阳湖钓鱼，结果被鱼钓走了。可能是鱼很大，一个人力气不够，被拖下水了。他兄弟跳下水去救，本来水性也不差的，不料两个人都淹死了。云间夫人说，怎么会有被鱼钓死这种事情？太怪异了，难道鄱阳湖里有鱼妖不成。银桂说，我从小就知道我们鄱阳湖那边有上百种鱼类，有鲤鱼、鳙鱼、鲫鱼、鳊鱼、鳜鱼，还有鲇鱼、鲭鱼等等，好像也没见过什么特别奇怪的大鱼。云间夫人说，怪吓人的，这种事情，一鱼两命啊。说着她看了看自家的鱼池子，她刚刚又从花鸟市场新买了一批金鱼和锦鲤，养在这院子的池子里。记得装修院子时，有两个方案，一个方案是露天部分全部铺成草坪，另一个方案是，做成中国式的小园林，内有鱼池假山。云间先生请了一个风水师来看过，说他家更合适做一个大一点的鱼池，水代表财，流动着，对企业生意有好处，于是他们就造了鱼池子，养了观赏鱼。银桂说，我老家那里水多，水性好的人也多，可淹死人的事还是常有的。云间夫人又说，我都知道鄱阳湖有水怪呀。小时候听我外婆说过，鄱阳湖的鲇鱼会变妖怪。我外婆家也是在江西。银桂实诚，这时才说，水怪吗？我这趟回老家时也听过，不过是大家晚上守夜时无聊，扯着水鬼水怪的闲话，也没人当真的，总归觉得我两个表兄弟钓鱼淹死是个意外吧。云间夫人不想继续这么不吉利的话题,说,其实钓鱼这个事,男人是有滋有味的。我老公以前没这么忙的时候,小河边一坐就是半天,天黑了饿了才回家吃饭,晚上又出去钓鱼。搬到这里后,他最有乐趣的事就是找钓鱼的地方呢。听他说,已经踩了好几个点了,新行头也添置了不少。

渐渐乌云流散。银桂也识趣,不再说死人的事。云间夫人说,男人钓到了大鱼,就特别有成就感,有时候高兴得像个孩子,喜欢开着车到处送鱼给朋友,说是自己钓的。银桂就乖巧地呼应说,以后你老公钓了鱼,我也来讨啊。云间夫人连忙说好。

在几位经常接触的业主中,最近银桂与云间夫人较为亲近,有一次银桂上门做钟点工,云间夫人刚从老家回来,带了一条黑猪腿,说自己家吃不完那么多,银桂临走时,云间夫人特地切了一大块腿子肉给她,要她带回去母女两个人吃。"黑猪肉炖酸萝卜,这是绝配。"云间夫人告诉银桂。隔一个星期,银桂来云间夫人家做活时说,黑猪肉炖酸萝卜这道美食,女儿小灿连连说太好吃了。两个女人亲近起来，聊天多了之后发现，其实她们的娘家都是差不多的，在乡下，一穷二白，但云间夫人命好，长大后居然是个阔太太命。

空谷君是银桂认识的另一个家中没有住家保姆的别墅女主人，和云间夫人一样，住在终南山庄的紫薇片区，也是银桂做零活的客户。在银桂的印象中，空谷君要比云间夫人高挑一点，瘦削一点，也年轻一点。

银桂回江西九江奔两个表哥的丧事时，一堆人一起守灵夜，打牌的在灵床边开了牌桌，嗑瓜子聊天的，说各种奇闻怪事邻里闲话以抵抗半夜犯困。银桂不打牌，就在聊天的那一伙里，听一位本家叔叔说了一个水怪的故事。她没有跟云间夫人讲这个水怪的故事，过了两天，她去空谷君家做园艺零活，空谷君说，怎么有阵子没见银桂了，银桂说了自己请假回老家奔丧的事。空谷君比云间夫人更为健谈，银桂平时跟空谷君说的话，也比跟云间夫人的话多得多。当空谷君听说她的两个表兄弟因钓鱼而一起死了后，她的反应跟云间夫人是很不一样的，也比云间夫人唏嘘感慨得多。银桂就说，我跟你说我老家人讲过的，以前鄱阳湖里闹水怪的事情吧，我守灵夜上听来的。

**这是鄱阳湖水怪故事的一个版本——**

明朝宣德初年，渔港村有一个叫陈化的渔夫，家住鄱阳湖边，以打鱼为生，妻子于氏贤良淑德，在家中料理家务，有一次，于氏去湖边洗衣，直到傍晚还未归来，陈化便去湖边寻找。在湖边只看到还未洗净的衣物，却没有看到于氏，陈化大惊，四处寻找，整整找了一夜，还是没有找到于氏。

有个村民告诉陈化，于氏是被水鬼捉去了，当年太祖皇帝和陈友谅鄱阳湖大战之后，鄱阳湖便开始流传湖中的冤魂成为水鬼住在鄱阳湖底，常有牲畜在湖边突然消失，也有不少人在同一个地方失足落水，但是那都是几十年前的事情，只有村里的老人才知道这些事。

陈化不相信妻子会被水鬼掳去，自己在湖边生活这么久，从未听说过鄱阳湖闹鬼的事。

  一天夜里，陈化做了一个梦，梦到于氏告诉他，湖中的妖怪因贪恋美色将自己掳去，于氏誓死不从，妖怪未曾得手，希望陈化赶紧去湖中救她。陈化询问妻子如何可以救她，妻子告诉他乘一艘小船行至湖中间，将一块大石扔下去，然后跳入湖中，妖怪便会出现，将他拖入水下，妖怪力大，切记不可慌乱求生，只能趁妖怪不备找机会将其杀死，只要妖怪一死，自己便有办法从妖怪的洞府中出来。

  陈化醒来，辗转反侧，虽然将信将疑，但念及夫妻情分，决定出发。隔日一早，便驾驶着小船来到湖中间，将船上的巨石扔到湖里，再跳到湖中戏水。突然，陈化的脚被抓住，将他拖入湖中，他知道湖妖已经出现，陈化没有挣扎而是转身向湖妖游去，只见一个大嘴脸上有胡须的怪物正拽着他的脚向湖底游去，陈化拉住湖妖的手，顺势用手中的匕首对着湖妖连刺数刀，湖妖吃痛，放开陈化想要逃去，陈化却紧紧抓住湖妖，一心要和湖妖拼命。

　　这时湖中翻起的巨浪引起了岸上人们的注意，没想到陈化为了于氏真的去和湖妖拼命。湖妖带着陈化在水中乱蹿，陈化仍没有放手，在昏迷之前还不忘多刺湖妖两刀。

　　没多久，陈化被人救起，他醒来后既没有看到湖妖的尸体，也没有看到自己的妻子，虽然自己活了下来却陷入深深的自责，后悔自己没有多坚持一会儿，想到妻子的境遇，他决定再次下水，却被众人劝阻。

　　三日之后，有村民来陈化家中报喜，今早有人在湖中发现了一条体形巨大的鲇鱼，身上有多处被刺伤的痕迹，想必这就是湖妖的原形。陈化大喜，从床上起来，拖着虚弱的身子来到湖边，果然看到一条巨大的鲇鱼死在岸边。到了夜里，于氏也回到了家中，夫妻俩终于团圆了。


两个女人说了会儿鄱阳湖水怪。空谷君说，想不到银桂你很会讲故事啊。银桂说,我喜欢这个故事,这个男人陈化真好,为了自家女人,可以这样不顾自己的安危。而且后来妻子回家后,村里的人风言风语说,他妻子已经失节了,被玷污过了,他依然相信妻子是清白的。空谷君说,这个故事对女人真好,真是难得。我想起以前有个传说,叫"柳毅传书",讲的是洞庭湖的故事,那个柳毅也是个不错的男人。银桂说,我也喜欢这个故事。洞庭湖的龙女牧羊,我小时候就听说过。这样的好男人,哪里找去啊。空谷君说,事情会不会有蹊跷。你不觉得吗?也许里面有妖。银桂说,怎么可能有妖呢。空谷君说,你想想,他们两兄弟平时是不是很和睦,有没有闹什么矛盾,比如因为什么事情结了私怨。银桂说,我们农村人,亲兄弟分了家后明算账,经常会有矛盾,但亲兄弟打断骨头连着筋,真说不清是亲人还是仇人。空谷君说,我总觉得事出离奇必有妖,也许是谋杀呢,可是结果却弄巧成拙,变成了两条人命。银桂说,你是书看多了。空谷君说,是呢,我正在看阿加莎·克里斯蒂的侦探小说,这老奶奶的书,人性挖得深刻。银桂说，你真是个女秀才。空谷君笑说，也可能是我想多了，我有这毛病。死者为大，我妄加猜测，是大不敬了，你别生气啊。银桂说，我不生气，我离家几年了，也不太知道老家的事。空谷君说，总之是一个悲剧，过于离奇。银桂又说，我去我大舅家，看到两口棺材并列摆着，真不敢相信是真的。两家人披麻戴孝，哭天喊地的，太惨了，我最禁不住这种场面。空谷君问，你两个表哥是做啥的？银桂说，我这两个表哥，本来都在外面打工，后来回到家乡，一起承包一个鄱阳湖边的水泥厂。我一个舅舅还请人到家里看风水，又说是阴宅风水不好要迁祖坟，反正各种乱。听我妈说，这个事情前，他们承包厂子后，钱还赚了不少。不过我听说两个表嫂一直不和。我大表嫂娘家势力大，人长得丑。我小表嫂娘家穷，人长得俊俏，方圆有名的美人儿，又能说会道。两个妯娌谁也看不上谁，经常吵架，还打过架，互相叫骂撕扯头发，我就见过一回她们拉扯对骂。我娘私下说，女人三天不打，上房揭瓦。男人窝囊怕老婆，要有主意的话，女人吵架也掀不了天。现在好了，两妯娌披麻戴孝，一起成了寡妇。空谷君说，男人为女人争斗，女人也为男人争斗。世界上的事情，大抵如此。银桂说，我这人胆小，最好大家和和气气，不要争斗。

空谷君是这个别墅区第三户搬进来的。银桂记得她们互加了微信后，她在朋友圈看到空谷君晒一本叫《空谷幽兰》的书，就突发奇想，"空谷君"成了银桂给女业主黄莺备注的微信名字，没想到不约而同，黄莺给自己的微信名，也取了"空谷"二字。

后来银桂听空谷君讲过这名字的来由。搬进新家之前，有一次空谷君跟女朋友们一起聚会，听到一首歌，觉得很好听，后来把这个叫小娟的女民谣歌手的歌都搜来听了一遍，从此，她迷上了这个叫"小娟与山谷里的居民"的民谣乐队。空谷君曾在朋友圈发过一句很有情调的话：每个人心里都有一个山谷。搬到终南山庄时，初来乍到，正是仲春三月，林间花开的时节。在山谷里散步时，一路花香鸟语，燕子呢喃，又惹得她在朋友圈发了这首李后主的词，别人看了，也只以为是普通的应景的伤春悲秋：

林花谢了春红，太匆匆。无奈朝来寒雨晚来风。

胭脂泪，相留醉，几时重。自是人生长恨水长东。

空谷君在这个别墅最早认识的人，是园丁银桂。但银桂同时认识云间夫人和空谷君时，这两个紫薇片区的别墅女主人还不认识对方。银桂不时到空谷君家做园艺，带着空谷君一起，在她的院子里种下了一棵蜡梅，一棵红梅，一些迎春花，一大片月季。月季的品种很多，有一种叫龙沙宝石。还有红色忍冬花、风车茉莉、铁线莲，据说铁线莲的花可以从春天一直开到秋天。空谷君对银桂说，我要好好拜你为师学花艺。她们时常聊天，银桂把空谷君当成了知心姐姐。

银桂一回江西老家，就好像回到了从前的那个时空，身上新长出来的力气失去了大半，原来的旧生活惯性又四面八方地向她扑来。娘家人收了前女婿家喜送上门的一条腊猪腿肉，也在劝她跟家喜复婚，说一家人还是一家人，银桂又陷入到一个让她迷迷糊糊的怪圈里，远在西安的小赵的影子被推远了。有几天，银桂偶尔想到小赵时，小赵的脸是模糊的。家喜一有空就黏着她，借口带女儿回爷爷奶奶家玩，要她要个不停，银桂一时生出幻想，她不在的时候，家喜是不是没跟别的女人搞过，才这么贪她的身子。夜深人静时，家喜又认错又哀求又要亲她抱她说想她，银桂的心乱成一团，人又有点酥软。离婚前，他们这样又哭又闹又爱又恨地纠缠过无数次，那顽固的阴影还在，直到她又一次替他还掉了几万块的债后，对他彻底失望，不再信任他。家喜跟她做爱时从不戴套，还大言不惭，说你明明想要的。银桂骂他，你是害我害得还不够。家喜使力，说一想到你跟别的男人睡觉了，我都要气炸了，银桂居然被说得有几分羞愧，一时忘了自己已是离了婚的自由身，连说没有。家喜是帅哥，乡镇版刘德华，鹰勾鼻特别像。她跟他在一起的确是有快感的，这种熟悉的放肆的洪荒之初的快感，好像是跟小赵在一起时不同的，跟小赵在一起时，银桂感到哪怕是自己的情欲，也是更文明一些的温柔的情欲，没有这么像个动物一样，没羞没臊不管不顾的。

白事过后，在外地打工的亲戚们各自散了。银桂也买好了火车票，乘将近一个小时的乡村小中巴就能到最近的火车站。家喜缠着银桂，要她跟女儿留下来，不要再去西安打工了，说他正跟朋友商量着，一起在老家高速公路收费站附近开个汽车修理铺，总比去外面打工强。银桂说修理铺能搞的话也不错，但她坚决要回西安，说小灿回去要上学呢。家喜的脸色就不好看起来，跟银桂吵了一架，说她是心野了找借口，想跟野男人跑了，是不是要给女儿找个野男人当后爸。银桂被骂急了，心里忽然就敞亮起来，看到另一重时空里的自己了。她很看重在西安终南山庄当园丁的这份工作，还有女儿上学上得好好的，她不想改变这一切。

银桂带着小灿别了娘家人，跟家喜是不告而别，坐上小中巴一路向前，到了九江火车站，银桂的心才落定了，感觉母女俩像逃跑一样，家喜的影子好像还在后面追着她们跑，后来才慢慢地推远了。小灿问，我们不跟爸爸说再见了吗？银桂说，不了。小灿说，爸爸找我们怎么办？银桂不答，反问小灿，你喜欢老家还是喜欢西安。小灿说，西安。银桂又问，为什么喜欢西安呢？小灿说，我喜欢新学校。我在学校里有好多朋友了，还有小赵叔叔我也喜欢。小灿马上要上小学四年级了，新生活在向她们招手。

火车一路奔跑，银桂买了两桶酸菜鱼方便面，去开水间冲了热水，和小灿两个人吃起来，银桂感觉元气又一点点回到自己身上，家喜附在银桂身上的魂灵渐渐退散了。火车一路向北，银桂看着窗外的风景，忽然很想念小赵。这几天乱糟糟的，一直没跟小赵联系，小赵似乎缩在哪个角落里，也没声没息的。银桂的心空落落的，马上给小赵发了信息，要他晚上八点接站。银桂是试探，可小赵很快回复了，他会去车站接她们。

到西安后，母女俩出了站，只见小赵早就等在出站口了，银桂见到了小赵，唇边的笑意荡开来，旅途的疲倦也一扫而空。西安的初秋，夜里凉爽，银桂深吸一口气，说，九江那边十月天还是热得跟夏天一样呢，西安真是凉快。小赵乐呵呵说，你们终于回来啦。银桂也笑呵呵的。小赵跟老乡借了辆小面包车来接银桂,说有车不急,先吃点夜宵再回。开车到了东新街夜市,这里的烟火气正盛,客流如织,银桂见到时髦好看的年轻女子在此出没,总要多看几眼。他们在一家烤肉铺子门口停了车,要了一份烤肉,一份西红柿蛋汤,一份羊肉泡馍。三个人热火朝天地吃起来。银桂说,我忽然觉得饿了。小赵笑说,这些天我心神不定的,真怕你们不回了呢。银桂说,怎么可能,我在这儿租着房子呢。小赵说,就是就是,租着房子呢,不可能就不回来了。桌子底下,小赵的一只手和银桂的一只手先是试探性地碰了碰,马上紧紧握在一起,握了一会儿,才松开了。

吃完夜宵,小赵开车回终南山庄边的出租房,小灿在车上睡着了。等到了银桂的出租房,安顿好小灿睡下,银桂跟小赵来到他的出租屋,银桂发现小赵的饭桌上和房间的床头柜上,用玻璃杯各插了粉色、紫色和黄色的三把小花。银桂说,下次我去买几个花瓶来。小赵说,我今天下班前特地采的。两个人先后洗了澡,银桂躺在床上等小赵,等小赵洗漱完上了床,银桂感觉到他那里很快就硬了。但两个人谁也没动,仍然絮絮叨叨说了好多话,分别一周,好像已经很久没见似的,两个人说着这一周都忙了些什么。小赵说,这一个星期我天天想着你,心怦怦跳。银桂埋怨道,你怎么不给我发信息呢?小赵说,我怕你在家里不太方便。银桂说,你真是个老实人。小赵说,我不老实。银桂说,你听什么新书了?小赵说,又听了《查泰莱夫人的情人》。银桂笑说,我跟你一样也是个园丁,又不是贵妇。小赵傻笑。银桂第一次那么主动,一个翻身翻到了小赵身上,胸紧贴着小赵的胸膛,脱了小赵的衣裤,又脱了自己的衣服,热烈地亲起小赵来。

到十一月,西安的秋又深了些。银桂接到空谷君的微信,要银桂周末帮她一起收拾下院子里的花花草草。银桂答应了,第二天上午来到空谷君家里,帮空谷君整理月季和茶花,换盆,修理病叶。银桂说,你家真是花园了,这些花也开得越来越好了,铁线莲、无尽夏、红色忍冬花,都长得不错。空谷君高兴地说,那还不是你的功劳,不然我可能种了一院子的病花了。每次两个人忙完之后,空谷君都会邀请银桂在她打理后的花园歇一歇,她们一起在户外桌前坐下来,空谷君会泡上一壶冰糖八宝茶,秋天常常是加了桂花的冰糖菊花茶,配上她自己烘烤的小饼干,切一碟水果。银桂最多会坐半小时,歇一歇,跟空谷君说说话。渐渐地,就觉得跟空谷君亲近。

这天银桂听空谷君讲起,原来特地收拾下院子,是因为第二天下午,空谷君要办"林中空地"读书会,就在这个院子里。银桂好奇地问空谷君,读书会是一起读书吗?空谷君说,差不多是这个意思。银桂又问,你们读什么书?空谷君说,明天我们讨论的书叫《了不起的盖茨比》,是一个叫菲茨杰拉德的美国作家写的,讲一个美国黄金时代的故事。银桂说,黄金时代是什么?空谷君说,黄金时代就是差不多一百年前,美国经济高速发展的时代,社会上的财富多了起来,有了很多的新富人,相对于以前的自认为贵族的有钱人来说,他们是新富起来的,也被叫作暴发户。银桂说,噢,暴发户,我们中国现在也有不少暴发户。

空谷君说，这个小说里的男主人公盖茨比，他就是个农家出身，后来到了纽约，经过个人奋斗后有钱了，就想追求穷小子时错过的爱情，他喜欢的是一个富家女。银桂说，故事很吸引人啊。空谷君说，还拍过电影呢，小李子莱昂纳多演这个穷小子，他后来成了暴发户，在美国的长岛买了个大豪宅，天天开派对，纸醉金迷的，他其实做所有的一切，都是为了圆他的一个爱情梦。银桂问，结果呢，这个盖茨比圆梦了吗？空谷君说，没有，梦破灭了，他还成了杀人犯。银桂遗憾道，这样啊，富家女是不是比较虚荣？空谷君说，富家女出卖了盖茨比。银桂问，男人也会不顾一切追求爱情吗？空谷君说，也许很少吧，但不是没有。小李子演的那个暴发户，是个爱情大过天的男人，也被爱情毁了。银桂说，你说的很有意思，我很想看看这本书了，我以前在老家时，看过他演的《泰坦尼克号》，小李子真帅啊。空谷君说，小李子演的盖茨比也很帅。银桂说，我去买一本书看。空谷君说，你不用买，我这有一本，你拿去看，我还有一本明天主持读书会的时候用。

空谷君进屋,从书架上取出了《了不起的盖茨比》,银桂双手接过书,道谢。空谷君说,你肯定会喜欢的。你看了后就知道,我们现在的中国社会,跟书里描写的美国社会有点像,也是一夜暴富的时代,很多人忽然就有钱了,有钱人真的有钱了,他们会追求什么呢?所以我就选了这本书做一期读书会,大家来讨论,金钱、爱情、阶层突破,美国梦还是中国梦,都可以自由展开谈。银桂说,黄莺姐,你真有学问,我要向你多学学。空谷君说,读书最童叟无欺了,我觉得对每一个人都算公平。银桂说,我不知道有钱人想什么,我是穷人啊,我知道穷人想什么,就是想要钱。我那个前夫就是想钱想疯了,天天做发财梦,才把家都搞破了。你知道吗?我们农村里很多人都这样,没有前途的,所以我必须带着女儿离开那里。空谷君说,说不定你哪天变有钱人了呢,这可说不定,不要小看自己。

空谷君听银桂说,回家奔丧时,在老家的前夫家喜来她娘家看女儿,给小灿带了礼物。私下里,家喜下跪求她复婚,银桂听着一年没见的家喜软语哀求,稀里糊涂跟家喜过了几夜,可是她又并不情愿回老家。空谷君问银桂,此地有没有喜欢的男人,银桂否认。

过了两周,银桂又有点不好意思地来请教空谷君,说有个同在别墅区做园艺的小赵在追她。小赵做园艺是一把好手,也教了她不少技艺,老婆在别的地方打工时跟别人好了,就跟他离婚了。现在只要她走不开,小赵就会替她去接女儿,对小灿也很好。空谷君说,我好像看到过你俩在一起做活,挺清爽的一个男人。银桂说,我们租住的房子在同一个城郊村,互相帮衬的事多。空谷君说话不绕弯儿,她直接问银桂,你们睡过了?银桂一时害羞,不说睡也不说没睡,只是笑。空谷君说,成年男女,这很重要,你要判断一下跟他睡的感觉好不好,睡多了,再判断一下这个人的人品,跟你前夫比是高是低。银桂低头道,我觉得他比我前夫强多了。空谷君说,那你还理会前夫干吗?妹妹你大胆往前走啊。银桂说,小赵喜欢我,他总说我好看。空谷君说,银桂你是好看的。银桂说,小赵读书时成绩好,家里穷才读不起书,改学了手艺,现在有空就听书,他说听书不要钱又能学知识,还老跟我讲他手机上听的书。空谷君说,你遇上好男人了呢,别让他跑了。银桂说,我以前觉得我前夫那个人长得好看,大家叫他刘德华,我有点迷他,要不是他好赌成性,他跟别的女人勾勾搭搭我都宁愿装不知道,可这次回去看,奇怪,我都不觉得他好看了,眼睛斜斜地看人,就是不够端正。空谷君说,原来我们银桂是外貌协会的。银桂道,年轻时只知道帅不帅,好看不好看,现在不这样了。空谷君说,你现在更喜欢小赵。银桂有点难为情,空谷君说,你要正视自己的内心。

银桂听着,忽然泪流满面。空谷君问银桂有什么为难事,银桂说,黄莺姐,我是糊涂,我是怕这趟万一怀孕了,是不是要跟家喜回去生二胎,那我的生活就彻底变了,我也不可能跟小赵一起的。空谷君说,你是怕怀上了前夫的崽?银桂难过地点点头。空谷君沉吟了一会儿,说,那你要想清楚了,不要被这个左右了,关键是,今后你想怎么生活。银桂说,我得想一想了。

银桂临走,空谷君忽然说,明天是休息日,天气也好,不如银桂你也来参加我们的读书会吧。银桂说,明天已经有东家约我去做院子的活了,再说我还没看书,我回去还是先好好看书吧。空谷君说,那这次就不邀请你了,以后随时欢迎你来我们"林中空地"读书会。银桂说,"林中空地",这个名字真好听,我也可以来吗?黄莺笑说,银桂傻了,你怎么就不可以呢,说不定我们哪天请你来主讲一本书呢。

这天晚上睡觉前,空谷君收到银桂的微信,说,我一口气把书读完了,盖茨比认为自己爱上的黛西是白雪公主,其实他爱错人了,黛西是一个没有灵魂的女人,她只是长着一副漂亮的面孔而已,是个空心人,我倒不觉得她有多坏,只是觉得她可怜。空谷君回:银桂读得很投入。又补了一句:"林中空地"欢迎你。

## 2. 大慈恩寺

两个月不来月经了,银桂慌了,买来验孕棒一测,才发现自己真的怀孕了。摸着肚子，心里乱死了，前夫家喜就是她的劫。她一天一个主意，今天想回老家养胎，跟前夫复合，再生个二胎，没准这次是个儿子，家喜有后了，就会收心，从此好好跟她过日子。明天又舍不得现在的工作，不想回老家去。后天又想，能不能说动家喜，也到西安来找份工作，一起生活。再后天，想想小赵，心里就抽搐了，还是舍不得小赵，这事如何跟小赵交代。又过一天，觉得家喜实为可恨，总是在害她，她不能再迁就他了。

银桂那几天回避着小赵，想方设法把自己的班跟小赵的班错开了，小赵去园区西边，她就去园区东边。小赵排早班，她就想法子排上晚班。小赵下班后，上门来找银桂。小灿说，妈妈接了我之后就去上班了，要很晚才回来。小赵就在银桂家陪小灿写作业，还给小灿讲数学难题。等到银桂回家，时候已晚，银桂又催小赵第二天早班，赶紧回家休息。小赵走后，小灿对妈妈说，小赵叔叔今天又教我数学难题了。银桂心里一暖，她亲爹从来没有这样陪过女儿。

如此一个多星期后，有一天晚上，小赵终于在银桂家等到了银桂回来，银桂又催他回去，小赵郁闷地说，银桂，你好像故意躲着我，是我哪里惹你生气了吗？银桂说，没有没有，我就是这几天比较累，比较忙。小赵说，我知道的，你是自己主动申请上夜班的，要不你的班是跟我在一起的。银桂说，我只是想多赚点钱，要供女儿上学。小赵说，别担心，以后我跟你一起供小灿。银桂眼睛眨得很快，只是不语。小赵急道，银桂，你有什么事情瞒着我。银桂说，你想多了。小赵觉得银桂怪怪的，夜已深，两人僵持了一阵，一时也没结果，小赵垂头丧气地走了。

这天夜里，银桂迷惘了，辗转反侧睡不着，半夜三点，在微信上告知前夫家喜怀孕的事，想看看家喜是什么反应。手抖了下，忽然惊醒，此刻银桂突然想起小赵，算着日子，孩子也有可能是小赵的呢，她心里就一阵发颤。但银桂心里又更确定，这个孩子是前夫的，小赵每次都是有安全措施的，只有前夫，从来一味蛮干，并不考虑她的感受。银桂想起她和家喜十年的婚姻里，她流产过两次。一次是因为又怀了女儿,夫家人不想要,就去做掉了,要把这二胎的名额留给未来的男丁。一次是家喜赌输后,喝得酩酊大醉,回来后朝她撒气发泄,先打了她,又强要她,她发现怀孕后,怕这个小孩脑子不好,可能是来讨债的,一声不吭地悄悄去做掉了,事后强忍身体的不舒服,没让夫家人知道。

银桂心生一个念头,我这辈子,不能再吃那个人的苦头了。手一抖,连忙点了撤回。谢天谢地,真的撤回了。她连忙改发了一张女儿在学校领三好学生奖状的照片。第二天,直到晚上睡觉前,都没有收到来自家喜的回复。银桂有些失落,心想,这人又忙啥去了,哪怕给女儿点个赞也好啊。

银桂又去空谷君家做园艺的活,空谷君见她这几天魂不守舍的,就问银桂有什么事。银桂吞吞吐吐,终于说出了怀孕的事,说心里一团乱麻,毕竟前夫是女儿亲爹。空谷君说,你问问自己,是更喜欢前夫,还是小赵?银桂说,当然是小赵。小赵知道疼我啊,小灿她爸从来不知道心疼我。空谷君说,小赵怎么个疼你法?我帮你分析分析。银桂说,小赵回去会给我们母女俩做饭,菜做得好吃,饺子包得好吃,羊肉泡馍也做得好吃。我觉得最幸福的时候,是小赵和我下班回到出租屋,我俩一边做饭,小赵一边打开手机,让我跟他一起听书,我一开始对书感兴趣,都是和小赵一起听出来的。还有,小赵会说,银桂,你到了西安,你就是个长安女子了。听得我美美的。空谷君说,那么在床上你更喜欢谁,是前夫还是小赵?银桂说,这个。空谷君说,这也重要啊,你仔细想想,别不好意思。银桂说,黄莺姐,不瞒你说,小赵比较尊重我,也会疼我。空谷君说,我不是要八卦你。男女那点事,说重要也重要,你要正视自己的欲望,毕竟你是个正常女人,才三十多岁。银桂说,黄莺姐,你真是我的姐姐,又是我的老师,我跟你说吧,我现在觉得,在前夫那里我像是一只动物,跟他交配,跟他生养小孩,嫁鸡随鸡,我不会多想什么,就是觉得都是应该的。在小赵这里我比较像女人,还会害羞。空谷君说,看来你最近的书并没有白读,那你明天就该去医院了。

银桂犹豫了几分钟,答应了。

第二天,空谷君开了一个小时的车,送银桂去了医院,交费前,银桂对空谷君说,黄莺姐,我害怕。空谷君说,怕痛吗?有无痛的,不过对身体还是有伤害,回去好好歇几天,我照顾你。银桂说,我不是怕痛,我这样的农村妇女,什么苦都吃过,还好意思怕痛吗?我是怕我造的孽太多了。空谷君说,相信老天会体谅你一个弱女子的难处的。

银桂泣道,如果这次再流产,我就做掉三个孩子了,三条生命啊。空谷君叹了一声,告诉银桂,等你身体好了,过些天,咱们一起上一趟大慈恩寺祈福,请师父给三个没到世上的孩子超度,也可以自己在家念《地藏经》《金刚经》《心经》或其他佛经,把功德回向给婴灵,让他们往生善道。银桂答应了。空谷君说,我相信不管天上哪个神,都不会迁怒你的。银桂说,那两个孩子,我都去庙里超度过,还各吃了一年素,赎我的罪。但后来要劳动,吃素觉得没体力,就没坚持下来。空谷君说,有这份心意就行了,所谓心诚则灵,我是信的。银桂说,黄莺姐,你相信因果报应吗?

黄莺说，我不确信，但是心存敬畏。

银桂流泪了，说，我真的是个弱女子。我这个没用的女人，对不起我的孩子。

空谷君说，当然退一万步说，你也可以生下来，你想好了吗？银桂说，其实我知道，小灿她爸并不关心女儿，到现在也没给过生活费。真要回到从前的生活，对女儿不好，对我自己也不好。小赵已经在帮我养孩子了，我不能欺负他，让他再帮我养一个不是他的孩子。空谷君说，理是这个理。

到了医院，轮到了银桂问诊，银桂有气无力地问医生，以后我还能生吗？医生说，流过三次，子宫壁越来越薄了，育龄妇女，看你的恢复能力了。银桂想到小赵，就在手术床上默默流泪，这眼泪一时怎么也止不住。刮宫手术还算顺利。空谷君把术后虚弱的银桂扶上了车，接回了自己家里。银桂很不好意思，空谷君说，正好这几天我一个人住，你放心休养，养好身体要紧。银桂问，小赵那里我怎么说呢？空谷君说，这事你不用告诉他，自己解决，就当是你自己的秘密吧。你就说跟一个雇主出去几天，有一点事做，这几天让他帮你接闺女吧。银桂说，我对不起小赵，怪我意志不坚定。空谷君说，人总有个糊涂的时候。你欠小赵的，以后有的是机会还。银桂说，我欠小赵最多了。空谷君说，我们女人，也是可以有自己的秘密的。银桂说，我知道了。

下午的时间，空谷君在家包了些饺子，文火慢炖了一大只山鸡，加了云南的菌菇，炖出好大一锅，够和银桂两个人吃好几顿。银桂穿着空谷君给她准备的睡衣，歪在客房，懒洋洋地看着海明威的书，一边做着笔记。银桂出来吃饭时，羞涩地笑道，黄莺姐，你把我一个丫鬟惯成楼台小姐了。空谷君说，什么丫鬟小姐的，你看书的样子，最像个文静的女学生，怪不得小赵迷你呢。银桂说，小赵也爱看书，可惜你的读书会不招男的。空谷君说，我是女士优先。银桂说，我真不知道要怎么感谢你。空谷君说，放心吧，我这里可不会放过你，等你身体好了，有你忙的，你是"林中空地"读书会的长期义工。银桂说，黄莺姐你真是个女菩萨。空谷君说，什么女菩萨，我自己觉得充实而已。银桂说,你们城里人,读的书多,又见过世面,想的肯定跟我们乡下人不一样。空谷君笑,说,那也未必。银桂笑着说,黄莺姐你像个女侠。空谷君笑道,我才不是女侠,我看你倒是像《红楼梦》里学诗的香菱。

银桂毕竟年轻,平时身体强壮,养了几天,人就好多了,面色也红润起来。空谷君说,新年了,我们明天一起去一趟大慈恩寺祈福吧。银桂说,黄莺姐也有空一起去吗?空谷君说,我也有事要去呢。银桂说,我还没去过大慈恩寺,听说很有名,香火也很旺。空谷君说,那是一千多年前就有的古寺,以前唐僧西天取经回到大唐,就在这个寺里翻译佛经。银桂啧啧称奇。

银桂来了西安几年,去过的地方很少,也难得进城。一是怕花钱,她一个人要养女儿,凡事都以节省为原则。二是能走出来的时间,也都排满了在终南山庄的各家做钟点工,她总是觉得,赚钱最要紧,赚得越多越好。山庄里这些大大小小的别墅,每家都有不小的院子,业主们刚搬来,很少有打理院子养花种草的经验,急需要一个懂园艺的帮手,所以银桂在园区各家做钟点工很抢手,她只要有时间,宁可少休息,来者不拒。三是终南山庄在郊区,离长安城的古迹都比较远,银桂只带小灿特地去临潼看过一次兵马俑,因为小灿对兵马俑太好奇了,有一次跟妈妈说,做梦梦到了兵马俑走出来,跟她打招呼。还有一次,是她们刚到西安的第一年,元旦那天放假,母女俩下午进了城,银桂和几个城里老乡姐妹约了,一起去西安古城墙玩了一趟。晚上又到钟楼,在那口硕大的钟挂下,她们一起听了新年钟声,看到南门方向有烟花升腾,天空何其璀璨。银桂和小灿同时想到了"璀璨"这个词,这是小灿刚学会写的。那一夜,母女俩就在城里打工的老乡宿舍挤了一宿。此后银桂就很少带女儿到城里的景点来玩了。

空谷君说,以后你带上小赵和小灿,一起去城里玩玩,西安有很多好玩、好吃的地方。银桂惭愧道,我连最有名的大雁塔、小雁塔都没有去过。空谷君说,大雁塔吗?就在大慈恩寺里,你马上就要看到啦。银桂说,小赵以前说要带我和小灿去大雁塔游玩呢,不过一到休息日,我们就想多赚点钱,推了一次又一次。

  第二天一早,天气不错,天高云淡的。空谷君载上银桂,开车出发去大慈恩寺。路上银桂说,黄莺姐,你比我亲姐姐还亲。空谷君问,银桂,你几岁?银桂说,我三十二,马上三十三岁了。空谷君说,还嫩着呢。银桂问,黄莺姐,你在我这么大的时候在做什么?空谷君说,我一个人飘来飘去,很孤独。银桂说,黄莺姐三十二岁的时候还没结婚吗?空谷君说,有时候觉得一个人挺好的,如果不是确定了要跟一个人共度余生,为什么一定要结婚呢。银桂说,我们农村人,女孩子二十岁不到,就被家里催着相亲了,我二十二岁就跟小灿她爸结婚了。

  到了城南大慈恩寺门口,银桂抢着要去买门票,空谷君就在边上等着银桂。一月的大慈恩寺周边,仍有树木森然,郁郁苍苍。银桂买好票和空谷君会合,两个穿白色和灰色羽绒服、牛仔裤的女人进了山门,见了眼前的石雕佛像,空气仿佛跟着沉静肃穆起来,她们的脚步也轻了。银桂轻声说,我每次看到菩萨低眉就感动。空谷君说,是大慈悲呢。传说佛祖得道于菩提树下，涅槃于娑罗树下，我们去找找这两种树。银桂跟着空谷君去找圣树。银桂说，我认得很多树种，不过真不识菩提树和娑罗树。空谷君说，这个跟唐代的佛教文化有关。一路上，空谷君说，西安城东关正街，鸡市拐附近，有条小巷子，名字就叫娑罗巷，又叫索罗巷，是唐朝天宝年间兴庆宫的一部分，宫里有个娑罗园，种有异香的娑罗树，这些娑罗树，可能是天竺那边来的。银桂说，黄莺姐你知道得真多。空谷君说，我是做广告公司的呀，我以前做过很多西安文化方面的文案。

  银桂终于看到了娑罗树的介绍。娑罗树别名七叶树，原生地在印度及马来半岛。传说佛祖释迦牟尼母亲摩耶夫人手扶娑罗树，从右肋下生出他，他立而下，即可行走，向四方各走七步，步步脚底涌现莲花承接佛足，故娑罗树被视为佛教圣树。两个女子立在娑罗树前，静静深呼吸了一会儿。空谷君说，有一首古诗，就是说这娑罗树的，我找出来给你看。空谷君在手机上找到了那首欧阳修的《定力院七叶木》——

伊洛多佳木，沙罗旧得名。

常於佛家见，宜在月宫生。

扣砌阴铺静，虚堂子落声。

夜风疑雨过，朝露炫霞明。

车马王都盛，楼台梵宇闳。

惟应静者乐，时听野禽鸣。

这诗说的是洛阳，不过古代长安也有。要看菩提树和娑罗树，其实大慈恩寺都不是最好的，我去过长安区下面的一个古镇，叫子午镇，到了秦岭北麓的一个小山村台沟，在山腰间，找到了那株传说中的娑罗树。当地老人说，那株娑罗树龄有一千多年，整个秦岭北麓就这么一株，很多人慕名去朝拜，有些行脚僧还特地去那棵古树下打坐。那个村子里，还有一个叫度母宫的庙。

银桂肃然道，我们农村人，见了大树都觉得很神圣，心里要敬一敬树。又说，我知道"菩提本无树,明镜亦非台,本来无一物,何处惹尘埃"这四句，只是想不明白真正的意思。空谷君说，每个人都有自己的理解，我们慢慢悟吧。

新年伊始，这日子来大慈恩寺的香客不多，参观大雁塔的外来游客居多。空谷君说，其实我对大雁塔没什么感觉，西安我最爱的是小雁塔。银桂有些好奇地问，小雁塔有什么呢？空谷君说，其实也很平常。小雁塔在荐福寺，里面有一座比大雁塔小一点的石塔，也有一些花草树木，塔边上有一个湖。不过这个塔已经不完整了，上面少了两层，已经被毁掉了，现在还有十三层石塔。小雁塔残缺了，但是我觉得有一种残缺的美，很令人震撼。

到大慈恩寺，此行最重要的事，两个女人是分头进行的。她们各自祈福，请香，布施，虔敬礼佛。空谷君离了银桂，怀着隐秘心事，快步向西边的一座佛殿走去。她和银桂一样是来祈愿的。

银桂耽搁得有点久，大约半个小时后，才匆匆出了山门，按约定找到了空谷君的车。银桂抱歉说，让黄莺姐久等了。银桂最后又去那两棵圣树前，各许了一个愿。她说许完愿，心里舒服多了。

回程的车上,银桂说起,前夫又来问她借钱,说想跟几个朋友一起做事。女儿的抚养费完全不提,拖着不给。空谷君笑笑,不作评论。银桂感觉自己就像做了一个乱梦一样,醒了,身上还痛,不过又想,还好醒了。银桂说,我把他当成一棵狗尾巴草,也就不气了。空谷君开玩笑说,我们银桂快成金桂了。

回到终南山庄,空谷君说,小赵这几天肯定要想你了。银桂接了小灿放学,又在附近农贸市场买了菜。她跟小灿说,妈妈今天去看大雁塔了,等放寒假了,带你去看大、小雁塔,把西安玩个遍。小灿很开心。母女俩一个写作业,一个在厨房里忙活。银桂给小赵发了信息,说等小赵来家里吃饭。吃饭的时候,银桂对小赵说,如果你不反对,以后我们就是一家人,一家三口,或者四口。小赵欢喜道,我当然不反对,我太不反对了。银桂说,什么叫"太不反对了",你话都说不利索,书都白听了。小赵连忙说,我太赞成了。

过了几天,趁天气晴好,银桂又帮空谷君在院子里种下了一批新的花苗,银桂说,光欧洲月季,就有一百多个品种。银桂和空谷君两个人撸起袖子,轻快地劳动着。银桂说,前几天我想着寒假带小灿好好转转西安的名胜古迹,没想到,小赵见我这几天在读海明威的《太阳照常升起》,就对我说,银桂,我有一个心愿了,我希望五年之内,能带你去巴黎玩,这样你就可以去巴黎找海明威了。我说巴黎也太远了吧,书里看看就行了,小赵却要我相信他,巴黎是会实现的。空谷君笑道,当然会实现的,又不是带你飞月球。

银桂兴致勃勃,说小赵是个非常好的园艺师,还是种欧月的一把好手,各种月季要怎么种,银桂的技艺不少是小赵教她的。小赵的父亲,从前也是花匠。小赵下一步打算自己做,想和银桂一起在淘宝上开个园艺铺子,一点一点地把花木盆景做起来。空谷君就跟银桂开玩笑,说,你知道我想起一本什么书吗?不知道你有没有读过。银桂好奇,空谷君说,《查泰莱夫人的情人》。银桂也笑起来,说,小赵跟我一起听过。两个女人说笑着,一起侍弄园中花草。银桂说,我们做园丁的最清楚,花比树难养多了,稍微养不好,花就不开了。

空谷君忽然想起什么,说,银桂,下次你教我吧,怎么养好兰花。银桂说,兰花在中国主要有春兰、蕙兰、建兰、墨兰、寒兰这几个品种,也不知黄莺姐最想养哪种兰花。我们这里正好有山土养兰,倒是合适。不过我只见过建兰和春兰,其他的也不太知道。空谷君说,我有个朋友,什么花草都没养过,是个懒人。忽然养起兰花来,他就只有兰花养得好,也奇怪得很。银桂说,你这位朋友一定是文人雅士吧,我听小赵说,兰花不喜欢我们这种俗人,哪怕是花匠,都怕养不好呢。空谷君说,我知道兰花挑主人。也怪,我那个朋友上山后,兰花养得更好了,已经养了有五六盆了,也说不上是什么品种的,只觉得清雅,夜里屋里能闻到浓郁的幽香。银桂问,是哪座山上?空谷君说,就在秦岭呢。有一次他见我喜爱,曾叫我拿两盆下山,我不肯拿,怕兰花跟了我气息不对,反倒养不好了。银桂说,黄莺姐的朋友,就是不一般啊。空谷君笑,说,他就是个怪人,没有人比他更怪了。

## 3. 无尽夏

又是一场"林中空地"读书会，这期读书会，大家读的书是加缪的《局外人》。

春光明媚，下午两点前，银桂匆匆走进空谷君家的院子时，第一个见到的是云间夫人。云间夫人穿得很家常，正帮空谷君打理读书会的下午茶点。云间夫人本来下午还有点事，正欲告辞，见了银桂连忙打招呼。银桂着一件长款米色风衣，衣摆在风中一扬一扬，长发，进来时，手里拿着一大束花。云间夫人说，银桂今天这么好看啊，像来做客的呢。原来银桂虽是长头发妹子，平时工作的时候，头发总是简单地绑成一团。今天换下了工作服，化了淡妆，茂密的头发披垂下来，像黑色瀑布一样，着实让为头发少而烦恼的城里女人们艳羡。

银桂把一束初开的"无尽夏"交给空谷君，说是刚在园区里剪的枝。空谷君说，这是绣球吗？真美呀，这梦幻的蓝色，我都想扦插试试了。银桂说，叫无尽夏，改日我帮你弄。银桂说着在院子里拉了把椅子坐下来，脱下了风衣，里面是一件很春天的乳白色羊毛衫，黑色西装裙，配了一条小花的丝巾，一个三十出头的婉丽女子，捧一本书在手。空谷君跟大家介绍"林中空地"新成员银桂。银桂站起身说，我叫银桂，读书少，向各位姐姐学习。空谷君赞道，银桂太谦虚了，其实她私下跟着"林中空地"读书很久了。

"林中空地"每一次进了新成员，都会请新人介绍一下自己，她为什么要加入这个读书会。银桂是这样介绍的——记得我第一次走进黄莺姐家，就惊叹道，你家书真多啊。她说你也爱看书吧？我说是的，我从小学起就爱看书，喜欢文学作品，小说、诗歌等等，可惜没有运气考上大学，家里也没钱供我复读，我们农村人，就只有出来打工一条路。忙活一天，闲下来了，能读两页小说真是乐趣。可是现在书太贵了，我舍不得买。黄莺姐就让我随便从她家书架上找书看，她说，这些书有人看它们，才是物有所值。我就看一本,还一本,再借一本,到现在,已经向黄莺姐借过十几本书了。后来,黄莺姐就邀请我来"林中空地"读书会。我问黄莺姐,我也可以吗?黄莺姐说,你怎么不可以。真的非常感谢她。空谷君说,银桂那天边帮我收拾院子边说,她这个别墅区的局外人,就觉得《局外人》该是她可以看的书,有趣吧。云间夫人说,银桂你是局外人吗?你走进来时跟仙女一样,风衣真是好看。银桂开心地说,风衣是朋友送的生日礼物。空谷君说,等下开始后,我们请银桂多谈谈《局外人》的读书体会吧。银桂说,《局外人》真是一本能打动我的书,不过我谈得不一定对。空谷君说,书怎么读,没有对错的。大家寒暄得差不多了,云间夫人先告辞了。

　　第二天是个星期天,也是银桂到云间夫人家做园艺的日子。云间夫人说,昨天银桂你真是光彩照人啊。银桂不好意思地说,我都想不到,我一个打工妹,可以和黄莺姐一起读书。要是我不来西安,我真想象不出我现在是什么样。云间夫人由衷道,我看到你,就会想起我的从前,你只是没有我幸运。因为我是女孩，家里不给上高中，幸运的是我遇到了贵人，他供我上高中，一直到上大学。银桂说，巧云姐，你真幸运。我只怪自己不争气，平时成绩还不错，考试那几天手都抖了，结果没考上。家里骂我白白浪费钱，烂泥还是烂泥，扶不上墙。云间夫人说，银桂我相信你，你才不是烂泥，你会越来越棒的。

两个人在花圃中说着话，一起种下一批新的玫瑰花苗。银桂想起什么，说，我前段时间去另一个海棠片区做活，到了一户人家家里，上门了几次后，发现那家里空荡荡的，好像就只有两个人。后来我听那家阿姨说，那个年轻女人很可怜的，脑子出问题了，被她丈夫送到这里来了。她丈夫一年才来一次，大年初一来这房子，吃一顿饭，给一次钱就走了，平时就她一个老婆子陪着。我看到过那女人，挺漂亮的，时常坐在花园里发呆，穿着睡衣，一坐就是大半天。后来我去得多了，基本上知道了是怎么回事。原来这阿姨不是住家保姆，是那年轻女人的后妈。她丈夫花钱雇了她后妈，看着他有精神病的妻子。据说这女人之前在精神病院关过两年，做过好几次电击治疗，后来就老实了，不发疯了，但人变得木木的，呆呆的。云间夫人惊讶道，好好一个人，不知怎么会发疯的？银桂说，我听她后妈跟我叨叨，说她女儿年轻时是文工团的舞蹈演员，长得很漂亮，绝对是美人坯子，二十出头，就被她丈夫，一个大老板看上了，很风光地娶回家，过上了阔太太的生活。但她跟她丈夫搞不好关系，又不上班，一直在家里疑神疑鬼的，两个人连个小孩子也没有，一开始女人以为自己以前为了跳舞保持身材，节食多了，怀不上孩子，到处求医问药，又调养身体，总不见效。后来那女人受丈夫冷落，在外面跟别的男人好上了，意外怀了孕，才知道不是自己的问题。但她丈夫有钱有势，她又离不开这种舒服日子。情人怕惹事，也不要她了，她只能痛苦地打掉了孩子。反正后来夫妻关系一直不好，那女人精神就出问题了，据说有被迫害妄想症。云间夫人叹了一声，说，想不到我们这一幢幢的房子里面，还有这么可怜的女人。

银桂说，巧云姐，我看到了她家的情况，才知道原来住别墅的人家，未必都是幸福的。这女人虽然住在别墅里，衣食无忧，不过就是只笼中鸟。我看，这个女人的后妈对她也没有感情的，只是看在钱的分上，否则不会对外人那样说自己女儿的。她后妈还说，那个男人良心发现，把她女儿从精神病医院接到别墅养着，也不出去丢人现眼，也不离婚，已经是仁至义尽了。云间夫人说，关在房子里与世隔绝了，有什么好的？也许离开这里，对这个女人才是好的。

银桂种着玫瑰花苗时，又告诉了云间夫人一桩奇事。那别墅里的女人平时挺安静的，只是每年一到春天就要发一回疯，平时她养花种花，每天大部分时间，都在埋头照顾院子里的花花草草，好像爱花成痴，还养了一只小狗，几乎从不出门。但是每年一到春分前后，她就会烦躁起来，要哭闹一通，说自己命苦，把她家院子里的花全都剪光了，毁掉了，说她自己已是残花败柳了，不想看到花开得鲜艳好看。然后过几天，她安静了，她后妈就把我叫去，托我重新去买来花苗，再精心种上一年，到明年春天，院子里的花可能又都被她毁掉了。银桂说，一想到那家女人，我心里就挺难过。还不如投胎到我这种贫困人家好了。云间夫人问,银桂,你信不信命?银桂说,我不知道。

那天银桂走出云间夫人家,骑上小电驴,从紫薇片区骑到了海棠片区,一转两转,两公里外,又到对角线上的最远的丁香片区,去下一家人家做园艺。这丁香片区的边缘,有一大片废墟。银桂来得早,是看着这里的一幢幢别墅在推土机下化为废墟的。这沧桑巨变,曾给别墅区的局外人银桂带来巨大的震撼。原来,化为乌有也就是一天的事。后来,那块区域又恢复了漫长的寂静,连野狗也不再跑去那里了。远远看去,那一片片的废墟之地,与远处的山峦融为一体。春天,野草漫径,杂花生树。山下的荒原无人欣赏,却展现出大自然的壮美。一路上,银桂的脑海中盘旋着一张张太太们的脸,美的,丑的,老的,嫩的,慈祥的,刻薄的,焦虑的,从容的,浓烈的,淡定的,施脂粉的,不施脂粉的。银桂给她认识的终南山庄的太太们,大概有几十位了吧,按幸福指数来了个排座,排第一的,是空谷君。排第四的,是云间夫人。排在最后的,最不幸的,是那位被困在别墅里每年种花又毁花的美丽疯女。

排在倒数第二位的,其实给银桂带来的冲击也挺大的。这位太太姓秦,住在海棠片区,是银桂最早做园艺钟点工的东家之一。银桂印象中,秦太太人长得端庄,说话字正腔圆,有点像电视上的播音员,待人接物都很得体,每次银桂上门,她会让家里阿姨给银桂备好水果和点心,中间总是会叫银桂休息一下,在她家客厅吃点东西,拉拉家常。秦太太家里有个女儿,和小灿年纪一般大,身材也差不多。她有时会给小灿几套衣服和鞋子,都是新的,并不是她女儿穿剩了不要的,说是朋友送给她女儿的衣服太多了,女儿穿不完,正好送给小灿穿,银桂也就欣然接受。银桂会送一些新鲜的时令野菜、鲜花上门,作为回报。银桂在她家做了快两年。后来熟了,秦太太老是叫银桂双休日做活时,把小灿也带来家中,和自己女儿玩耍。秦太太的女儿,喜欢跟小灿一起玩耍,两个小姑娘成了好朋友,心无芥蒂,形影不离。小灿私下对妈妈说,小姐姐一点没有小姐脾气,人非常好。银桂说,说明人家家教挺好,没有看不起我们乡下人。

忽然有一天,银桂到秦太太家中做活,像每次那样茶歇时,秦太太端上自己烘焙的蛋糕,给银桂沏了茶,告诉银桂,这是最后一次请她上门了。银桂不好意思地问缘由,这位太太说,这房子已经卖掉了。银桂"啊"了一声。秦太太说着眼圈就红了。原来她先生在城里开的几家连锁酒店经营不下去了,连年亏损,资不抵债,他们被银行催债,又要给遣散的员工发钱,先是忍痛抵押了这房子做贷款,贷款花完了,又撑了一年,疫情反反复复,生意还是毫无起色。银行的钱还不上,这房子就被法院拍卖了。银桂震惊,不知该怎样安慰这位太太。太太说,离开了这里,我们全家要回城里,住回九十平方米的老房子去了。但是那房子也抵押了,秦太太叹息说,她先生最近压力大到天天掉头发,一把一把地掉,胃也不好。秦太太说,她先生五十岁了,之前一直在努力奋斗,从电视台下海后做生意,二起二落,感觉这次打击太大,很难东山再起了。

秦太太非常喜欢这个由银桂打理了两年的花园。她说再请银桂打理一次，就希望这房子的下一个女主人能善待这些花花草草，别让院子荒废了。银桂对她说，你放心，以后我会时常来照看的。秦太太说，搬回了城里，我也想重新找份工作了，总归要自食其力，不能坐吃山空。银桂才知道，她辞职做全职主妇前，是本地一家电视台的主持人，她先生下海前，是她电视台的同事。

银桂离开这幢房子，跟秦太太告别的时候，有些悲伤，心里就想着秦太太一家好好的，以后能重新回到这里。那以后，银桂悄悄关注着这房子的动向。有一天，她看到搬家公司的大卡车进了园区，心想是秦太太家搬走了。这幢熟悉的房子人去楼空，沉寂了一段时间。大约三个月后，新的住户搬进来了。不久，银桂接到了电话，对方说是上一任户主给她的电话，还是希望银桂每周去她家做一次园艺，银桂答应了。

银桂心情复杂地再一次登门，见到了房子的新主人，吃了一惊。对方是一个很年轻，打扮很新潮的女子，比她还年轻，人很漂亮。后来，她见到了男主人，也是一个很年轻的男子，长得眉清目秀。只是这一对夫妇的打扮，在银桂看来有些特别。后来，银桂发现这一对夫妇有一对同样漂亮的龙凤胎，两三岁的样子，但是好像孩子过段时间才会出现一次。再后来，银桂惊奇地发现，原来这是一对明星夫妇。后来，这一家人的背景悄悄地在园区传开了。银桂和小赵都听说了，这新潮女子是电影导演，拍了一部叫好又叫座的爱情片，意外地赚了很多钱。这位帅哥，也就是她丈夫，正是电影的男一号。这对明星夫妇一起注册了一家影视公司，投资了一部新的网络游戏改编的电影，又赚了一笔钱。他们看中了终南山脚下的别墅园区，已经买了两幢房子，一幢在海棠片区，另一幢在丁香片区。银桂继续给明星夫妇家打理园子，接触得多了，她心里暗想，这一位漂亮太太，应该比空谷君更幸福吧。空谷君不够完美幸福的地方是没有孩子，而银桂的心，已经被明星夫妇一对漂亮的龙凤胎宝贝征服了。

但是太太们若是知晓，也未必会认同银桂这个局外人的排序吧。

## 《局外人》

阿尔贝·加缪的《局外人》第一次让我将一本书连续读了三遍。

惊叹作家选用了与主人公性格一样枯燥、呆板、闪烁的语言风格连接全文，通过一个荒诞的故事，与人们探讨自由、正义、死亡等有关人类生存的基本问题。

这是一个孤独的灵魂在人世间飘荡直至陷入深渊的故事。

默尔索无疑是他存在的那个世界的局外人，自始至终，冷漠是他对待世界的态度，除了自己以外，整个世界的喜怒哀乐与他无关。

　　首先是情感生活上的局外人。丧失亲人的打击无疑是沉痛而惨烈的，可是他却以极其平静的口吻轻描淡写地叙述，面对母亲的过世，他没有流下一滴眼泪，并且对这一事件所引发的一系列余波深感厌烦。在去养老院的路上和守灵的当晚他都睡着了；母亲被盖棺之前，他拒绝再看她的遗容；他还急不可耐地去海滩游泳，看喜剧片，寻求肉欲刺激。面对女友关于是否爱她的问询，他说这种问题毫无意义，或许不爱。邻居雷蒙殷切地表示想与他交个朋友，默尔索却回答"做不做都可以"，一副无所谓的态度。

　　其次是工作事业的局外人。一个正当年华的成年男人，对工作没有热情没有追求，当老板提出要派默尔索去巴黎设置的办事处工作时，身居偏远小城的默尔索却拒绝了这个发展前景广阔的差使，回答说："人们永远无法改变生活，什么样的生活都差不多。"当默尔索为置办母亲丧事而向老板告假时，明显觉察出老板脸色不好，他却无动于衷，认为"反正不是我的错"，工作是否得到上司的认可等等都无所谓，一切仿佛都与他无关。

面对死亡的局外人。对死亡的恐惧是人与生俱来的。但当他在海滩上错杀了那个阿拉伯人之后，不管是在监狱的漫长时间里，还是在法庭上，他一直处于一种冷漠的态度中。法庭上法官、检察官的表情言语他似乎不关注，但周围发生的细微的不经意的事情他却会停留在意，"一个卖冰的小贩喇叭"等等。面对检察官的不公正他不予解释，不予理会。当不公正的死刑强加于身上，他却在想"我希望处决我的那天，有很多人来看热闹"。对死亡默尔索没有恐惧，没有异样，不以为然。

上帝教徒的局外人。判决以后，不论神父怎样耐心劝导希望他虔心忏悔，他都不肯服从，他拒绝了神父的拥抱，"他待在这里我感到压抑，惹我恼火"，他完全受够了神父，"我不想浪费时间和上帝在一起"。

默尔索是个局外人，他显得冷漠、另类、与社会格格不入，但这也恰恰反映了他活得自由且诚实。

每个人都是别人的局外人，默尔索因为没有活在社会期待的样子里,所以人们认为他是异类,无法理解他为什么不在妈妈的葬礼上哭。但默尔索心里觉得没有什么好哭的,我爱我的妈妈,但是就是那个时候,筹备葬礼的疲累让我不去想这些事情。

默尔索对什么事情都是漠不关心的样子,不像正常人,但其实,我们每个人骨子里都是冷漠的吧,有时候哭或者笑并不是本意,而是社会期待你这样子。你遇到高兴的事情了,好像就得笑。其实,真的开心,每个人都有不同的表达方式,有时就是不想笑,但是因为人们或是社会期待着,所以也就要做出笑的样子(想想真是又可悲又无奈,有点好笑)。

在既定的社会准则下,人的命运是未知的,是不可控地被裹挟着的,要么异化,要么被审判,于是,做个真诚的忠于内心的人还是做个随大溜的人,是至今为止,很多人都面临的选择。

然,生于世上,又怎么可能永远是局外人?(无语,忽然有点不知所措。)

——"林中空地"读书会笔记一则　下雨天

## 1. 空谷君

那日大慈恩寺事毕,空谷君独自走出山门,走到停车场,上了车,打开车窗,静静地坐在车上等银桂。想起大雁塔和小雁塔,与她都有奇妙的关联,毕竟更爱小雁塔。她早在二十二岁那年就爱上了一个人,所以后来总是喜欢不上别人,谈了几次所谓的恋爱,也都是无疾而终。又依稀记得,她就在银桂现在的年纪,在小雁塔重逢了那个人。她喜欢小雁塔,一大半是受了他的影响。

那天她坐在车上,忽然想到过几天是山上那个人的生日。她已经在山上陪他度过好几个生日了,但那个人每次都说,生日其实是无意义的,和所有的节日一样无意义。她不由得朝他所在的那个山上的方向望了望。白天,秦岭山脉绵延的线条有时是秀丽的。在等银桂的静寂中,空谷君打开手机,写了一条只自己可见的朋友圈:小雁塔,一生所爱。这时,她在终南山庄已经住了几个春秋。

她给自己宽大的厨房添了几样东西，最重要的是一只烤箱。这些几乎是别墅生活的标配。她在搬进新家的第一个月学会了烤面包，烤西式蓝莓小饼干，又学会了做大大小小的蛋糕、蛋挞。老冯是几年后搬来空谷君的别墅的。老冯入住，一扫别墅从前的冷寂静谧，带来了热闹的人气。此后两个月，每个双休日他们都没得清闲，各路朋友轮番到场，空谷君还制定了一个朋友聚餐的规则，来赴宴时，以每家为单位，带一样食物来：酒、水果、糕点、自己包的饺子、自制的比萨、烤鸡烤鸭等任意，这样每到一户客人，大家就有一份惊喜。比如有一次，一个朋友带了一份外卖的网红老鸭煲，大家吃得特别满意。有一次，一个朋友带了十只高邮咸鸭蛋，也大受欢迎，有个女朋友知道女主人爱喝粥，来之前的中午，特地去家附近的潮州砂锅粥店买了蟹虾粥煲，很大的一锅，最后热气腾腾地端上桌，席间每人分食一小碗，余味袅袅。还有一位太太，带来自制的蜂蜜南瓜饼，甘甜清香，好吃极了。在室外院子里有烤炉，三拨人马热火朝天地搞了三次烧烤，大家都吃得满嘴冒油。不过这样的热闹持续了半年后,主人渐生了倦意。

夏天时啤酒配烧烤,自然是绝配。友朋们在夏夜的院子里坐着,点了蚊香,男人多的场合,女眷们似乎更乐意当听众,男人们在院子里喝着啤酒高谈阔论,最热衷的是谈论天下大事,不外乎围绕着权、钱二字。那一天可能酒喝得有点多,男人们谈着谈着,一言不合,老冯以前的一个合作伙伴突然脸红脖子粗,啪的一声将一只酒杯打碎在地,还骂了很多句国骂,说老子最看不惯你们这种人,一个个男盗女娼,还喜欢搞道德绑架。空谷君连忙起身,拿扫把簸箕收拾残局,老冯打圆场希望休战,说老王酒喝多了开心,就快人快语。老王说,老子就是想说啥就说啥,还不让人说话了?其他几位说,老王您别激动,没人不让您说话。老王还是嚷嚷:这帮王八蛋,都当我臭屁是不是?都比我高尚是不是?空谷君知道,这两年老王运道不好,炒股票亏了几百万,把女儿培养到硕士,女儿执意嫁了个大她两轮的局级领导,甘心给人家娃当后妈,老王老婆催着女儿生个自己的娃却一直不见动静,女儿听烦了唠叨，最近连娘家也不太回了。老冯不好扫大家的兴，就直夸老王哥在江湖上是性情中人，喝了酒就爱说几句心里话，吐槽一下世风日下。等曲终人散，两人打扫战场，空谷君累得腰酸背痛，再说多吃烧烤不健康。一上秤，这一阵子烟火气增重了三斤，便决定这样的胡吃海喝应该按下暂停键了。

老冯是和黄莺一起做广告公司的合伙人，浓眉大眼，一米八的个子，身材魁梧，颇有阳刚之气，"985"大学财经类毕业。早先黄莺和原来任教的中学校长闹矛盾，辞了教职，就到了老冯的广告公司做文案，很快成了骨干。后来老冯的另一个合伙人想把公司转型成地产中介，因为理念不一致就拆分了，那个合伙人退出了，老冯发现空谷君很能干，那时已经成了他离不开的左膀右臂，便问空谷君能否当合伙人，空谷君同意了，将自己的积蓄也投进去，入了股。此后两个人合作愉快，前些年一起赚到了钱。

老冯业余时间喜欢写几个毛笔字，写几句歪诗，喝一点酒，他们七十年代初出生的这批人，似乎有不少人好这一口。这些年生意不太好做了,广告公司起起伏伏的,有些激进的,转型做了地产,做了投资,有身家上亿的,也有亏得卖掉所有房子还离了婚,住回父母家蹭吃蹭喝的。身家上亿的那个,成了原来广告行业转型成功的传说。老冯喜欢说,都是风口上的猪,有的吹到了天上,有的摔到了地上。老冯还常说,有些热闹,看看就好了,西安在内地,又不是北上广,肥皂泡更禁不起吹的,不戳也会破。黄莺的理念和老冯高度一致,两个人搭档同进退,被称为西安广告界的金童玉女。资本最火热时,西安一时也成了风险投资的热土,城市大兴土木,直比肩东部沿海。那会儿多家银行上门劝说他们增加贷款,加大杠杆发展成互联网公司,他们俩都不为所动,说摸不清互联网公司的门道,不想冒太大的风险。他们对财富数字好像也不热衷,后来听说老冯从前的那个合伙人因为资金问题坐牢了,黄莺总结说,正因为我们格局不大,小富即安的德行,反倒躲过了好几次要出人命的金融风险。

出了疫情之后,广告公司的业务收缩了不少,黄莺基本就淡出了，老冯一个人管公司，素年有收紧的意思。广告公司现在越来越不好做了，不过他们累积了一些房地产商家的固定业务。五年前，这个终南山庄的售楼文案策划，也是包给老冯和空谷君的这家公司做的。因为初期概念打造得好，终南山庄一期、二期、三期销售，吸引了全国各地的潜在客户，也成为他们公司的成功案例样板。老冯说过，他们这二十年的奋斗，靠着中国发展的快车道，已经跑赢十几亿中国人了。对于物质生活，他们不再有新追求。黄莺很多时间就待在山下别墅里，摇身一变，成了空谷君。她在别墅的三楼搞了家庭影院，这些年又陆续囤积了很多片子，去电影院看电影这件事差不多省了，只在家中看片。老冯说，你提前过上了富人的生活。空谷君说，三年没上过电影院的，两年没逛过商场贡献一分钱的人，我算富人吗？他们两个很像是丁克一族。老人们从来没有在这里出现过，空谷君的父母落叶归根，刚刚回了老家上海，卖了西安的房子，用一生积蓄在上海松江那边置了业养老。在西安城里，他们各有一个小窝。空谷君常居终南山庄后，就把城里的小窝出租了。

空谷君喜欢山谷,很得意自己的名字与这山谷的暗合。老冯到此久居后,城里的公寓还留着,随时可以回去住。

他们住的这幢房子,其实另有主人,严格意义上说,老冯倒是一只标准的寄居蟹。

## 2. 杜老师

有人说,以前在山里住过的人,看到山就很喜悦,不由自主地想回到山里去。

杜泾渭长安人氏,肤白干净、瘦削修长,一点不像北方男子,倒像是江南秀才,这样的相貌是大多数女孩子容易喜欢上的,只是杜泾渭在人前总是偏严肃,很少笑,冷漠疏阔,让人觉得不好接近,又像一棵阴天里的植物,森然幽微。

杜泾渭二十九岁那年回到老家西安,住回父母给他提供的房子,是一个极不情愿的选择。在此之前,他已经离开西安十年有余,在天津一所人人羡慕的大学拿到了文学博士学位,因为导师是业界大腕,自己也已小有才名,留校任教的可能性很大。但杜泾渭是独子,父母都在西安,退休前是双职工,分属两家不同的科研机构。他们除了自己专业里的那点事,一辈子好像也不懂别的事,偏他基因突变,执意改学了文科。他在北京读本科和研究生,在一个出版社工作了两年后,又在天津读了博士。他从西安出去后就没想过再回西安,但事与愿违,杜泾渭博士毕业前一年,父亲得了肠癌,手术治疗、化疗和康复期挺长,母亲照顾得筋疲力尽,深感身边无人,于是再三要求他毕业后回西安,好有个照应,杜泾渭起先不同意,最后架不住母亲的软硬相逼,卷铺盖打道回府。杜泾渭告别了京津两地的几个志同道合的朋友,也告别了尚未最终确定关系的几个红颜知己,一趟飞机就把他带回了自己的成长之地西安城,从此似乎就跟京津双城无关了。

他走得有些落寞,从前那几个红颜知己,正在以京城为核心的文化主场里扑腾得如鱼得水,没有一个主动表示跟他一起去西安的。有两个关系最密切的姑娘，都曾对他有意思，请他吃了饭为他饯行，语言之间满是惋惜不舍。算起来，一位师姐一位师妹，都是同行，一个在北京一个在天津，北京的师姐已经在北京的大学任教，本来希望杜泾渭博士毕业后也去京城找教职，两人都定下来后谈婚论嫁。在天津的小师妹，眼下两个人朝夕相处，感情亲密，杜泾渭很难分清自己更喜欢谁，他又是个慢性子，心意不能决，所以对谁都没有更进一步的表示。如今两位红颜都想挽留他，比如问他能否把父母接过来看病，或者出钱帮他母亲再找个人一起照顾父亲，杜泾渭觉得都不可行，他没有那个经济实力。两位姑娘就哀哀戚戚地，跟杜泾渭告了别，仿佛这一别就是永别似的。杜泾渭知道，这还未确定的缘分，就这样散了，大抵如今的姑娘看待爱情，到底要比从前的姑娘现实些。

杜泾渭回西安之后，找工作也没法挑肥拣瘦，最终成了一所三本普通师范类大学的青年教师，收入不高，学校在西安近郊，周边有山有水，风景倒是不错。父亲病后仍在康复期，杜泾渭依然住父母家里，还是十九岁之前住的那个偏小一点的男孩的房间，当年他父亲送他的各种大大小小的、倍数不同的望远镜，如今都在这个房间摆放着，这是他童年到少年时期最大的私人财富。杜泾渭自己不会开车，也不想学车，去学校上课就搭乘学校班车，但是如果没赶上校车，他只有两个选择：多花钱就打车，少花钱就倒腾几趟公交车再加步行。杜泾渭给高年级的学生上文学课，混了两年，觉得非常无聊，尤其讨厌早上八点半就要上课，他是夜猫子，每天都凌晨一点以后才睡觉。不过他找到了一个好去处。每次上完课，中午吃了食堂饭，时间还早，他会独步去校园后面的一处林子转悠，林子边上有一个水库，天气好的时候，山、水、树、云的影子在水库中交织在一起，构建出一个宁静的化外之境，杜泾渭恍惚觉得，自己是喜欢这里的。

杜泾渭尤其喜欢这个水库，还萌生了到此垂钓的念头，不过只是脑子里想想，并没有实际行动。他一直是书斋型知识分子，不是行动派。一想到要寻觅一处垂钓佳处，池塘或水库，要准备一个功能齐全的钓箱，买各种类型的饵食，要精益求精地备好钓具，准备坐具，再步行或坐车，一系列的琐碎繁难，即便就是眼前的水库，也需要观察地形、风口、日光等等，因此他宁愿停留在想象的美好里。

他热爱给人快乐的飞鸟、跳鱼，认为钓鱼是艺术，关于钓鱼的书，几年间就收藏了好几本。《鱼品》一卷，明代万历进士顾起元撰，作者自号"遁园居士"，南京江宁人，书中记载了数十种鱼，皆为江东地区所产。他在天津的时候，从旧书店里淘到一卷《记海错》，乃清代训诂大家郝懿行所撰。郝懿行的家乡在山东滨海地区，见过的海产也很多。书中所记海产共四十九种，并征引古籍加以贯通，对某些海产的得名，还做了简明的解释。据书前小引所题为"嘉庆丁卯"，即一八〇七年成书。

他从书架上找出一本外国人写的《钓客清话》，这也是在天津读博的时候买的，一个叫艾萨克·沃尔顿的英国人写、缪哲译的，他喜欢如下清词丽句：

河边是最安静、最适于深思的，钓鱼人坐在河边，便不由自主地堕入冥想。

钓鳟鱼，要选大热天，黄昏最相宜。

出海来的鲑，翩然一跃就进了河，气力之大，身段之巧，每令人瞠目。

出水后命最短的，海鱼推青鱼，淡水鱼数鳟；而鱼脱于渊，命最长的除鳝之外，要说鲤鱼。

鲤是河中的女王，它雍容、婉雅、敏慧。

瞧，又下雨了，再给你的钩装上饵，把它扔水里去。

天呢！我第欧根尼所不需的东西，天下何其多也。

**他被这一段话吸引住了，反复玩味起来：**

另一种鱼，人称"隐士"（Hermit）的，到了一定年纪，便钻进死鱼的壳，像息影红尘者，孤居壳内,研究风与天气,它转动壳,以免遭风与天气所加的伤害。

两年下来,杜泾渭对他所在的学校没什么好感,对西安这座从小生长的城市也没什么好感。人们一般认为热爱自己的家乡是一个美好的品德,无论在哪里,人对故乡总应怀有三分真情,更何况,这是十三朝古都长安城啊。杜泾渭偏不在此列。杜泾渭认为他理想的栖居之地在奥地利,并非一定要在首都维也纳,随便一个奥地利的古老小镇都行。

他从未去过奥地利,也从未跨出过国门。他认为自己并不适合长途旅行。在京津两地时,他曾有机会免费去一趟欧洲十国游,可一看排得密密满满的行程,几乎一天要跑两个城市,还要到阿尔卑斯山去打个卡,安排大半天时间滑雪,这免费旅程对他就失去了吸引力。他对当时有可能成为女朋友的在北京的师姐说不去了,师姐说你的精神故乡不是奥地利吗?我给你找了这么好的机会去奥地利,你倒是懒得动了。杜泾渭说，这不是我抵达奥地利的方式。师姐无奈，气呼呼地自己去了，途中发了些在奥地利的观光照给他，本想让他后悔的，可他也无感，淡淡然没啥反应。师姐从欧洲回来，两个人就有点别扭了，关系由热转淡。两个人之间已经上过床了，师姐有一天哀伤叹道，你不爱我了吧？杜泾渭说，也不是。师姐又说，是看上别的姑娘了吧？杜泾渭说，没有。但她不去天津看他的话，他没有任何行动了。师姐最后一次专程到天津来看他，到的时间是中午，正碰上他的一个师妹到他的宿舍来喊他一起去食堂吃饭，她心里咯噔了一下，就有数了。而他也并不介绍师姐是他女朋友，只说是北京过来的师姐。三个人一起在食堂吃了午饭，结果两个女人都感觉到，好像就她们两个女人面对面吃饭，较量，杜泾渭并不在场。是的，这有点古怪，他仿佛并不在场。

到了在西安任教的第五年，北京的师姐结婚了，天津的师妹也有男朋友了，她们找的都是圈外人士，过上了热气腾腾、冷暖自知的世俗生活，杜泾渭在西安依然单身一人。他越来越不喜欢自己的学校，同时他的学校也越来越不喜欢杜泾渭。最不可调和的是，这个学期他的现当代外国文学课全部被排在了上午，从早上八点半开始。他去系办公室反映排课不合理，负责排课的行政小领导轻蔑地看他一眼，说，就是这么排的，为人师表还想睡懒觉吗？杜泾渭甩头离去，走到门口，随口骂了句"一帮傻×"，也不知当事人是否听到。

杜泾渭还有一个怪癖，他是文学博士，但除了曹雪芹，一个写小说的中国作家都不喜欢，也从来不看任何一个活着的中国作家的书，他只看外国翻译过来的文学书籍。曾有一个学生，在杜老师的两节课的课间，问杜老师喜欢哪个中国当代作家，杜泾渭说，我从不关注，也不看。那位学生问，你连那么有名的秦老师也不喜欢吗？杜泾渭反问，我为什么要喜欢？那个学生哑口无言，有点恼怒。该生名韩超，是系学生会主席、校学生会副主席，平时有些自负，在一次公开场合上见过住在西安的著名作家秦老师，他很想秦老师能接受学生会邀请，来学校做一场讲座，当然这也有个人前途方面的考虑。本想问问杜老师能否帮忙促成此事，没料到，杜泾渭一脸不屑的神情，严重刺伤了韩超同学的自尊心。

渐渐地，男生们都不喜欢这个倨傲的杜老师，也不喜欢上他的课，觉得杜老师的课跟泱泱大国的爱国学子没多大关系，都是一些奇怪的、不着调的无病呻吟，于是他的课他们就马虎对付。他们倒不是故意不喜欢，而是真心喜欢不起来，总觉得杜泾渭讲的国外现当代文学很是隔膜，这跟他们眼下的世界有什么关系嘛。杜泾渭的师范生们，大多数来自陕西乡村，将来毕业了，主要在本省各地的中小学里当语文教师或政史教师。大学期间，他们除了读一点金庸、古龙等港台武侠小说，还有一些热门网络小说之外，真正想看一下的文学书，首选是路遥的《平凡的世界》。

女生们一开始对杜泾渭并无恶感，因为作为一名单身青年老师，杜泾渭在形象上很过得去，不脏不臭，上课几乎没有本地口音，是标准的普通话，也不唾沫横飞。但是慢慢地，女生们也感觉到杜老师课堂上对她们的蔑视，正是那种距离感，令她们隐隐不快。

有一天下课前，杜老师评价大家交上来的作业时，这般冷嘲热讽：没有一份作业能打到七十分以上的，你们的理解力真是堪忧。又讽刺学生道，你们的文学视野、趣味还停留在《平凡的世界》阶段，我真是无语。

有一位要强的女生，目送着杜泾渭下课后扬长而去的傲慢身影，在教室里气愤地哭了。这个女生，就是黄莺。她从小就在西安的苏联风格的筒子楼里长大，父母也是西安一所高校的老师，小时候父母很少管他们姐弟几个，他们吃饱了就闲荡，和父母同事的孩子们在筒子楼与筒子楼之间疯跑，追逐打闹，闯祸。因为是家中老大，她就成了家里的小妈妈，要生炉子、烧饭，洗衣服，做很多家务，她刚上小学就已跟着大人买煤了。家务做完了，因为没大人管，她也跟着筒子楼里的孩子们疯跑，有电影就一起去看场电影，就这样混到中学，她华东师范大学毕业的父母忽然说，你成天游来荡去，不想考大学了？黄莺于是想，不考大学能干吗呢，到父母大学里的食堂端盘子洗碗吗？

这才收了心,用功对付起书本来。

在这个班级,黄莺并不是成绩最好的,但她平时喜欢读一点书。杜老师说这话的时候,她已经把英国女作家简·奥斯汀的小说看完了,但是杜泾渭的课上从来不讲简·奥斯汀,她正想着,找机会跟杜老师聊一聊奥斯汀的小说,可这样的机会几乎没有,因为杜老师并不住在学校宿舍,不知为何明明有两人一间的教工宿舍,他也不住,一上完课就离开校园,课外时间与学生们几乎是零交流。

见黄莺被老师气哭,其他几个女生也围过来,纷纷控诉,杜泾渭欺负我们,他以为他是谁。不想教我们就别教好了,又不是我们请他来的。男生们倒是反应淡漠,除了少数男同学,大多数男生头脑更清楚,知道上这门课就是为了拿到学分,他们六十分万岁,跟这个老师生气犯不着。

学校里流传着一种说法:这个杜泾渭明明是炎黄子孙,却崇洋媚外,眼高手低,文学方面也没见他有多少功夫,连秦老师的书都没读过。可他偏瞧不起人,以为自己多么了不得。也有人私下说,这个杜老师是在北京混不下去了,才回西安的。杜泾渭不闻不问，依然故我。偶尔因为没有赶上校车，上课迟到，也不向学生道歉，不解释一下，就直接开讲，讲的时候倒是滔滔不绝，也不管学生们听不听得懂。后来又有一次，杜老师早上八点半的外国文学课又迟到了，他进教室，放下讲义就直接开讲。这时学生会主席韩超站了起来，说，老师您又迟到了，难道不需要解释一下吗？杜泾渭奇怪地看了他一眼，慢声慢气地说，嗯，我是迟到了，就接着讲课。班上学生正小声议论，嗡嗡声一片，他好像什么也没听见。

这个班级的男生和女生都对杜泾渭有了抵牾之后，一个失败的学期匆匆结束。接下来的一个学期，这个班的学生进入了大四，他们仍然要上一门杜泾渭的文学课。杜泾渭给学生们开了份书单，其中有《变形记》《喧哗与骚动》《百年孤独》《局外人》《恶心》《了不起的盖茨比》《追忆逝水年华》《1984》《鼠疫》《罪与罚》十本书，他说如果不提前准备一下去阅读这些书，下个学期你们就等着挂科好了。

新学年开始，学校换了新的学院院长，开始抓校纪校风，也开始抓师德师风。学生们翘课作弊不好混了，现在基本上不敢迟到或缺课，校方怕有些教师不负责任，上课不点名或点名不认真，又加了学生干部来进行考勤监督。杜泾渭却还不知收敛，依然会上课迟到，可现在他们是大四的学生了，面对杜老师也更"刚"了，现在杜泾渭上课迟到，迎接他的，是讲台下面的一片嘘声。

杜泾渭在嘘声中板着脸，开始上课。他问，有没有人看完了《喧哗与骚动》？没有一个人呼应。他又问，有没有人看过《鼠疫》？依然没有一个人呼应。

最后一排的一个男生打趣道，为什么要读《鼠疫》这么奇怪的书。

然后，学生们听到杜泾渭从鼻孔里冷哼一声，说了一句：知道我为什么会迟到吗？对面的学生们全看着他，听他公布答案。他说，你们这种水平，根本不配做我的学生。

话音刚落，黄莺噼里啪啦地收拾好书包，站了起来，很大声地说：您也不配当我们的老师。说着就摔门而去。

教室里一片哗然，也有别的同学要走，但被韩超同学劝住了。学生会主席韩超说，大家请冷静，对老师有意见，我们事后再说，顾全一下大局，不要酿成教学事件。

就这样，师与生们都压制着情绪，两堂讲《喧哗与骚动》的课，就在现实的喧哗与骚动中结束了，对教与学的双方都挺不容易的。

将近中午的时候，在杜泾渭常去散步的那片学校边上的水库旁，在一片红叶小林子中的空地，杜泾渭与黄莺狭路相逢。黄莺正独自散步，仿佛沉思之中，忽然抬头撞见杜老师，她愣了一下，扭头就走掉了。他见是刚才拂袖而去的女学生，想起两个小时前她走出教室时紧抿着嘴，又是委屈又是愤怒，此刻忽然又狭路相逢，倒是有几分尴尬。杜泾渭顿时觉得对这个女生有几分歉意。一路若有若无的思绪中，他从红叶林中走到水库那边去了，又在水库边杂草堆中的一块大石头上，坐了半个钟头，甚至，还捡起了几块小石子，打了几个水漂，才拍拍衣裤离去。

午后，有几缕阳光照进了红叶林。杜泾渭的脑子里忽然冒出了两句诗——

深林人不知,明月来相照。

## 3."林中空地"

杜泾渭在这个师范学院的"末日",比预想中来得更快。新来的院长雷厉风行,要学生们给每个老师打分,风评不合格的老师,不能继续留在教师岗位上。杜泾渭不出意料地被打了全院最低分。院领导调查情况,了解学生们为什么对杜泾渭不满,汇总的答案是:杜泾渭不仅上课时常迟到十五分钟以上,还时常侮辱他们、打击他们,看不起自己的学生,这算什么师德。黄莺写的意见大致如此:杜老师过于傲慢,我怀疑一个打心底里看不上自己学生的老师,是否适合当我们的老师。

杜泾渭就这样作为学院的青年博士,遭到了末位淘汰,更严重的是,他被归为师德有问题的一类,就这样,下个学期不再续聘，杜泾渭的饭碗丢了。本来或许还有救，关键在于本人态度，是否有痛改前非的认知和觉悟，但是杜泾渭连一份自我检查都不愿意写，一副随便你们的架势。学生们很快知道了这个结果，大家奔走相告，议论纷纷，很多同学有一种报仇了的快感，可这时黄莺却走开了，心里莫名其妙地不舒服起来，也不知道这个结果是不是自己真正想要的。

　　黄莺心里郁闷，一个人又走到学校边上的林子里去。这时天气已是肃杀。没有阳光的时候，水库的林子里阴沉沉的，风吹来是坚硬的。黄莺见一个月前林中繁茂的枝叶已经稀疏了不少，银杏叶已落了一地。林子里有阴冷的感觉，她就走到水库边上去。她再一次在水边看见了杜老师，修长挺拔的一个身影，手插在牛仔裤兜里的时候，肩膀就有点拱起。她在后面，猜到是刚刚丢了饭碗的杜老师。她离他大概五十米，她跟在他后面走了一小段路，犹豫着是该跑上去问候他，还是避免尴尬赶紧换个方向离开。又走了几分钟，她看到前面的人边走边沉思的样子。他是一个思想者。这个念头在她心里一闪而过。接着又冒出了一个念头，他，就像卢梭说的"一个孤独的散步者"，他大概有这个习惯，上完课就到这里独自散步。而她最近也喜欢独自一个人走到这片水库边的林子里来，从来不和别的女生结伴而行，每次心里有些惆怅之时，就不知不觉地走到这里来，林中和水库边的安静，有助于思考。她叫了两声，杜老师，杜老师，声音不大，以为在前面的他听不到，但可能是顺风的缘故，他居然回过头来，这时她愣住了，他明显听到了她的叫声。他们四目相对了一会儿，她的心狂跳了起来，转身就快步跑开了。

黄莺跑到一个彼此看不见的安全距离后，停了下来，这时懊恼升了上来，心里骂刚才的自己怯弱得像个傻瓜。下午四点光景，林中的风依然坚硬地吹向她，吹得她更加清醒。她走回宿舍，宿舍里两对小恋人正亲昵地坐在一起，作小儿女态。黄莺理了下书包，去了图书馆。在图书馆，她摊开信纸，很想给杜老师写一封信，说一说自己内心对他的看法，她很想打破坚冰，也许他们师生之间彼此的误解太深，但是她写了几次，涂来改去，无法成句，感觉自己纷乱的思绪很是可笑，一切都是徒劳，他看到了又会是什么反应？她仿佛看到他收到这封信，发现是来自一个反对他的学生的，淡漠地扫一眼后，把它揉成一团，或者干脆撕碎了，扔进废纸篓里。她仿佛已经看见他"呵呵"了两声，鄙视又轻蔑地冷笑了。

后来的一段时间，黄莺时常去那个林子里漫游，心里很想遇见杜老师，想跟他从容地交谈，又害怕真的遇见他。这种不安的诱惑牵动着她的双腿更频繁地迈向这片林子。有几次，她发现杜老师在林子里出现了，离她不远不近，但是他可能看见她过来了，就拐去了远离她的方向。看来他也想回避她。虽然杜泾渭下学期的饭碗没了，可依然还保留着在这个林子里独步的习惯，也许会走到他永远离开这里前的最后一天。有一次，两个人迎面走过，黄莺鼓起勇气喊了一声"杜老师"，但是杜老师仿佛没有听见，或者自己在深思中，无知无觉地从她身边走过去了。她忽然明白，杜泾渭不喜欢这个学校，但他喜欢这个林子，不然她不可能几次在这里碰到他。这片林子里很少有谈恋爱的学生出没，因为这里的气息与恋爱的甜蜜感格格不入，一般谈恋爱的男女生会去学校东边的一个植物园，里面有很大的草地。植物园边上，有娱乐场所、不太大的电影院和游戏厅、卡拉OK厅，一条看似城郊接合部的小街上，还有各式南北口味齐全的饭店，这是学生仔最喜爱的，因为价格低廉。

杜泾渭上最后一个月的文学课，师生双方倒也相安无事，从初冬到凛冬，西安的风呼啸着，时常刮得凛冽，到新年元月的时候，又下了几场大雪小雪。杜老师没有再迟到，也没有骂过任何一个学生，平静温和地讲课。这个过程中，黄莺啃完了杜泾渭开的书单上的全部书目，再上杜泾渭的课时，发现杜老师的课其实有点意思。她忽然觉得，杜泾渭跟加缪小说里的那个默尔索有点像。

杜泾渭离开学校前的最后一堂课，窗外下着细雪，使万物显得静美柔和。杜老师讲的是卡夫卡的《变形记》，台上的人和台下的人彼此心照不宣，这是最后的告别，课堂上很安静。黄莺拿了一罐子学校小卖部买的牛奶热饮放在讲台上，杜泾渭平静地说了声"谢谢"。这间大教室似乎形成了一种暖冬般的默契，每一位听众都在认真听着，可能事先学校里传开了，这是被开掉的青年教师杜泾渭的"最后一课"，还吸引来了一些对事件好奇的外系学生来旁听，这个平时坐不到一半人的大教室，这天居然坐满了，外围还站了一圈旁听的人。

杜老师说，卡夫卡的小说其实写的是一种人类普遍的处境，人与所处的社会关系的异化与荒诞。人是永恒的孤独者。杜老师说，我们都可能变成时代的病人，但一定不会变成虫子。格里高尔变成虫子后，几个月内，他从有价值的人变成了家庭的累赘，他自己走向了毁灭，但同时，他又是被他最亲的人作为害虫消灭的。这就是现实。杜老师引用写《失乐园》的英国作家弥尔顿的话："远离了所有快乐的地方，只剩下炉台的蟋蟀。"所以甲虫身的格里高尔注定要被消灭。昆虫的宿命十有八九是在田野、树林和水中，只有家蟋蟀才终年住在人的家里，有些蟋蟀与人伴久了是知吉凶的，如亲人死亡、情人远归等。格里高尔蜕变为"害虫"了，所有不适应社会的倒霉蛋，都会变成格里高尔，进入荒诞的状态，然后被所有曾经爱他的人抛弃。杜老师说，昆虫轮流占据了一年中的日与夜，在黄昏的暮色中，格里高尔像所有甲虫一样嗡嗡嗡。荒诞笼罩一切，难道你们没有发现吗？杜老师用两节课的时间讲完了《变形记》，一分钟也没有拖堂。在学生们的目送下走出了教室，也没有跟大家告别就走了。

这堂课下课后，黄莺心潮起伏，耳边一直是杜老师的声音，她冒着细雪往学校边上的林子走去。一个小时后，黄莺又一次在水库边的小树林遇见了杜泾渭。这一次她想也没想，就跑过去对他说，谢谢杜老师，您今天的课真好。他看到穿一件红黑格子大衣的她向自己跑过来，雪地中踩出一片脚印。他整了整围巾，朝她点点头。她说，杜老师你讲甲虫的时候，我把格里高尔想象成一只人形蟑螂，于是就理解了他变成蟑螂后遭遇的全部命运。他第一次朝她笑了笑，说，什么是荒诞，你们女生在屋子里见到一只蟑螂就发出尖叫,这就是一种荒诞。她说,杜老师你为什么一学期都在给我们讲荒诞呢?他说,荒诞是对这个世界最好的注解。就好比说,很少人知道猪的天寿到底有多少,这本身是不是很荒诞,但总有人想知道答案,比如我。她又说,我读完您开的书单了。他问她,你喜欢这些书吗?她说,还行,重要的是我读完了这些讲荒诞的书,我才知道世界上有这样的书。他说,读书只能使人更加无用,更加不合时宜。她说,我知道杜老师嫌弃我们水平太差,其实我们自己也知道,但这话您不该说出来,说出来会很伤人。他说,我无所谓嫌弃不嫌弃,只是提不起劲,可能我并不适合教书育人。她问他以后会去哪里,他说不知道,过一天算一天。她又问,你恨我们这些学生吗?他回答说,我不恨任何人。我只是觉得,我们彼此成为师生,这是荒诞的。现在这种荒诞的师生关系终结了,也没什么不好。

他跟她说了声再见,就自顾自地走了。她追上几步,忽然说,我叫黄莺,杜老师可能不知道我的名字。他说,你叫不叫黄莺,这不重要,祝你好运。冬日的林子光秃秃的，银杏叶在雪中掉了一地，几只乌鸦在林梢间翻飞哑叫，几只寻觅的松鼠跳跃着，他抬头看了看天，说他该回城了，最后坐一次学校的班车。

她的表达欲似乎特别强烈，又急切地说，杜老师，您是不是太愤世嫉俗了。他说，我愤不愤世，其实是跟你们无关的。她说，我明白了，像我们这类人，不该有愤世嫉俗的老师。杜老师来给我们上课，这本身就是荒诞剧。她还想表达时，看到他脸上若有若无的厌倦神情，就干脆地跟他说了声"再见"，正转身要走时，脚下一滑，他赶紧把她扶住了，叮嘱道，水库那边结冰太滑了，你不要走过去了。她愣了一下，说了声"谢谢"。

他走了之后，她还在林中空地处徘徊，也不觉得天寒地冻。林子里没几个人，乌鸦叫过几声，不到黄昏就万籁俱寂了，偶尔有几只松鼠在树林间跳跃、觅食。她的惆怅更深了一层，像浓雾一样聚拢。此刻的西安下着细雪，此刻的秦岭深处，有一场漫天大雪在下着。

最后一个学期，学院新来了一个四十岁左右的女教师，续上了杜泾渭的外国现当代文学课，与学生们相安无事。课间时间，黄莺试图和新来的老师聊聊杜泾渭开的书单上的那些书，但是她马上发现，新老师对这些书毫无兴趣，上课则是照本宣科，连一点点超纲的内容也没有。黄莺只好调整策略，放弃了在这个书单里找选题写毕业论文的打算，最终她以"简·奥斯汀小说中的女性成长与现代性"为题，写了毕业论文，还获评了优秀论文，她作为这一届学生中的优秀毕业生顺顺当当毕了业，分配在西安一所中学当语文教师。

冬去夏来。离开这所师范学院前，黄莺最后一次独自踏上了学校水库边的那片林子。哪怕是夏天，这水库边的林中空地依然有丝丝的空寂清冷，似乎只吸引某一种孤独来客。到了大四毕业前，黄莺也有了一种类似于杜泾渭在此地时的烦恼，她觉得自己跟同学们越来越格格不入，同宿舍女生正忙于谈恋爱，出双入对。不知不觉中，她也成了一个独来独往且不受女生欢迎的人。

毕业前的一天，学生会主席韩超把她约到了小街上的一家韩国烤肉店,黄莺赴了约,烤肉在炉架上滋滋地冒着热烟,他们吃得鼻梁出了点小汗。韩超说他已经定了留校,黄莺祝贺他如愿以偿。她和韩超是本届仅存的两名校优秀毕业生。他们有相似的家庭背景,父母是双职工,除了上班,还一天到晚要开会,家里有三个小孩,他们从小生活在单位筒子楼的小世界里,大家都不怎么爱上学,能考上师范已经不易。

韩超表白了,说自己跟她一起搞毕业联欢会的时候,心里就很清楚了。毕业联欢会上,他们组了个"串烧",同时站在台上,他先唱了刘德华的《忘情水》,她又唱了那英的《雾里看花》,最后两人又合唱了一段《大中国》,赢得了满堂喝彩。因为是同学,她就跟他开玩笑,说,我又没给你打过"爱心牌"毛衣、围巾、手套,你怎么瞄上我了?他说,倒是有好几个女生,还有学妹送过我。她笑说,她们肯定对你有意思。他说,这一届的女同学我只看得上你,你是可以跟我一起闯天下的人。她笑笑说,你看错了。其实我跟你不是同路人。他惊讶道,怎么可能,你没听到别人把我们两个叫作"金童玉女"吗?她说,他们开玩笑的,你可别当真。她表情有点夸张地说,要是我跟你在一起,你会被我气死的。韩超有点沮丧,本以为自己是学校公认的青年才俊,她也许早就喜欢他呢。他相貌也算端正,一米七一的身高逊色了点,但他非常自信,觉得自己的强项足以弥补身高劣势。她说,你以后前程一片大好,你应该找一个甘当绿叶、以你为荣的姑娘,以后可以做好你的官太太。他故作潇洒道,黄莺,你看不上我,那你会看上什么样的男生呢?她笑说,我也不知道。我现在是独身主义者。韩超说,你这是说说的。我只是好奇你会跟什么样的人谈恋爱。

吃完饭,他们回学校的路上,韩超说,黄莺,我是个有野心的人,你说得没错。黄莺说,那就祝你一路高升吧。韩超说,我会努力的。黄莺说,那个被我们砸了饭碗的杜泾渭,现在不知怎么样了。韩超说,谁管他呢,那个鸟人。

杜泾渭不知所终,也没有人知道他去了哪里,关于教师队伍中的坏榜样杜泾渭,几年后作为反面典型,还在这个学校流传着。黄莺离校后,还时常想起杜泾渭。想起他的倨傲,她依然感到气愤,脑海中却又总是浮现出他修长的身影,落在水库边光线明亮的林中空地上,变得更加修长而柔软。爱情就如细雪一般,悄无声息地降落到黄莺的心湖。

## 4. 小雁塔

二〇一四年,阳春三月的一天,下午五点左右,黄莺在西安小雁塔门口附近的马路上遇上了杜泾渭。黄莺站住了,连忙叫住这个正埋头走路的人。杜老师,她惊喜地喊了他一声。他回过神来,见一个明媚颀长、一身银灰色长外套的长发女子站在春阳下,呆了一下,微笑说,是你呀,你怎么在这儿。黄莺欣快地说,杜老师还能认出我?杜泾渭说,当然,你是黄莺。他们不约而同地退了几步,退到小雁塔的公园门边,在一棵高大繁茂的楸树下站住了。黄莺说,我正想去小雁塔逛逛。杜泾渭说,我每天这个时候,会在这附近走走。黄莺说,就像杜老师以前在学校里,老要去水库边上那个林子里走走那样吧。杜泾渭说,也对。他们抬头望了望天,一时不知说什么好。杜泾渭拿出打火机,点燃一根烟,抽了起来。

黄莺陪他站了一会儿,说,我们应该有七八年不见了吧。杜泾渭说,我不记得了,感觉更久。她不好意思问杜老师这些年在做什么,话到嘴边又咽了回去,就说,毕业后就再没去过我们学校水库边的那个林子。杜泾渭说,那里是不错。黄莺说,你看到过水库里有鱼吗?杜泾渭说,肯定有鱼。黄莺笑笑,问,杜老师你喜欢吃鱼吗?杜泾渭说,还行吧。黄莺又问,喜欢吃什么鱼呢?杜泾渭说,海里的鱼。黄鱼,还有一种海鲈鱼。黄莺说,那你肯定不喜欢西安。黄莺说,杜老师你要一起进公园逛逛吗?杜泾渭说,也可以。

两个人就一起进了小雁塔景区。杜泾渭的步子有点大,黄莺紧紧跟上。他好像意识到她在赶他的步子,就放慢了速度。走路的时候,两个人互相打量过,他的样子好像也没什么变化，整个人看着依然很沉静，穿着一件黑色的皮夹克、牛仔裤，只是头发从原来耷拉下来的中分，变成了很短的平头，感觉人比从前清爽硬朗。她脑子里迅速地算了一下，他应该有四十啷当了吧，似乎还是个老青年的模样。他眼前，曾经造他反的女学生，现在是一个三十出头的俏丽小妇人，一举一动间透着成熟的风情，她的眉宇间流露出颇有主见的利落，看来依然不是盏省油的灯。

他们一起在小雁塔下散步。她说，我刚接了个活，要做个小雁塔的旅游小册子，今天来找找灵感。他说，小雁塔是我难得很喜欢的一个古建筑。她说，我猜一下，小雁塔和周边的古树形成了一个磁场，这个磁场里，应该有让你着迷的东西。他说，也许吧。她说，我也挺喜欢这里的。以前这儿叫荐福寺，看来确实是块福地。他说，每天下午五点左右，我都会在这一带走走。她问，你家住在小雁塔这儿吗？他说，不是。她不好再问下去。

他们一起来到塔下，抬头望塔。他笑着说，我小时候梦见过外星人降临在小雁塔塔顶。她笑说，这很有趣。她问，杜老师你觉得小雁塔的三离三合是不是挺吉祥的？杜泾渭说，你觉得它是吉祥物，那以后多来来。黄莺笑。杜泾渭说，我倒觉得小雁塔像一个美好的女子。黄莺望着石塔，似在琢磨什么，就说，这个女子的美好，在于她没有什么身份的负担吧，就显得比较真。

一起转悠了半个小时光景，天色渐渐暗了。黄莺发觉今天的杜泾渭还挺明朗的。这时杜泾渭说，我要先走了。黄莺说，那我也走吧，公园快关门了，下次我还要来。两个人说着，一起出了公园。黄莺说要去公交车站候车。她来的时候就是坐公交车来的，正好坐六站直达小雁塔站。杜泾渭跟她说了声再见，朝另一个方向快步走了。

黄莺上了203路公交车，公交车上的最后一排还有一个空座位，她坐了下来，杜泾渭早已绝尘而去。她心想，他可走得真快，跟逃似的。她跟杜泾渭多年后相遇了这一次，他们在一起走了半个小时，说了不少话。他们告别时居然没有留下联系方式，很有可能会再次淹没在茫茫人海之中。公交车站名报了六站后，黄莺下车，步行五六分钟，回到了自己上班的文化公司开始干活，她叫了一份外卖，一边吃一个肉夹馍，一边想杜泾渭这个人，她想再一次见到他，跟他坐下来好好聊聊他们的这些年。

接下来的一个多星期，她每天下午五点钟左右来到小雁塔这里转悠，为的是能再次遇见杜泾渭，但杜泾渭一直没有出现，也可能两个人的轨迹都在附近，却也不那么容易邂逅。黄莺有了一个念头后就很执着，这些天她到小雁塔拍了一些摄影素材，基本上完成了旅游小册子的构思。如果仅仅为了完成工作，她已经不用再到实地来了，但她还是经常来这里。

直到离上次一起逛小雁塔的一个月后，也是下午五点左右，黄莺再次在小雁塔的塔下见到了杜泾渭。这一次是杜泾渭先叫住了黄莺。一见是杜泾渭，黄莺的欣喜溢上了眉梢。杜泾渭说，我们一起再逛逛？小雁塔不会让人厌烦。黄莺说好。四月的西安，气温忽地蹿得很高。一个月前是薄薄的清寒，一个月之后，下午五点的太阳还未落山，杜泾渭和黄莺都脱了外套搭在手腕上，两个人身上，都是一件白衬衫。这一次散步的圈比上次更大，走着走着，杜泾渭和黄莺的肩膀挨得很近，不时触碰到。她心里想一直这样走下去，也不觉得累。后来他说，如果你没事，晚上我请你吃饭吧。她说，其实应该我请。

两个人重新来到大街上，黄昏的街上车水马龙的，他们在街上走，漫无边际地说着话，后来就走进了一家酸汤鱼火锅店。黄莺说，给我一个请你的机会吧，就当学生向老师赔个礼。杜泾渭奇怪道，赔什么礼啊。黄莺说，当年课上造你的反，我一直记得。杜泾渭说，嘿，这算什么。我迟早也会离开那个学校的。黄莺笑，你是最爱迟到的老师，你知道那时候我们背后怎么说你吗？杜泾渭笑，反正没有好话。黄莺说，我们到教室后，大家猜，这头懒猪今天会迟到多久。猜得最离谱的那个同学，承包猜得最准的那个同学当天的午饭。杜泾渭说，我根本不想给你们上课。黄莺说，我知道，我们这些三本学生配不上你。杜泾渭说，我也没办法，我就是这么想的。我不是说你们配不上我，我就是觉得不匹配。这时黄莺斗胆问了，那你干吗要来教我们呢？杜泾渭说，在这个世界上，我们谁都是身不由己的，我一样不是自由身。

他们吃着那锅酸汤萝卜鱼，一人两瓶啤酒对喝着。黄莺说，汤很鲜美。杜泾渭也说味道不错，又说起在天津读博士的时候，很喜欢吃海鲜火锅。黄莺说，我爸妈都是上海人，他们吃东西觉得味道好，总说很鲜。杜泾渭说，南方人讲究。黄莺说，可惜这鱼的原材料是河里的鲈鱼，不是海鲈鱼。杜泾渭说，你知道吗？有一本讲钓鱼的书里，说得挺有趣的，讲鲈鱼作为鱼，就像全无心肝的人，鲈鱼不咬则已，一咬就很凶，大口吞钩，游在边上的同类吞了钩被钓走了，其他鲈鱼还不管不顾地咬。我读到这，觉得人类也很悲哀，跟这送死的鲈鱼狂徒差不多。黄莺感叹道，杜老师，你一点没变啊，还是那么喜欢说怪话。杜泾渭说，我只相信鲁迅说的，人类的悲欢并不相通，所以我也时常觉得厌烦。

黄莺问，杜老师你这些年离开过西安吗？杜泾渭说，我一直在西安。黄莺说，以为你会离开呢，比如去北京或上海这样的地方，我们西安是内地，对你来说是太保守了。杜泾渭说，我现在倒是觉得无所谓了，哪儿都一样。在黄莺的追问下，杜泾渭说起当年不得不放弃天津的大学教职回到西安的事。如今，杜泾渭的父亲已经去世两年了，他母亲也到了风烛残年，身体并不好，他依然不能离开西安。杜泾渭自从回西安后，再也没有飞去过北京和天津，也几乎和原来的老师同学朋友断绝了联系。

他不会喝酒，只是陪着她喝一点。几杯啤酒下去，走路就飘了，原先有点苍白的脸红扑扑的。这一顿饭都是她在打听他，满足她多年来对他的好奇心。她趁上洗手间时先去结了账。他说，你干吗抢着买单呢。她说，吃鱼我请，记得上次我问你爱不爱吃鱼。他笑说，比起吃肉，我更爱吃鱼。他们离开了火锅店，她问他要去哪里，他说，你要不要去我的小书店坐坐，就在附近。她说好。

晚上九点左右，他们再一次来到大街上。天气比刚才清凉了许多。过马路时，他不时会扶她一下。走了十几分钟后，他带她进了一家小书店，她扫了一眼招牌："失乐园",笑说,这真是杜老师风格。店面不算大,作为一家书店倒也紧凑。她说,看到你的这家"失乐园",我就想起第一次去贵阳玩,去了一家很有名的书店,叫"西西弗斯"。他说,那个"西西弗斯"的老板我认识,他到西安时也来过这里。

他进店,跟守在店里的女服务员说,可以下班了。那服务员关了一半的灯,放下一半的卷闸门后,走了。她在书架上随意翻书,翻到了几个版本的《喧哗与骚动》,其中有一册是一九八四年出版的,一册是一九九五年出版的,她说,我记得那时候从图书馆借了一九九五年版本的,当时算是很新的,翻译家李文俊译的,我本来想在课后问你哪个版本最值得读,结果你在课堂上把我们都骂了一顿。他说,想起来了,怪不得你当时气得拂袖而去。我是那一天记住你的。她说,《喧哗与骚动》是一本好书,美好的,丑陋的,既不美好也不丑陋的,里面全有。他说,我那时年轻气盛,不该骂你们的。

这时他牵了她的手上楼,走上狭窄的木楼梯,他说,这上面也是我的临时住处,我也不是天天回我母亲那儿。说着他开了灯,关了门。她看到房间里的榻榻米大床,床边是一张懒人沙发。喝剩一小半的咖啡杯。一包打开的烟。一个老唱片机和一沓木纹唱片。一个小烧水壶。她脱口而出道,你还过着单身汉生活吗?可是这时他已经紧紧地抱住了她,她想不到他有这么大的力气,平时这些力气也不知藏在哪里了。他吻她,她一阵心悸,很快就回吻他了。接着,他把她半抱半拉到了床上,她不知道要不要反抗,可是身体已经贴紧他。他一边脱她的白衬衫一边说,上次你走了之后,我很后悔。她说,我也是,其实我找你很多天了。他更热烈地吻她,她快喘不过气来。没过多久,两具渴望的身体就交缠在了一起。他们互相索取了很长时间,结束之后,又互相打量了很久。他说她的身体好看,她也说他的身体好看。他们年龄差了九岁。她说,你也不问我是否结婚了。他说,不想知道。她说,很可能是睡了个有夫之妇。他说,没想过。那么你结婚了?她说,我没有结婚。曾经差点结婚,试了一下,后来分开了。她离开前,得知他几年前曾闪婚,半年后就离了,但是他并没有多说什么。她怕再问下去他会觉得无趣,两个人厮磨了一会儿,她说她该走了。

她忍了一星期不去见他,只管自己忙碌。这一个星期,他也没有主动找过她。她独自度过了一个坐立不安的星期六。到了星期天,约了也是单身的同城女友一起吃饭看电影。又到了星期三晚上,她心慌意乱,更加坐立不安,还是决定去找他。那时她刚买了车,辗转开车花了将近一个小时,找到附近的停车场,又步行了十分钟,才到了"失乐园"书店。她走进书店,看到他在看一本书,服务员正在打扫,准备打烊。他看到她,就放下书站了起来,她看到了书封面上"钓客清话"的字样。他拿了一包烟,拉着她来到店外面,他说,等打扫完再进去。两个人在书店门前的空地上站着,他点了根烟,问她抽不抽,她摇了摇头。他抱了下她,摸了摸她的头。他比她高出大半个头。他说,你不要爱上我,这对你不好。她撇了撇嘴,有点茫然。他说,我是说真的。她说,那我走了吧。他艰难地说,希望你谅解，我恐怕无法和别人长久地生活在一起，我需要一点孤独。她准备走，他说太晚了，我给你打个车。她说，我开车来的。他默默地跟她走去停车场，一路上两个人一句话也没有，他陪她到了停车场，她说，最后抱一下吧，告个别。他抱了她很久，她说，那再见吧。他又艰难地说，有时我也怪自己，好像没有能力爱一个人。我知道自己是个混蛋。她说，你不用解释这么多的。他用自己的下巴摩擦她的额头，说，我很喜欢你，是真的。这时对面一辆车的车灯照过来，他放开了她，她上车，朝他挥了挥手，车开走了。他回到"失乐园"，一路上并没有如释重负的感觉，反倒是越来越沮丧。

她到家，开了门，觉得浑身发冷，就直接脱了鞋子，上了床，拉上窗帘，蒙上被子躺下。

## 5. 终南山庄

两年后，黄莺接到了一个陌生手机号码的电话，这个电话顽固地打了三遍,她终于接了。打电话来的是杜泾渭,他说,我想见你。她问,见我干吗?他说,我有事。她问,你的"失乐园"书店还在吗?他说,正想转给别人。她说,你想让我接手?他说,不是不是。她说,我不想见你。他说,你给我一次机会吧,就见个面,说个事。

她沉默,但不挂断电话。他说,黄莺,是我对不起你。我的事你可以听一听,反正是你决定。她问去哪里找他,他想了一下说,你开车的话,还是到小书店来接我吧。

第二天下午,黄莺如约来到了"失乐园"。他跟她一起走到停车场,两个人脸上都没什么表情。他说,我们一起去一下终南山庄。她并不多问,启动了导航,向着郊区开去。两年不见了,可能很多事情都变了,在车上,她看右视镜的时候看了他一眼,不知从何问起。他问,你结婚了吗?她说,没有。他有点诧异,说,好好的姑娘怎么成老大难了?她说,没人看得上我。她问起他的情况,他说,到了我细细告诉你。

开了一个多小时后,新的天地就在眼前了。她跟着导航的提示，开进了"终南山庄"，在林间小道上拐了几个弯，在一处平缓的山坡前停下了。坡道边是一个铁门大院，青砖欧式的独幢房子。她的表情放松下来，赞道，这大房子真漂亮啊。他拿出钥匙开了车库的自动门，她把车停进了院子里的车库。停好车，他又开了一道小门，两人就进了院子里面。他跟她说，这是我母亲买的房子。他带她进去参观，说虽然是精装修房，但还没买过东西，需要买不少东西才能真正入住。她说，需要我帮你什么忙吗？他揽过她的肩说，我们去院子里说话。

院子很大，有一套开发商赠送的园林桌椅。他们坐下来，然后他跟她说了他这两年的事。他母亲两个月前去世了。自从他知道母亲时日不多后，这一年多时间他都是和母亲住在一起。母亲生前没有告诉他，她从小就喜欢终南山，前几年和他父亲一起，用全部的积蓄买了终南山下的这套别墅，当时正是这别墅最便宜的时候，没料到后来房子的价值翻了几倍。可是他父母并没有享受到，因为这一期别墅拖拖拉拉，搞了四五年才正式交房。后来他父亲病了，看病什么都是城里方便，这房子就一直搁在这里了。她问，为什么你母亲生前不告诉你有这处房产，而是写在遗嘱里？他说，我母亲了解我，她很后悔一定要我回西安。她知道我以后会什么都不想干，不事劳作不事生产，更不用说求功名利禄。她想着不告诉她儿子有这处房产，那他还得自己开个小书店自食其力。果然如此，现在我知道了有这处房产，书店也不想再开了。她问，你想做什么呢？他说，做一个无声无息的自由人就好。

他的这家名叫"失乐园"的民营书店，在西安城区半死不活地开了十年。之前有一个女人帮他打理，非常劳心，想办法做营销，又跟政府部门搞好关系，减了租金，书店终于起死回生，有了微利。他们睡到一起后，她想跟他结婚，他不想结婚，但实在找不到理由拒绝，后来就去领了结婚证。结婚三个月后，她开始管他，作为妻子对他的要求多了，要他打起精神去开拓市场，想办法经销中小学教材，再做一些文创产品，去赚钱，并计划怀孕生小孩。他受不了了，于是两个人吵架，他说这不是他想要的生活，他被她用婚姻绑架了。她无法勉强他。她骂他无能，想逃避生活。后来她又提出，找个品牌合作，当别人的连锁书店，不要再叫"失乐园"了，这个名字不吉利，怪不得书店办不活。他生气了，说"失乐园"怎么不吉利了，为什么要改。她彻底对这个男人失望了，跟他去领了离婚证，老板娘也不当了，撂下店里的一摊子走人，也不知去哪里了。之后，他一个人撑着这"失乐园"，又从赢利变亏损了。

他说他厌倦了。对书店没有更好的办法，想关门歇业，如果有人接盘，已经皆大欢喜了。她说，现在你彻底自由了，也许你可以回京津两地去看看，有没有你的机会。他说，离开了，就再回不去了，再说这些年我只会看闲书，不会做学问了，学问有学问的路子。她忽然觉得他很可怜，就说，你怎么什么都不想干呢，人活着总得干点什么吧。他说，有些人生下来，注定了就是无用的，只可耻地进行碳排放，却不创造价值。我就是一个无用的废物，就算我待在北京或天津，最后还是一个废物。她有点凄然地说，所以那时你要推开我，是怕连累我吗？他低头不语。

她站起身，说饿了，要出去找地方吃饭，独自往门外走，他追了几步跟上她。他说，你等等我。她说，你让我来听你讲故事，可整件事跟我有什么关系？他说，你听我说，这件事我考虑很久了，也许你会同意的。

他计划好了明年就上山，也许再也不下来了。如果她不嫌弃，他们可以领个结婚证，他把这别墅的房子留给她。不过她有义务供养他到老，他在山上并不打算靠劳动养活自己，他也不会做农活，吃不了农夫山民的苦。他说，我估计你会喜欢这房子。她说，这是个交易，可听起来不那么真实。他说，我是认真考虑过的。她说，你有别墅，前妻跑了也会回来的。他说，可我从来没有爱过她。她哭出声来了，大喊：杜泾渭，你是个人渣，你利用我，你有心吗？她大颗的眼泪滚落下来，他抱紧了她。她边哭边骂道，你说你要上山，你上山好了，为什么还要来招惹我？你去找别人啊。他把头埋在她胸前，屈下一个膝盖，对她说，是我对不起你，黄莺。他这样半蹲半跪着，她不由自主地抱住了他的头。

我陪你一年好吗？一年后你肯定厌烦我这个糟糕透顶的男人了，到时我上山，你就不会舍不得我了。我就是这么想的。他说。

他们平静地在别墅外面的一条饮食街上吃了一顿石锅鱼，不再讨论此事。吃完饭，她开车回城，把他送回"失乐园"，然后走了。

沉默了几天后，她答应了他的这个建议。她对他说，你记住，我只是看在房子的分上。

杜泾渭上山前的一年多时光，他们在终南山庄，过得很平静。

杜泾渭和黄莺领了结婚证，黄莺为别墅的新家置办好各种东西，又打造了几个大书架，把杜泾渭在"失乐园"里的个人藏书全部运到了这里。杜泾渭的前妻接盘了"失乐园"书店，她之前已经有很多经营上的想法了。黄莺听到后说，这是最好的结果了。杜泾渭说，以后她想叫什么名字就改什么名字，我以前没想明白。黄莺说，我是想问你呢，你书店"失乐园"的原意是什么，是要说人的原罪和堕落，必然要遭到神的惩罚吗？杜泾渭说，其实并没有这么负面。我当时想到的是，亚当夏娃偷吃了禁果，被逐出了伊甸园，但在伊甸园里，他们其实是无智无识的状态，被逐之后才一点点觉醒了，成为真正意义上的人。他们偷吃的禁果，其实也就是知识树的果子。黄莺说，你那个开西西弗斯书店的朋友，才是你的知音。杜泾渭说，现在其实叫什么都无所谓了，我相信她能开好一家书店，我在那只会碍事。

日子一天天流过，他们厮守在这大房子里，她抽空读了好几本他的藏书：哲学、艺术、文学、历史都有。他们一起去城郊花鸟市场买了一批观赏鱼鱼苗，几盆盆景，还有两盆兰花。黄莺说，兰花最娇贵，怕是养不好。杜泾渭说，我来试试看吧。

黄莺每天在城里上班，结束工作后，不管多晚都会回到终南山脚下的家。杜泾渭每天只顾看书，看累了就出门转转，照顾那两盆兰花。银桂那时还不认识黄莺，曾在园区里看见过正在散步的杜泾渭一次，但不知道这个身材修长的、充满书卷气的秀才模样的人是谁，只一闪念，觉得这个人跟自己在园区里见过的那些业主很不一样。

只有一件事，杜泾渭求黄莺不要怀上他的孩子，因为万一她怀孕了，生下了孩子，他们的人生将彻底改变，他上不了山了，但他心里又想着上山，总觉得夙愿未完成，这样就会很难受。他说他的前半生都是被亲情绑架的，从来不觉得自由，他性子不够狠，拗不过自己父母。他不想再让他的孩子周而复始。黄莺答应了，她奇怪自己也不想要孩子，母性并没有在她体内生长。

对他们两个人来说，这都是幸福的一年光阴。他们一起睡懒觉，看书，散步，做爱，烹饪。她工作之余还包揽了几乎所有的家务，他就是个甩手掌柜，不过她不觉得累。这一年他们深居简出，所有的节假日都不出门，她推掉了很多朋友间的社交活动，宁愿两个人安静地待在家里。她读了很多书，有时他会跟她讲这些书，她说他这私教难得，可惜"述而不作"。他说，我这个人就是这样。我觉得写不写下来给人看到，一点都不要紧，我对那些古物也没有执念,没有什么东西可以不朽。有一天他说了一个观点,一个人实现精神自由的前提是财务自由,她觉得这话又对又不对,因为每个人对财务自由的理解和标准是不一样的,而且这个标准可能会随着时间推移成为一个动态中的标准。他们为这个问题探讨了很久,最后也没有得出结论。

一天晚上,他们找出那本《钓客清话》,一起念了一首诗,两颗脑袋挨在一起,他们一起念——

> 来跟我过吧,做我的情人,
> 我们将丝线银钩
> 消受那
> 金色的沙,晶莹的水。
>
> ……
> 而你就是自己的饵
> 不需这骗人的飞虫,

没被你钓中的鱼,

真是比我聪明。

有时候她睡醒了,趴在枕头上,就去摸杜泾渭的那颗脑袋,半梦半醒时问,为什么你脑袋里的想法跟别人都不同?他说,小时候,学校组织上终南山秋游,我在一个岩洞里摔了一跤,还撞到岩洞壁,磕破了脑袋,也许从此脑袋就跟别人不同了吧。她说,我小时候也没人管,跟一帮孩子成天在筒子楼间疯跑,也磕破过脑袋,记得一路追我那调皮捣蛋打了架的弟弟时,还碰倒过一个过道里正燃烧的煤炉,可我的脑袋还是个常规的大众脑袋。他就摸摸她的那颗脑袋,两个人继续偎依着睡觉。

杜泾渭上山前,为黄莺做了一些事情。他不知从哪里弄来五株珙桐、十株银杏的树苗,珙桐是稀有植物,黄莺见树苗细细嫩嫩的,就上网百度,她被它如同白鸽展翅的花形迷醉,暗自祈祷它们能在这个院子里存活。他们请了园子里的花匠帮忙,那时黄莺并不认识园丁小赵,小赵帮他们移栽了三株八厘米杆径的成形银杏，种在院子里的一片高地上。杜泾渭又找来一株中国梧桐和一株栾树，分别立于大门左右两侧。杜泾渭说，中国梧桐有招凤凰的古说，意思吉祥。

过了些天，园丁小赵换到远一点的片区去了，黄莺找了新来的女园丁银桂帮忙，又移栽了两株山楂、一株樱桃、一株石榴、一株四季玉兰、一株蜡梅、一丛芭蕉、一株红梅、两株杏梅，银桂带了些好肥料给黄莺，后来围墙处又种了紫蔷薇，院子里又种上了一棵桂花树。但是银桂只见过黄莺，却从未与杜泾渭打过照面。

杜泾渭散步时，在园区里又捡了兰花花苗，黄莺找来一个看起来最古朴的花盆种下了，谷雨后，他把三盆兰花搬到了院子里，霜降那天，又把三盆兰花搬进了客厅。一年悉心养护下来，居然把兰花养得品相不错。

有一天杜泾渭说，在这里住了些日子，山里没有霾，只有雾，才想起来，小时候的雾都是白的。黄莺曾半开玩笑地说，你现在背靠秦岭，不是很舒服吗，怎么舍得上山呢？等黄莺的注意力从即将上山的杜泾渭身上，一点点转移到一院子的花花草草时，杜泾渭仿佛听到了山上对他的召唤。

终南山下的冬天，是从一场细雪开始的，天黑后，时间变得寂静又漫长。他们在别墅里相守了一整个冬天，黄莺每天会做两三个热菜，凉拌一份酸菜，他们喝一点小酒，一起听音乐。他喜欢西方古典音乐，她喜欢听一点爵士乐。后来他们总是在吃饭喝酒的时候听爵士乐，晚上八点左右时常听一小时的西方古典乐。她称之为，灵魂与肉缺一不可。睡觉前的时光，所有的声音都退场了，通常是两个人依偎在同一张长沙发上各自看书，北方的漫长冬季，让两个同居男女更有一种相依为命的感觉。

第二年的暮春四月，黄莺把杜泾渭送上终南山，比杜泾渭原计划的上山时间晚了四个月。这四个月里，他说了"上山"的话之后，她就发烧，一连发三天高烧，后来又低烧数日，整个身体似乎都在抗拒他上山这件事。后来他又试了两次，她又闹病，重复上一次的病象，高烧和低烧。

有一天晚上她整晚没有回家，到第二天早上才回到终南山庄，倒头就睡，可能在外面一夜没睡。他闻到她身上有酒气，知道她心里不好过，他不敢再提上山的事。两个人都变得沉默。

如此又过了三个月光阴，她对他说，我开始为你上山准备打点了。他看看她，不敢说话。她又说，你放心，我这次不会再生病了。

正式上山之前，她开车带他去山上，四处寻觅落脚之地。他心目中想要落脚的地方，既不是最深的深山里，也不算是浅山，比浅山又要深一点。终南山上已禁止私自修建房屋，想来当现代隐士的人又越来越多，终南山茅草屋的租金如今年年看涨。他们看了几处可以出租的废弃小院子后，终于找到了一处有点破败的土墙小院，听房东说，这里之前住的修行者是一个来自广州的女白领，在山上待了三年后，因为房租太贵付不起了，只得下山继续找工作去了，说是等存够钱了再上山来。他们定了五年的长租，一次性地交了五万块钱的租金后，又出钱将房屋修葺了一下。杜泾渭在小院里走来走去，四处打量说，也许以后我就在这里终老了。黄莺说，你这到底算隐居呢，还是修行。杜泾渭说，我也不知道。黄莺说，不是说大隐隐于市吗？杜泾渭说，想上山的人，都是境界不够的。要不然，何必拘泥于形式呢。

她下山后，为度过心理适应期，从朋友那里领养了一只新生的秋田犬，取名叫海伦，她看着海伦从一只幼犬一天天长大，越来越充满活力。在山上的深秋到来之前，这一对男女经历了一小段时光的心理断奶期。黄莺每半个月都会上山一次，去看望杜泾渭，顺便给他带生活用品和食物，少量书籍。山上的土屋简陋，一开始只有一张单人床，床边有一个古旧的铁制老式小书架，书是黄莺开车一趟一趟搬上去的。山上花会开，鸟会叫，水流得欢，春夏的植物蓬勃生长，猫狗和鸡鸭随处可见。但山上有时会停电，她备了各种形状的蜡烛，又从父母老屋里翻找出一个老式煤油灯带上了山。

有一阵子，杜泾渭对黄莺的依恋有所反弹，她也愿意留下来陪他一晚，他们在单人床上做爱，他表现得很贪恋。她笑他，你这样红尘滚滚的，干吗要上山自讨苦吃呢？害得我还要给你准备煤油灯。他说，我的身体很想念你。他问她想不想他，她说也想，所以留在这单人床上。床很小，她趴在他身上，说，你别硬撑了，要不适应就下山，跟我回去，我不会看不起你，我这个俗人能赚钱，可以养着你。他抚摸着她的手说，这一年多你陪着我这个废物，手都变粗糙了。她说，谁让我稀罕你这个废物呢。她又心疼道，别废物废物的。两个人紧紧抱在一起，他说，我还是想在山上，辛苦你上山来看我了。

后来她自作主张，运了一张新的双人席梦思上山。在地上铺了好几层砖，再放上席梦思，就成了一个榻榻米床，晚上用来睡觉，白天他可以盘腿坐在上面，放一个小几案，读书写字。

霜降之后，她整理他留在山下房子里的书，又看到那本《钓客清话》，就把它抽出来放在了床头。她晚上一个人靠在枕上，轻声读了这一段——

人生是虚空，辗转于痛苦

和忧愁，短暂得如水泡。

为事而奔忙，为钱而揪心，

为情而神乱，乱乱糟糟。


我们可不。天气好，我们逍遥，

即便是下雨，也不烦恼；

我们赶走所有的忧愁，

钓而歌，歌而钓。


　　她想，杜泾渭既然这么喜欢书中的钓客，为什么不学着做一个钓客，却非要上山受苦呢。她依然认为山上是苦的，仅山上停电之苦，她就无法忍受。

　　霜降后一周，黄莺上山，看到山上已有一层薄薄的细雪，也不知哪天深夜骤冷，忽然落雪的。见到她时，他说天慢慢冷了，你上山辛苦，以后一个月上来一趟吧。她告诉他，海伦越来越调皮可爱了，现在每天都想跑到外面去玩。

立冬之后，山上地表的霜更厚了。她改为一个月上山一趟，此后固定下来，仍然会在山上陪他过一夜，第二天陪他吃完午饭下山。她见他头发长了，买了一个理发推子带上山，每个月上山，用这推子给他理一次发。她笑说，要不理发的话，你扎个道士髻，换个唐装，过不了多久就可以混充终南山道士了。他说，我讨厌那些上山来装模作样的人。我还是喜欢你给我理成平头，我也还是喜欢穿牛仔裤。她问他在山上干些什么，他说，每天都过得飞快。她说，难道不会觉得时间变慢了吗？他说，你会想到沙漏，时间是沙子一样流走的。她问，山上有那么多慕名而来的人，来来往往，上山下山的，男男女女都有，其实也是一个小社会。他说，我不太去串门，宁愿自己待着。她说，有一天我看一个旅行片子，看到一个地中海岛国叫塞浦路斯，它在亚洲和欧洲的交界处。我想起你喜欢大海，塞浦路斯气候很舒服，而且移民也方便，那儿也没人认识你，你的喜怒都与别人无关，也许是你梦想中的地方。他笑说，世界上适合我们居住的地方应该不少，我只是找了个最近的。她说,我看片子时,真想跟你一起去一次塞浦路斯,那儿的海水很清。他说,我知道了。

冬至那天,下了一场鹅毛大雪。她拎着和好的面,拌好的荠菜肉馅,乘兴开车上山,去给他包饺子。她现在包饺子已经到了新境界,拌好了肉菜馅,只要闻一闻饺子馅,不需要舌头尝咸淡,就知道饺子的味道对了,一切都刚刚好。他看到她时有点欣喜,说下这么大的雪,你是怎么上山的,我有点不放心。她说,放心吧,我给车换上了雪地轮胎,上山前,每个轮子都检查过。她听他说过,山上有时会停水,有些管道年久失修了。停水的时候,他要步行半小时,去一个山泉那儿打水,她这次上山,特地从网上给他买来了一口陶瓷大水缸。他看到这口大水缸时很开心,两个人将水缸抬进院子里摆放好,他说,这下好了,冬天可以蓄雪水,其他季节可以蓄干净的雨水。用这些水泡茶喝,茶也好喝。她穿着大红色羽绒长大衣,进屋时,鼻子上还挂着几朵雪花。他用自己的脸去贴她冰凉的脸颊,说她是神女从天而降。在山上的屋子里,杜泾渭搞了酸萝卜黑猪肉小火锅,小火锅沸腾了,冒着热气,他们一起喝了点白酒,又吃了饺子和羊肉,喝了一碗饺子汤,通体舒畅。又听到雪夜外面的狗叫声,好像从未这么有满足感。

到元月,雪下了一场又一场。大雪封了山,他说山上吃的用的都够,叫她不用上山了,但她仗着自己的开车技术好,依然坚持每个月上山探望一趟。上山后,她时常被山上大自然惊人的纯净的美震撼。外面下着白茫茫的雪,屋里生着火,温暖如春。他们一起喝一种米酒,烤着羊排和土豆,她说,他们就像《日瓦戈医生》里的神仙眷侣日瓦戈医生和拉拉,外面能听到狼在嚎叫。他问她是否喜欢《日瓦戈医生》这本书,她说喜欢。她问他冬天山里有没有狼?他说不知道,很深的山里面没准有狼。这次她和他一起待了三天,好像世界只有他们两个人。

二月的时候,气温回升了一些。黄莺陪父母去了一趟上海老家,参加享年九十岁的外婆的葬礼。外婆家在长宁区,老房子拆迁后,新公房也在长宁区。她母亲从小就在长宁区长大,后来考上华东师范大学,如今老了要落叶归根，只能回到房价相对能承受的松江区落脚。她父亲起先并不同意晚年了还要这么折腾，要卖房子买房子，父亲说上海是回不去了，他在上海的双亲都已作古，人在西安待了大半辈子，也习惯了。只是母亲心心念念要回上海，说人老了，自己的肠胃越来越想念上海的食物。她不想吃饺子了，想吃上海的小馄饨和小汤包，油豆腐千张粉丝汤，还有蟹粉豆腐。有一天，她母亲说做梦，梦见自己是老死在上海的老屋里了。她对父亲说，有句话说，少年人要见异象，老年人要做异梦。母亲的这个梦，做得过于真实，做得她念念不忘，一年之内，母亲又做了相同的老死于上海的梦。她父亲从学生时代起就一直迁就母亲，心想去了上海后，只要身体好，也随时可到西安的儿女家中闲住，会老朋友，就同意了老两口回上海养老的计划。她母亲从此干劲十足，像换了一个人，每天在网上看房子，跟各种中介通电话、发微信，母亲初步看上的，又让在上海的老姐妹去实地看，拍视频给她。一年不到，雷厉风行的母亲卖了两套西安的公寓，居然完成了在松江全款置换房子的百年大计，准备落叶归根，迁居到上海松江。母亲杀伐果断，说上海的房子值钱，哪怕以后老得动不了，想回西安的子女身边方便照顾，他们也完全可以租房子。连黄莺都不得不佩服母亲思维清晰，不愧是老华师大出身。不料母亲乐极生悲，完成了人生晚境的大手笔，兴兴头头地回到西安，一周后，在家中收拾家什时摔了一跤，骨折住进了医院。黄莺只好在西安市里的医院陪护。

　　黄莺告诉杜泾渭自己要照顾母亲，得拖几天才能上山去看他。她问他在山上还好吗？杜泾渭说，前几天天寒地冻，快天亮时木炭因为太潮湿熄灭了，他感冒发烧了一次，已经好了。一想到生病要是撑不住的话，就得下山去医院，他很心烦，就裹紧了羽绒大衣出门，找到了住在不远处一个山洞里的道士，山上人称他为孙思邈后人，识得很多草药。那个道士模样的人给了他一把草药，他煎服了两天后，感冒轻多了。传说这个道士已经一百四十多岁了，连光绪皇帝戊戌变法那会儿的事都记得，但是他并不相信，说这是无稽之谈。

她照顾母亲很操劳,中间赶上春节。大年初一晚上,才抽了空,急急带了一堆食物上山,还给他带了一套新衣。离上一趟上山已经隔了四十天,他的头发又很长了,她给他用推子理了发。晚上他们在席梦思上相拥而眠,屋子里是温暖的,生着炉火。他很平静,她也很平静。他们相拥着,听到山上有过年的炮仗声在远处和更远处稀稀拉拉地响起,她轻声说,外面的天一定很黑。他说,山上一到晚上,就伸手不见五指,不到八点我就闭户了。她轻声说,真是黑得像旧社会。她枕在他的臂弯里,眼睛闭着,说,晚上你一个人会孤独吗?他说,我就想,一到夜里天很黑,世道自然就该如此吧。她说,要是晚上停电了,书也没法看,你做什么呢?他说,最近停过两次。我就躺在床上,什么也不做。她说,感觉在黑暗中,跟世界都断了联系了。他说,我这里算好的了,山上很多地方是没有电的,只能过原始人生活了。她说,你真的不觉得孤单吗?不习惯的话,体验一下就好了,下山。他说,我宁愿不要再和人的世界发生关联。她说,你真是个怪人。他说,记得加缪有一句话，孤单不是悲剧，无法孤单才是。她说，可是这会儿，你有我。他说，哪怕离群索居，我也是爱你的。这是她第一次听他说到"爱"字，心中震惊。

房子里生了老式的暖炉，用的是木炭，这是他上山过冬必须学会的技能，现在他学会了。其实屋里也购置了电暖器，插上电就能用了，但山上冬天也可能随时停电，一停电，那真是冷得彻骨，还是老式的炉子最保险。小雪后，她送了一车网购的木炭上山，他就生起暖炉了。室内有一点火红的微光闪烁。她说，万一山上停电了，炭也用完了，我又没上来，你不是会挨冻吗？他说，这叫弹尽粮绝，不过我可以捡柴劈柴。她说，幸好这些木炭禁用，还有一半。他说，喂马劈柴，我一样不会，但以后可以学。她摸着他的手说，你的手也变粗糙了。他说，我发现白天要是劳动多了，晚上就睡得很沉。这一夜他们困意袭来，晚上十点不到就哈欠连天。上了床，很快就睡着了，一觉睡到了天亮，她听到鸡叫，听到他在身边发出的轻鼾声，转个身搂着他的背，又睡了一会儿，再一次睁开眼睛时，见他正端详着她。他们拥抱了一会儿,她起来热牛奶,蒸包子和玉米,吃早餐的时候,他说,我想养几只母鸡下蛋。她说,那你就养吧,养鸡不难。

大年初二是个大晴天,在山上,前几天下的雪冻住了,地上结了冰,阳光出来了,空气仍然是寒冷的,光线又特别强烈。他说,山里的雪,就是下下停停的。有时是细雪,有时是暴雪。她说,美是美,不过冬天山上比山下要冷三四度。他说,我不讨厌下雪。

他不知从哪里捡来两株柿子树的树苗,他和她在院子里找种树的地方,后来就选定了柴房边的空地,左右两边,各种下了一棵柿子树。那时候早过了立春,不过山上的土还比较坚硬,他们用力地翻松了土,忙活了一阵子。他说,倒不怎么喜欢吃柿子,就是喜欢看柿子秋天时挂霜的样子。她说,如果雪下得早,柿子挂上雪,也是好看的。两个人一起种完了树,回到屋子里休息,喝茶。她忽然想起什么,说,这阵子好像也不见你听音乐了。他说,有时候音乐也是多余的,没有声音是最好的。她说,你喜欢清寂。他不置可否。这一次她下山，临走时他送她到土墙外，他们盯着雪地上一排很大的黑蚂蚁列队爬过墙门，他站在那里，看完了蚂蚁，微笑地看她上车走了。

后来他下过一次山，是迫不得已，山上道士的草药，这一次不管用了。他得了急性阑尾炎，肚子痛得闹腾了一夜，第二天只能向她求救。她连忙开车上山，接上他直接送去了省级医院。阑尾炎手术幸亏很及时，手术很顺利，之后康复期，他跟她回了山下的家，又待了一个多星期，她休息了半个月，照顾他恢复了元气。海伦很快就跟他熟了，对他无比热情，总是围着他转，每天快到中午时，都是海伦跳到他的床上，叫他起床。

后来他说想上山了，她问，你确定你想上山吗？他的答复是肯定的。

这一次他在上山前，处理了一些财产上的事情，托付她把他原来跟母亲一起住的那套城里的老房子卖掉，以支付他在山上日后一年年的生活费用，交医疗保险等等。他把山下的别墅留给她，并且表示如果她提出离婚的话，他随时同意。他选了个日子，带着她一起去做了房产公证，他生前房子属于两人的共同财产，死后房产由她继承。她说，你随时都可以下山的。也许我走了，但是房子在。他郑重地对她说，如果以后你跟别人生下了孩子，孩子也可以继承我们的房子。她有点迷茫地看看他，说，我懒得想以后的事，除非你以后跟我一起去塞浦路斯。他说，你的世界在这儿，不在塞浦路斯。

她时常默默地注视他良久，研究他，有时看他像看一个外星人，有时又觉得他很亲，这具肉身亲爱可触，使她难以割舍。他却说，我这段时间对你的感情起了变化。现在，我感觉你就像我在尘世的小母亲。她听了，有些诧异地看着他。一开始尚不能接受，慢慢地竟然也接受了。她跟他说自己母亲折腾着要回上海的事。她说自己骨子里特别像母亲。其实她母亲退休后在西安，日子过得并不寂寞，也不缺朋友，可她人生还有最后一个梦想要实现，那就是年轻时遇上了火热的时代，当时黄莺的父亲，比未婚妻先毕业一年去了西安，她母亲毕业后本可以留在上海，但她义无反顾地随爱人去了西部,在西安生活了半辈子,到年老了,又不顾一切地要回上海。

他出院康复到再次上山的这段时间里,他们同床共枕过,但是不再做爱。他上山时,她给他买了一辆新的自行车,随车子带上了山,这样他在山上平地活动起来更方便些。

他在山上的那些日子,有时一个星期也不会跟她说一句话,也不知怎样度过的时光。他构建他自己的世界。她伤心的时候,会跟她的狗海伦倾诉,也痛骂他无情。

后来,她又跟她公司的合伙人老冯倾诉。老冯是一个四十多岁的男人,比杜泾渭略小,老家在洛阳。黄莺和老冯合伙之后,这个文化公司做得顺风顺水,规模和资产稳步前进。很多个一起在公司加班的晚上,最后剩下她和老冯两个人,有时他们一起喝一杯酒,有时一起喝一杯咖啡,有时一起吃方便面,或者叫外卖,一起吃火锅。她发现跟他一起吃吃喝喝很惬意。老冯几乎听过了黄莺跟杜泾渭之间所有的故事。老冯离过一次婚,前妻带着女儿一直在洛阳生活。他从未正面跟她聊过他离婚的事。有一天晚上，两个人喝了点酒，天很冷，西北风刮得黄莺脸上皮痛。黄莺的车子电池的电用完了，车启动不了，就没有回自己的窝，跟老冯一起去了他的窝。老冯的窝离公司很近，走路十分钟就到了。到了老冯的家里，他给她热了一杯牛奶，焐着她的手说，你做我的女人吧，让我来照顾你。黄莺说，老冯，你是为什么离婚的？老冯说，不值一提。年轻的时候，荷尔蒙的影响力巨大，后来组了家庭，又觉得两个人处处不合拍，但也拖着不解体。老冯这才说起前妻是他大学同班同学，年轻时长得挺漂亮的，因为她家是河南信阳的，他们大学一毕业就一起到了洛阳，她没地方住，两个人马上就结婚了，但结婚后他发现她并不适合他。她总是管着他，不让他出去跟以前的朋友玩，他一出去就要吵架。她的工作单位不景气，上班就是喝茶看报，拿一点可怜的薪水，但她也不想换单位，说这样才可以照顾家里。她总是怕花钱。老冯的爱好多，喜欢摄影，喜欢出门旅行，以前朋友兄弟很多，她都是反对。而她呢，除了家人和同事，好像就没有别的社会关系了。两个人老是吵架，后来，老冯觉得在家里不开心，就借机离开了洛阳，到了西安发展，两个人分居两地。老冯在西安喜欢上了一个姑娘，他提出离婚，为此前妻闹了一次自杀，他只得作罢。两年后，那姑娘也黯然另嫁。前后经过五年的折腾，他前妻似乎想通了，他给的离婚条件也优厚，洛阳的两套房子都归前妻和女儿，他只赎得自由身就行，两个人才办了离婚手续。奇怪的是，前妻跟他离婚几年后，倒是越活越活泼了，有了三五女友时常一起聚聚，也开始收拾打扮自己了，现在有了一个男朋友在处着，女儿也为她妈妈高兴。他就想，还真是"一别两宽，各生欢喜"。

说完自己的事，老冯说，我已经如实向你汇报了我人生一半以上的岁月了。黄莺说，也是女人堆里打过滚的人，你有那么喜欢我吗？老冯说，我早就中意你了，只是怕你还惦记着山上的那个人。黄莺哭着说，我有预感，他不会再下山了，除非他病了。他的心已经在山上了，这次上山后，他已经开始自己养鸡了，他还学会了垒鸡窝，养了六只鸡，鸡都开始下蛋了。老冯笑了，他养鸡你哭什么，甩手掌柜大少爷会一点劳动了，这不是好事吗？黄莺抽抽搭搭地说，他还学会了换煤气，翻地种树，还有劈柴。他不需要我了，他在山上自得其乐了，还有，他的兰花也越养越好了。他以前什么时候愿意伺候阿猫阿狗啊，上趟他跟我说，他有点想养一狗一猫了，还说，两只猫也行，我说你有耐心照看动物吗？他说山上别人都养，他也能行的。老冯笑，摸摸她的头。她还是哭。他说，这不像你平日的样子，你平时多能干，现在像个没糖吃的小女孩。她又说，你说他怎么越来越能干了，上上趟我上山去，发现他会自己洗衣服了，还知道在小院子里架起竹竿，自己晾衣服晒被子了，还有一趟我上山，他说，他可以烧饭做菜给我吃了。

她哭了很久，断断续续地诉说着。老冯拥抱她，说，不怕的，我可以一直陪着你，让你慢慢淡忘他，让他在山上当神仙吧，我们做凡人。她哭哭笑笑道，他成不了神仙，最多也只能当个半仙，况且他还特别讨厌山上那些装神弄鬼的人。老冯柔声劝说，你知道吗？我们是日久生情，也许我们在一起更合适。她说,可是,我二十出头就爱上他了,他那时就惹我生气,真是个混蛋。老冯叹息一声,拿起她的手来亲吻着。

她想象着外面要下雪了,其实只是初冬提前到来的寒意,并没有下雪。西安的冬天,是干冷的冷。有一年小雪那天的深夜,下了一场大雪,可城里依然被雾霾笼罩着,街上的煤烟味道呛得她嗓子过敏,咳嗽了将近一个月,直到雾霾散去才好。

她在老冯家洗了个澡,换上他的大T恤当睡衣,钻进了被窝,老冯也冲了澡,钻进被窝。她发现老冯是个爱干净的男人,床单被套都像是刚换过的,是她可以接受的深蓝色。老冯的身体比杜泾渭的热一两度似的,慢慢地,她的身体也跟着热了一两度。她不知道自己爱不爱老冯,但她真的需要慰藉。一开始,她想到自己就要和老冯做爱的时候,总有些错乱地想到杜泾渭,心里又惶惑起来,但又知道他不是杜泾渭,因而她有些无法投入,僵僵地抱着这个仍然陌生的身体。但老冯很温柔耐心,先是裹紧了她,老冯个子大，将她搬到了他身上，让她像一只鸟一样栖息在他的身体上，他抱紧她，抚摸她，从头皮到脚底按摩了一遍，让她的精神放松下来。他感觉到她真正变软后，贴在了他身上，她不再去比较两个男人带给她身体的不同感受，只是安慰自己，来自老冯，一个洛阳人的，是另一种人生的存在。

但第二天醒来，老冯还在熟睡，她就早早离开老冯的家，步行去公司，一路上她想，昨晚跟老冯上床，只是一次酒后的意外，她想当成什么事也没有发生过。老冯见她如此，也只得退后了一步。

## 6. 望远镜

杜泾渭上山后，黄莺为了排遣心中惆怅，跟几个摄影发烧友一起，三年之间，五度进藏。第一次去的时候老冯不在，第二次去，老冯就相伴左右了。

黄莺第一次走川藏线，是暮春四月。四月，杜泾渭上山几天后，黄莺就独自出发，去了西藏，老冯看了黄莺拍回来的很多照片，尤其喜欢黄莺拍的塔公寺的一组照片，说这些风景和人物，每一张都可以上《国家地理》杂志。黄莺去的时候是四月，回的时候是五月。在塔公，她随机拜访了几户住在砖房里的牧民人家，拍下了一些他们室内的生活照片。老冯看到有一张照片，特别欣赏，就说，这比什么劝人读书的公益广告都好啊。这张照片上，是一大堆木头堆起的墙垛，阳光打下来，一位戴着宽边草帽的老汉，上身的褐色棉袄敞着，下身蓝裤子解放鞋，坐在一个小木凳上读一本书。四月的藏区仍有些寒意，阳光和阴影层次分明。老汉显然是为了读这书而躲在阴影里，他的脸上有喜悦的光泽。老冯说，他读的是什么书呢？我真想知道。黄莺说，他手上的书，好像是一个藏文的羊皮卷。后来老冯就把黄莺拍的这张照片放大了，配上很大的画框，挂在他们广告公司进门处的玄关位置。黄莺看着照片说，我对塔公寺有一种亲近感。老冯开玩笑说，我真想跟你一起去啊。

到了那年八月，黄莺再次进藏，这次走的是青藏线，路途比川藏线好走很多。老冯有意接了点活，正好可以一起进藏，边工作边玩，一举两得。他们后来又到了甘南。去扎尕那的途中，老冯说，不说路上那些一步一叩拜的信众，是什么吸引世界各地的人，克服高原反应，要到这神秘的藏区来呢？黄莺说，我不认为藏区有什么神秘，所谓神秘，其实是汉人中心的不平等观念，如果不将藏人视为另类，何来神秘？理解了他们的宗教，理解了他们生活的方式，一切都是再平常不过的。老冯说，你透过现象看到了本质。

黄莺第三次进藏，是又一年十月。这次老冯也去了，带了全套摄影器材，这一路负重不少。路上辛苦，黄莺说，长枪短炮的，男人毕竟体力好。老冯说，我看你骑马时候那个彪悍的样子，好像前世是个女牧民，一点不像老家是上海的。黄莺说，算命的说我命里有驿马。所谓驿马，就是要东奔西跑的，所以我跟马亲，马也跟我亲。路上老冯问黄莺，很多人都讲，到一次藏区，人就会发生很大变化，甚至是翻天覆地的变化，黄莺你是不是发生质变了？黄莺笑了，对老冯说，你别信，那是说给别人听的。老冯说，那你一趟趟来干什么呢，藏地风景也总是不变的这些吧。黄莺说，我只是去了自己喜欢的地方，还可能遇到一些我喜欢的人，如此而已。老冯说，有人说总去西藏也是一种病。黄莺说，一病治一病，也是好的。重要的是，你对一个地方没有陌生感了，有亲切感了，就会再去。老冯说，你没想过，喊他一起来吗？黄莺说，他是个懒人，不像我，我不过是个路人。

他们在藏区拍了大量的人像照片，有僧人，有牧人，有巫师，有男有女，有老有小，准备回去做一本册子。老冯说，你的人像照拍得比我好，神性的光芒落在凡人的脸上，因为你懂他们。黄莺说，我拍他们的时候，有时会想到山上那个人。老冯说，他可能前世就是个魏晋南北朝时代的公子哥儿，穿越过来了。黄莺说，我想懂他，又还是不懂。他以前还说，他的精神故乡在奥地利。老冯说，爱玩虚的。还好，我没有他那么复杂，我是活在世俗社会的一个人。

这次他们一起去了趟拉萨,一人一个房间,住了四天。白天,几个朋友一起租了自行车,骑着去拉萨河谷转悠,拍摄。晚上从外面回来,黄莺和老冯在八朗学旅馆喝当地的青稞酒,吃烤肉。老冯酒量佳,似乎千杯不醉,又似乎一直是浅浅醉。第二天睡到中午,直接就吃午饭了。黄莺问老冯,你到过拉萨,喝过大酒了,你翻天覆地了吗?老冯说,还真没有,我好像什么也没有改变。老冯又说,唯一改变的,是我对你的看法。

第四次进藏,是次年的六月天。老冯又去了。他们提前半年就谋划了,做了些策划,接到了一些活。这次他们走了阿里。老冯说,来了好几次了,你心里的那些添堵的东西,清空得差不多了吧?黄莺说,我无所谓清空不清空。该在的还会在的。老冯说,也许你该去一趟珠峰。黄莺说,在山上那个人第一次离我而去后,我就去过一次珠峰大本营了。所以我知道,该在的还会在的。这次他们从阿里回到拉萨,老冯又跟几个驴友一起出发,去了珠峰大本营,黄莺不想再去一次，就留在拉萨静养。每天上午睡觉、散步，下午就去八角街转转，在一家叫玛吉亚米的咖啡馆看书。她坐在那里喝酥油茶，喝咖啡，总有天南海北来的人在她身边的位子坐下。有几个旅途中的男人过来跟她说话，她没什么谈兴，别人也只好无趣地走开。有一个四十岁左右的男人坐到她身边来，说一连三天下午都看到她在这里静静坐着，也不太跟人交谈，她礼貌地跟他打了招呼，依然只管自己看书。男人问，你看书那么专注，是在看那本现在最火的《西藏生死书》吗？黄莺说，不是，是自己带来的书。男人问，看你独自一人，有心事的样子，是不是失恋了出来散心的？黄莺笑笑说，不是，我只是不习惯跟陌生人交谈。那人讪讪地说了声打扰了，坐到一边去了。

到了拉萨，老冯和一位武汉姑娘一起见了黄莺，跟姑娘介绍黄莺，说这是我女朋友。姑娘脸色当即就变了。当晚借酒消愁，总是盯着黄莺看，喝到一半就哭了，一脸感伤，说自己跟老冯萍水相逢，十分投缘，可她知道自己抢不过黄莺。黄莺拍拍酒醉了的姑娘的背，安慰她说，我跟他只是特别好的哥们儿。姑娘说，我知道我没有机会了，他看你的眼神不一样，我知道。老冯见姑娘伤心得花容失色，不知该怎么办，只能一次次地把热毛巾递给姑娘醒酒、擦脸。姑娘去卫生间的当儿，黄莺还揶揄老冯，你摊上大事了。老冯说，我没想到会这样啊。

老冯就说了他这一路上的节外生枝。去珠峰大本营时，他半道遇到一个从阿里那边转山过来的武汉姑娘，一个人独行，脸色苍白，老冯见她一个人，像是不舒服的样子，就问她是否需要帮助。姑娘说，她这一路折腾，生理期提前来了，这会儿是肚子痛得走不动路。老冯说他们几个朋友一起的帐篷就在附近，姑娘就跟着他进了帐篷休息。老冯从随身包里翻出一些藏红花和红糖，本来是给黄莺备着的，就泡了热开水，端给那姑娘喝。没料到那姑娘后来跟老冯他们相处了几天，以为老冯是单身，闪电般爱上了老冯，要跟着老冯一起回拉萨，希望跟他再相处一段。因为姑娘没说破，老冯说自己不好意思拒绝，就只好带着这位武汉姑娘一起回到了拉萨。黄莺笑着说，姑娘不错，而且对你痴情，你看着办啊。老冯说，怎么办，只能凉拌了。

第二天一早，姑娘就不告而别了，只留了张明信片，上写：祝你们幸福。姑娘走后，黄莺有些遗憾地说，这旅途艳遇半场，你不觉得可惜吗？那姑娘一片赤诚，人也很好，长得也不错，跟你都跟到拉萨了，一路上还给你洗衣服，你不动心吗？老冯说，人一到了西藏，好像情感模式跟平常是不一样的，沸点很低，我猜这姑娘在武汉时不会这样的，也许是对人很有距离感的那种人。听她说，好像还是个职场白骨精。黄莺说，这也可能，这姑娘让我想起一个叫安妮宝贝的网络作家来了，伤心起来有点楚楚可怜的，怪事，你怎能坐怀不乱呢。老冯说，你别为她担心了，她会有她的缘分。老冯又问黄莺道，你怎么样呢，天天在拉萨泡咖啡馆，就没有泡出点故事吗？黄莺说，我不想有故事，就不会有故事。老冯说，我也一样的，并不想有故事，没那个心情。黄莺说，老冯，你一佛系，也许错过了一次又真挚又罗曼蒂克的爱情了。老冯说，你说错过就错过吧，我这年纪，其实对旅途上的艳遇没什么向往。

晚上睡觉前，起先两人还是各回各的房间。过了十一点，也是黄莺平时睡觉前差不多一个小时，她正在屋里洗澡，听到敲门声，就大声说，我在洗澡呢。过了半小时，她吹干了头发，再次听到敲门声，起来开门，见老冯站在门口，她把老冯让进了门。老冯一把抱起黄莺向床边走去，说，我今晚不走了，就跟你睡，谁让你说我佛系了。黄莺挣扎了一下，越挣扎两个人纠缠得越紧，黄莺说，这么血气方刚啊，那你想睡就睡吧。老冯说，我傻啊，我早该这样了。黄莺感觉这一次做爱跟他们上一次在老冯家时不同，一点就着。他们缠绵了很长时间，老冯听到黄莺在他耳边说，老冯你真体贴啊，我想要男人了，你知道的，其实我只是要性。老冯一边吻她，一边说，别管性还是什么，你不用思考，享用你的男人就是了。她的脑海中忽然闪过自己和山上那个人做爱时的画面，那是一次次不舍不忍的告别，每一次到最后都非常伤感，那种伤感会抓住他们，他们深入地纠缠，直抵灵魂，直到筋疲力尽，但跟老冯在一起，她发现了自己身体内的花火，冬眠已久的它们重新绽放，无牵无挂，自由浪荡。

第五次进藏，是同年十一月。那年中秋，黄莺上山去，在山上待到次日傍晚才下的山。山上的中秋夜，很大很近的圆月当空，她和山上的他似乎一起看到了月亮上有人。下山后数日，那圆月一直顽固地召唤着她，诱惑着她，她内心有了波动，竟然有了冲动，起了辞掉一切山下的俗务上山的念头。失眠了数日后，她对老冯说必须出门走走。老冯公司的活走不开，没一起去。老冯说，我坐镇大后方，你尽管去撒野吧。这次她回来后，对老冯说，我信命了，天地冥冥中，肯定有一种无法抗拒的力量。人的相遇是一团气场，合与不合随了缘分。老冯说，看来藏地佛教还是影响你了。黄莺说，世间万物就是生生灭灭，生生灭灭中，是生命在延续。

黄莺这一趟，比原计划提前了一星期回家。在那曲的时候，有天晚上看星星，想着昔日山上那个人住在别墅的时候，晚上会时常带着她，一起在空阔的露台上，用他的望远镜看星星。他教她识别银河系繁星，他说出很多星星和星群的名字，她一一记住了，觉得他说的那个世界，离自己既近又远。山上那个人和黄莺在这里一起住的一年多时间里，买了这套贵重的观星设备。他从小就是个天文爱好者，他父亲有很多年，在西北的一个航天基地工作，是研发导弹和卫星的，基地对外就是一个数字代号的工厂，一年只能回西安探亲两次。父亲五十多岁后身体扛不住了，才调回了西安，与他母亲团聚。母亲和父亲两地分居很多年，边工作边带他，母亲又是知识分子性格，不喜和妇女们扎堆，他小时候除了上学，很多时间也在独处。他认为自己身上的孤独性格源自他的母亲。所以当他母亲要他博士毕业回西安时，他内心拗不过母亲的请求。他时常会想到时间，想到宇宙和星空。有时候他孩子气起来，就跟她说，我是《小王子》里的那个小王子。他说，看多了星星，肉身就轻盈起来。她反驳说，要是天天吃很多又不运动，看再多的星星，肉身也只会更沉重。

他刚上山时，她曾问要不要把这个家伙也运上山去，他说，就放在这里，留给你吧。他在很多个露台之夜，跟她说起他寂寞的童年,他听母亲说父亲在遥远偏僻的地方,一个卫星基地,长年做着神秘的事情,他只知道,他父亲跟星星有关,所以他每次问探亲回来的父亲要的礼物,就是望远镜。他上山之后,她一次也没有再用那个望远镜看星星,他的"大炮筒们"仿佛被遗忘在了顶层露台上。

这一夜在青藏高原上,天很近,她在外面待久了,温度骤降也感觉不到,那些跟他一起度过的星星之夜交错涌上心头,不觉着了风寒,头痛欲裂。她恹恹的,不舒服了三天。后来支撑不住,夜里只好打车去那曲当地的医院挂了盐水,吸了氧,这是黄莺前几次进藏从来没有发生过的事。深夜,整个急诊室只有她一个人在输液。

她给终南山上的那个人打了电话。山上的那个人,有一个备用手机,但平时很少开手机,有需要的时候才打开。那个人正好听到电话铃声响起,就接了,听到她有气无力的声音,就问她在哪里,她说,我在那曲,一个人在医院里,生着病,打着点滴,说着眼泪无声地淌下来。那边的人沉默了很久,她听到他沉重的叹息的声音,后来是深沉的呼吸的声音。他说，等病好一点，赶紧飞回家好吗？一个姑娘家，别老是在外面跑了。她说，我是在流放自己，是吗？他说，求求你了宝贝，你都进藏好几次了，快回家吧。她茫然地说，家里没有你。他说，等你回家了，我下山去看你。她抽泣着说，不用了，我会回家的。他说，是我对不起你。她说，我跟别人睡过了，可还是不行。他有些言不由衷地说，没事，你会好起来的。她不想再说话，沉默了片刻，挂了电话。

两天后，头痛和感冒基本好了后，她忽然就没了和几个摄友继续去藏南的兴致，而是回到了拉萨，去机场改签了最早飞回西安的机票。回到西安，飞机降落后，她给山上的那个人发了信息，说，平安到家，我的自我流放期结束了。过了一天，她收到他发来的信息：山上一切都好，勿念。

老冯读了黄莺这次在路上写的一篇文字，是这样写的——

问仁青,妹妹出家是受你影响吗?仁青说,不是啊,她自己要出家的。

我知道藏区出家做喇嘛做尼姑都是一种职业,也知道藏区家庭以有喇嘛尼姑为荣,但我还是对国英抱有好奇。

多年前,在阿坝觉姆寺,我遇到从汉地出家的卓玛。当时她见到同是汉人的我们非常高兴。那天正值觉姆寺放假,寺院也就两三位尼姑在,车从窄窄的山道盘上去时,卓玛站在门口,像是迎接。后来她说,远远看见车,以为是上师来了。

卓玛说,之前她一直在深圳,做了十年希望工程,自己也修佛,一次来阿坝,在这里遇见她的上师,当下就决定不走了,剃度为尼。

那天一行人在卓玛房间里坐了很久,见我有些不适,她便将自己的甘露丸分给我一些。

在藏地,尼姑的生活要比喇嘛艰苦,卓玛说,寺庙的院墙翻新,都是她们自己架梯子粉刷的。所以第二天一早我们又上去，给卓玛送了些米面油及生活必需品。

那是我第一次去藏地的尼姑寺。

阿尼贡巴尼姑寺在路牌上标注的是"扎西寺"，为了与玉树扎西寺区别，我还是愿意叫它阿尼贡巴尼姑寺。当天仁青师父去逝者家里做第三天超度，让我自己去佛学院，然后再去妹妹国英那里。午饭后我考虑到国英也许会休息，打算两点出发，仁青却打来电话说，国英一直在等我们。

尼姑寺纪律非常严格，平时不能随便外出或回家，不许用手机，但我们联系国英时打的手机，却一直在她手上。后来我得知，国英接待我这天，是请了假的——也许请假的尼姑可以借用手机？不过这不是什么重要问题，无须考证。

国英在路口等我们，见到我的车，高兴得轻轻蹦跳着向我招手，仿若见到久别重逢的家人——很奇怪，我见国英也像是久别的妹妹，心底漾起柔柔的温暖。

国英，你怎么想着就出家了？我把问仁青的问题直接问了国英。她笑着说：我也不知道，反正从小见了喇嘛尼姑就喜欢得不得了，十七岁我给妈妈说要出家，家里人都反对，尤其是姨妈家的表姐，反对得很厉害。后来在我二十四岁的时候，有一天偷偷跑来这里就出家了。

我听完一点儿没感到讶异，倒是印证了仁青的说法，也让我突然想起那个在阿坝觉姆寺的卓玛，不知她出家前是否有过什么故事，走过怎样的心路（这只是我的猜测），但国英的单纯实在让我喜欢。

国英问我喝水还是喝奶茶，随后拿出两只碗，又抽出纸巾，将碗细细擦拭——这细节顿时让我惭愧，我不知这擦拭背后有她怎样的想法——后来我说起当时的感受，还说起那天在阿妈家吃饭时，卓玛也轻声阻止了阿妈的一个动作——这中间或许还有些藏人与汉人的隔膜，她们会尽量符合我们的习惯，虽然我完全不在意这些，但她们的诚心还是令我感动。

小坐一会儿，国英说带我各处转转。阿尼贡巴海拔应该在四千米以上，我有些气喘，国英拉过相机替我背着，又一声"嗯"，将胳膊弯曲让我挽着她，遇到下坡小道，她会走到前面，手伸到背后，给我支撑……

指着玛尼堆旁边的山，国英说，那里需要爬上去，上面有一个洞子，要不要去看看？我正好奇，她又解释：是以前一位活佛的住处，活佛一辈子在洞里修行，没有盖房子，直到圆寂。

当然要去的。我被国英一路保护着上去，也许因为海拔高，爬坡比较吃力，两个多月前手术的伤口隐隐作痛。到了山洞，国英打开门，将我们让进去，洞子很小，却很干净，国英说有尼姑每天来清扫。我跪拜行礼，又拉了皮绳转动经筒，退出来后，国英取了抹布擦去地上的脚印。我又一次惭愧，因为我的疏忽忘记了脱鞋，我对国英说，一会儿到哪儿需要脱鞋你一定提醒我啊，国英却笑笑说，没关系的。

第一次见国英是在西安，她和哥哥仁青以及阿妈、姨妈朝圣之旅的最后一站，那次短暂的接触中，我和国英没说几句话，只觉她很腼腆，也很单纯。见到大唐不夜城的辉煌夜景，她请求我停车，要下去拍几张照片——后来在国英房间里，她拿出相册，专门将那晚的照片翻给我看。

其实，这次相见依然是短暂的，但国英的细致、温婉却给我留下特殊的印象，以至于后来的日子里，对国英的想念和牵挂远远超出自己的预料。

昨天晚上，我打电话给仁青，我说我很想国英，如何才能和国英通话呢？仁青说帮我问问，看她朋友有没有手机，如果可以，就要来号码给我。


这一次回到西安后，老冯越来越多地陪伴她住在终南山庄。

小雪后一天，终南山上已下过一场细雪，老冯见黄莺的院子里，粉的、红的月季仍没有凋谢，就说，这么冷了，花还开得这么好。黄莺说，月季挺抗寒的，你稍微用点心，它就会给你颜色。老冯开车来得多了,渐渐地也爱上了这个别墅。老冯蚂蚁搬家一样,给这里带来了几样东西。一把他珍藏的日本南部铁壶。他藏了几年的红酒和茶饼。几块泾渭茯茶、安化黑茶。又有一天,他搬来了一块很大的西域图案的羊毛地毯,说是从前新疆一个朋友送他的,他放着一直没有用。黄莺在客厅铺上了这块星星和月亮图案的红蓝交织的地毯,觉得整个客厅温暖华丽了许多。

老冯喜欢早起。六点多起来,出了门到外面四处走,跑步。跑步回来,对还在床上的黄莺说,总见到许多蚯蚓趴在路上。黄莺在床上说,到了盛夏,这儿地上到处可见被烤干的蚯蚓。老冯说,要是谁爱钓鱼,这些蚯蚓当饵食可真好。黄莺想起以前杜泾渭收了好几本钓鱼的书,可她没见他真正去溪沟边垂钓过一次,他可真是"叶公好渔",估计是怕弄饵食麻烦吧。

有一天黄莺临时进城办事,老冯一个人在家里无聊,就到了顶层露台上。这是他第一次上来。顶层的露台很大,显得空空荡荡的,向外望去视野特别开阔,老冯就坐在一把园林椅子上抽烟,不知不觉中,他望着远山的时候,时间已经过去了一个小时,天慢慢就黑了。他下楼吃了点东西,黄莺还没有回来。到晚上九点钟时,他又一次上了露台,只见头顶上浩浩荡荡,繁星满天,他又看了好久的星空,越看越觉得有趣。这时他才注意到,露台的一角,有一架收拢的天文望远镜,他就摆弄起来,很快便无师自通地观起了夜空星象,他还想到以前袁天罡是怎么观测星象的,诸葛亮又是怎么观测星象的。

一连数天没下雨,晚上繁星满天时,老冯都会爬上露台,在天文望远镜前观星,好像对这件事情着迷了。他猜测这东西不是黄莺的,而是山上那个人留下的。他自己是一个摄影爱好者,原来那个山上的人,是一个星空爱好者,那个男人可能是黄莺这辈子最爱的人,但此刻在星空之下,老冯觉得自己与山上的男人有一种惺惺相惜,他没有一丝嫉妒的感觉。后来老冯问起黄莺这套天文望远镜,她说,是他留下的。

老冯越来越沉迷于在四季的晚上在这架望远镜前看星

星,看银河系,看更遥远的星球,他正在成为一名深空摄影爱好者。陆续又添置了一些器材,赤道仪和导星镜等,花了数十万块钱。大小天文望远镜在露台上排成一排。全副武装的"炮筒",架起了三脚架,连接三脚架和赤道仪,调整极轴,他有了一个个目标。他拍了日环食、月全食、超级月亮、M31仙女座星系、M42猎户座大星云、猎户座玫瑰星云、M45昴星团、灵魂星云、加州云等等。

从秋到冬,再到暮冬,元宵节那天,他拍了"星空汤圆",制作成了一张电子贺卡,并做了如下说明——

> 贺卡是用我前几天拍摄的M81、M82星系同框的图片制作的,距离地球一千二百万光年,它们之间正进行着一场引力大战,据说十亿年后,一个会被干掉,只有另一个存留下来。到底哪一个留下来?只有上帝知道。

六月的一天夜里,凌晨了,黄莺上三楼顶的露台找老冯。夜空下,她说,乍一看,这架势让人紧张啊,以为要打仗了呢，一排的高射炮啊。他兴奋地对她说，我牛吧，刚刚拍到了天鹅座的面纱星云。他讲解道：

> 面纱星云是在天鹅座的一团由高温与电离的气体和尘埃组成的云，它构成了天鹅圈的可见部分，一个巨大但相对暗淡的超新星残骸。来源的超新星爆炸大约发生在五千至八千年前，从爆炸迄今残余的物质，大约涵盖了直径约三度的范围（大约六倍的月球视直径，或三十六个满月的范围）。这个星云的确切距离仍不清楚，但是FUSE的测量证实距离大约是一千四百七十光年。

黄莺听得云里雾里，老冯眼里闪着光，他正在成为西安深夜的"星际穿越者"。有时夜深了，要黄莺叫上两三次，他才从那遥远的星球回过神来，走下楼梯。老冯说，刚看银河系时，我在想古代星象家袁天罡说过的五星连珠的事，越想越玄。黄莺笑，说，白天你生活在年里，还跟大家一起吃吃喝喝，晚上你就生活在光年里，已经跟我们人类没关系了。老冯说，你知道吗？司马迁也是个天文学家，他说天有五星，地有五行，五星连珠要五百年才有一次，司马迁生活的汉武帝时代，就出现过一次五星连珠。黄莺说，你看星星还看得打通历史了。老冯说，古人夜观星象，其实更多的是看星宿的变化，有二十八宿，比如角宿、亢宿、鬼宿等等。二十八宿又分布在四个方位，有东南西北四方的星宿。古人观星，说东方星宿比较亮，西方星宿比较暗淡，就说东方之气比较旺，东升西降等等，来预测国运。西方人讲的星宿，就是各种星座。处女座、白羊座、巨蟹座等等，星座也成了一门星象学。黄莺说，你已经穿越历史的天空了。老冯笑问黄莺，我是不是有点不食人间烟火？黄莺说，欢迎回到地球，明天公司需要你。老冯说，要不以后公司轮岗制，逢单周我去上班，双周你去上班。黄莺大笑，说，两个老板都想罢工，看来得赶紧培养接班人了。

老冯从网上下单了一台烧烤炉，等货送到了家里，黄莺说，原来你下单了人间烟火。老冯说，周末就请朋友们来露天烧烤吧。他们就请共同的朋友来聚会，搞了几次烧烤活动。

他们之间不忌讳"杜泾渭"这个名字，杜泾渭留下的书，老冯也时常会抽出来翻翻。黄莺去山上"探亲"的日子，老冯也是知道的。自从越来越沉迷于星空之后，老冯对男女之事倒是淡了不少，两人做爱的频率也明显降低，似乎又回到了像老朋友一样相处的方式，黄莺也不觉得失落。老冯有一天说，男人面对星空，会觉得尘世间那点人事不值一提，人类真是渺小得可以忽略不计。黄莺说，男人的宇宙真有这么浩大吗？老冯说，男人也就是那么点爱好，好像女人才更关注人与人之间的事。黄莺说，也许吧，女人更重感情，男人更重抽象的事情，但是另一方面，不是男人更看重名利吗？女人也不是不爱星空，我小时候，也喜欢看星星啊。北极星、北斗星、牛郎织女星，还有启明星，后来知道原来启明星就是金星，觉得宇宙很神奇，也想坐飞船去宇宙看看啊，这好像也不是性别的问题。老冯说，你说得对。黄莺说，我们呢，时常是男人在露台上观星观宇宙，女人在地面的院子里埋头侍弄花草，这差异又说明什么呢？老冯笑笑，说，女人接地气。黄莺站在露台上，终南山在夜幕下成为一片模糊的山影，宛如仙山，若即若离。又望西南角，她蓦然发现两棵很高大的老杨树上，不知什么时候，每棵杨树的高处各有一个巨大的鸟巢。黄莺对老冯说，你看，比起猎户座星云，我更喜欢那两个巨大的喜鹊窝。这儿的喜鹊可真勤快啊，能把窝筑得那么大。老冯笑道，这儿的鸟都跟人似的，只喜欢豪宅了。

又一天深夜一点，黄莺见老冯在露台上迟迟不下来，就先睡觉了。等他回到卧室时，她睁开眼睛就说，奇怪，难道你也快成外星人了？老冯说，我也奇怪，难道我是山上那个人附体了？黄莺说，你也觉得遥远的星球很让人上瘾吗？老冯开玩笑说，要是我也染上他的毛病，你要面对两个奔月男嫦娥，你这命也太苦了吧。黄莺说，那也是我的命。

## 《变形记》

格里高尔,一觉醒来,发现自己变成一条大虫子,但他没有经过多少挣扎就接受了这个事实,想着的仅仅是公司和工作之类的。格里高尔还很高兴地爬来爬去,吊在房子上面荡秋千,荡啊荡,荡到了外婆桥。

刚变形时格里高尔还有人的意识,虽然他的行为更像虫类。最后,格里高尔死了,他是在伤口感染后被活活饿死的。

读者奇怪了,卡夫卡的目的也达到了,因为比格里高尔变成虫子更荒诞的事情还在等着呢。家人的态度、生活的方式，所有人都改变了。格里高尔原先一个人，可以养活一家子，让他们住上像样的公寓，还准备帮妹妹上艺术学院。原先有多好，之后就有多糟糕。家庭中的其他三个人一同工作，竟然都养不起格里高尔，或者说，他们根本就不再想养他了——功利主义？现实主义？管他什么主义，反正他最终是被抛弃了。在他们眼中，格里高尔从人变成甲壳虫的区别，仅仅是，赚得了钱和赚不了钱的区别。

荒诞即现实，现实即荒诞。这样的事情在现实中处处发生——虽然不是变成甲壳虫这种事，但是，"变成甲壳虫"在这里早已变成了一类现象。一个人失去了作用，就会被无情地抛弃，甚至被厌倦、厌恶、排斥，就算他是一个没有危害的、心地善良的、只是想继续生活下去的"甲壳虫"。生活不会给他这个机会，现实不会给他这个机会，其他人也不会。他们会以各种恶毒的眼光和想法揣测甲壳虫，会想到甲壳虫的各种不是，即使根本不存在，甲壳虫也会被喊着号子排斥出去，抛弃出去，最终孤独而死。

当生活在变形,我也在随着卡夫卡慢慢变形。当一切都充斥着不确定的符号时,在哪里可以接受我的躯体,唯有让我自己变形,让变形成为一种心甘情愿,我才可以继续开始。

——"林中空地"读书会笔记一则　空谷君

## 1. 云间夫人

哪怕在银桂的眼中,云间夫人都只能算一位普普通通的、福气不错的别墅区太太。

云间夫人情况大抵是:按田园风装修布置停当终南山庄的新家后,太太怀着交作业的心情,殷切地请先生来验货。要说"验货",因为关系到以后先生来此入住的频次。太太自己对这新居是满意的,她对先生说,下次你可以请要好的同事来我们家聚餐了。

她学会了烤各种西式小点心,有耐心做手工咖啡。五星级露天花园下午茶的待遇。当然如果客人不喜咖啡的话,铁观音，大红袍，生、熟普洱，她这里全有。这次布置新家，她也备了新的全套茶具，还没拿出来给先生展示过。在云间先生眼里，太太天生就是个合格的女主人模样。除此之外，她好像也没更多的亮点了。云间夫人长得细眉细眼的，年轻时苗条，现在也只是略微丰满一点，皱纹多了一点，属不可抗力。一路走来，云间夫人对家庭尽心尽力，个性并不突出。除了家，她好像也没有明显的爱好，说不上一样真正的爱好。优雅嗜好和不良嗜好都没有，不管有钱没钱，她从来不是享乐主义者，住在这里的一些太太热衷于谈论医美，花钱做医美，但她对此完全不感兴趣。

云间先生则有不少爱好，喜欢香烟、老酒、垂钓、女人。他在外面生龙活虎，斗志昂扬，挺胸收腹，总想显得比实际年龄年轻十岁，一回家就摊手摊脚，跟挺尸一般。见太太发出邀请，云间先生这才开了腔，嘴上说好，我什么时候安排一下，可迟迟不见行动。

一个秋日午后，云间先生和云间夫人在终南山庄别墅的家里说了这一年来最多的话。夫人说，以后灰灰就归你遛了。它现在是小伙子了,精力过于充沛,我跟着它跑都跑不动啦。先生说,没问题。你遛狗时牵上狗绳,不要让它乱跑吓人。夫人说,都怪你,要收养这么大只的狗在家里,累死我了。本来我只要养一只小泰迪就行了。先生说,小狗没什么劲,我小时候乡下都是大狗,看家护院,中华田园犬并不比洋种的差,咱不能崇洋媚外。夫人说,那你不能多回这儿来住住嘛。先生说,这儿好是好,可每次上下班高峰路上,开车堵得糟心啊。夫人知道先生说的是实情,从西安城里通往这逍遥山谷的一路上,坑坑洼洼,路不平整,大货车又多,一年到头都是尘土飞扬,还时常堵车。若是一下雨,车轮子在泥泞的路上一滚,再好看的车都是一身的丑相。云间夫人这么说,也不过是希望先生多来几趟别墅,真正以此为家,这样别墅才有人气。先生说,你不是说要减肥吗?遛灰灰正好帮你减减肥。夫人笑说,你嫌我胖,人老珠黄了是吧。先生连忙说,不是你自己说长胖了要减肥吗?要我看,女人多点肉没啥不好。夫人说,当初是你要投资买这房子。我想房子不住没人气,容易坏,所以才下了决心住过来的。城里人不当,来郊区当农民了。先生说,我倒是想当农民。你命好,提前享受了郊区别墅生活,我呢,还要为你们娘儿仨奋斗好几年。这样的日常夫妻对话,断断续续也不知说过多少遍了。连在一起说,倒像是一次别别扭扭的意外激情。云间夫人那点蓄积的小怨愤就消解了,想想儿子刚上大学,大女儿在海外大学读研,前途说不上,花钱的地方多得很,这男人的财富和资源才是他们未来的靠山,于是夫人跟先生达成了口头协议:他平时为工作方便在西安城里住,双休日回郊区别墅住。

云间夫人初来乍到,一个月住下来后,渐渐摸熟了山谷周边,拍下了五六个绝妙的钓鱼佳处,在家庭小群里发给了扬言退休后要到这里尽情垂钓的云间先生。她说,钓鱼这个事情真是好,不过也奇怪,为什么钓鱼的清一色都是男的呢,从小到大,也没见过有女子在水边钓鱼的。他说,有句话说,钓鱼佬连老婆都可以不要。女儿也说话了,女儿说,好像还真是没看到有女的在外面钓鱼的。这是为什么呢?是女人都忙,还是女人都怕在外面风吹日晒会老?

儿子也难得跟了一句：我在哪里看到过，东南亚有个地方的渔民，是踩着高跷、立在海里钓鱼的，我当时想，这厉害啊，怎么练出来的本事。女儿说，我知道，福建那边有海女，也是在海里讨生活。这个钓鱼扯出的话题，使一家四口，在四个地方，难得地"云"聚了一通。

云间夫人和空谷君两家的狗，比两位太太先认识。云间夫人家这只大狗叫灰灰，普通的中华田园犬，不过样貌精神，又很聪明。本来这只狗是在她家包工的装修队的狗，见云间夫人次数多了，就分外热情，喜扑，云间夫人时常带肉和骨头来给灰灰吃。后来装修队快要撤走时，包工头说他们不想要这狗了，因为下一单去城市做活带着它不方便，问云间夫人能否收留它，不然这灰灰就成野狗了。云间夫人一时犹豫，灰灰是只公狗，她想搬来后养狗，但还没想好养公狗还是母狗，就问先生要不要把灰灰养到家里来，先生同意了。包工头很高兴，对云间夫人这个温软随和的女人大有好感，后面对云间夫人家的装修收尾，也尽心尽力，不耍花样了。

灰灰自从被收养后，沿用了从前的名字。在云间夫人家开始了一条大狗的幸福生活。它每天吃饱喝足，就在自家边上的一棵大柿子树那儿立定，远望。柿子树那里有一个很高的土坡，和别墅的院子连在一起，理论上灰灰并没有走出自家的院子。每天黄昏六点半它就伫立在高坡上，或仰望远方，或俯瞰路上众生。那时候别墅区住的人家很少，狗主人拴狗绳不太严格，有时候灰灰就像个游侠一般溜出了云间夫人的院子，去整个别墅区云游巡视。等天黑了，只要云间夫人大叫三声"灰灰"，一刻钟之内，灰灰肯定会跑回家来。云间夫人常对灰灰说，灰灰，你是条好狗狗，你可真聪明。

但是云间夫人一时忘了一件事，给小伙子灰灰做绝育。有一天，两个女人在一条通向山岭的路上狭路相逢。这时是仲秋，傍晚五点多钟天还亮着，天边还有几片昏黄的晚霞，连着黛青色的山岭。她们都在遛狗，因为人烟稀少，她们牵狗绳好像只是装装样子，有人时牵一下，没人时就放手了。这时两个女人都放了狗绳，不约而同地对着晚霞和山影交织的图景举起了手机，拍了几张照，再回过神来时，发现两条体形有点大的狗狗正纠缠在一起，交配得起劲。空谷君说，哎呀海伦你得高贵点儿，你是《荷马史诗》里的海伦呀，怎么就被人家诱拐了？云间夫人见秋田犬女主人朝着正在交配中的母狗又气又好笑地数落着，又是满脸的怜爱。云间夫人没听明白整句话，只听见了"诱拐"二字，就为自己的公狗有点歉意起来。云间夫人说，发情期还是麻烦，管也管不住，一不留神就撒野。空谷君问，我们家的是秋田，你家的狗狗是？……云间夫人说，就是普通的中华田园犬。云间夫人又像是自言自语地说，我得考虑给灰灰做绝育了。

两个等着狗狗云雨结束的女人寒暄起来。云间夫人知道了母秋田犬的妈妈，其实比她搬进来更早。两家房子离得很近，坡道上拐个小弯就是。怪不得两条狗不知道什么时候有了第一次邂逅，一到发情期就好上了。空谷君说，我也是这个想法。我家秋田犬快一岁了，要不要让它当妈呢，我都没想好。云间夫人说，要配种的话那不能杂交了，可是我们家的灰灰高攀了。灰灰应该是秋田犬和中华田园犬的杂交二代。空谷君笑说,在这里做狗,真是天堂啊。云间夫人也笑,说,灰灰这艳福真是,它不过是个普通的杂交狗。说起来我是从装修队接手的灰灰,我要不接手,它就成可怜的流浪狗了。现在被我养得毛色都亮多了。要不是发情期,灰灰其实可懂规矩了。空谷君说,我们小时候,大家养的不都是中华田园犬。云间夫人问,你们在这儿常住吗?空谷君说,我搬来算早的,好像已经很久了。云间夫人说,我才搬来大半年。现在都懒得回城里了,这儿多好啊,住得安心。她们不经意间彼此打量,云间夫人年纪要大一些,空谷君看着年轻一些。两只狗狗缠绵的时间有点长,两个女人彼此笑了笑。两只狗终于解锁了身体后,云间夫人叫了声"灰灰",灰灰威风凛凛地跑回来了。空谷君叫了一声"海伦",那秋田犬也跑向了它的主人。云间夫人赞道,原来让灰灰情意绵绵的狗叫"海伦",这名字真好听啊,海伦,它长得也很漂亮。空谷君说,咱们可是希腊神话里颠倒众生的大美人啊。云间夫人听到"希腊神话"四个字时,略有新奇之感,但海伦的女主人好像意识到什么,赶紧收回了话头。

两个女人立在不知谁家大宅的院墙外,小道一侧,有一排栾树已是高大茂密。树上疏淡的粉褐色果实挂在枝头,远远望去,确有一种不张扬的美。云间夫人又问,这是什么树,还挺好看的。空谷君说,可能是栾树吧。我也是前几天问园丁才知道的。

云间夫人回到家的时候,脑子里还都是那只叫海伦的母狗和它的女主人。后来几天,认识了之后,她们就时常能在园区里碰到了。有一天碰到后,空谷君说,我已经给我们家海伦做过绝育了。不然它生一窝狗崽,我不知道怎么对付,就怕没人要呢。云间夫人说,灰灰虽然是公狗,我也想给它绝育掉算了,省得它到处撒野。不过我老公还不同意,说阉了它太残酷,它做狗的乐趣都没了。空谷君听了云间夫人的话,笑了起来。说狗世界跟人世界一样,男女有别。男的只管播种不用负责任,女的还得管生养。云间夫人说,总归是女的吃亏。空谷君则说,海伦从生育的麻烦中解放出来了，也不用想公狗狗了，就能真正做一只幸福的秋田。空谷君认为，海伦跟灰灰不一样。对海伦来说，绝育是种解脱，以后吃香喝辣就行了。空谷君笑言，从此我们海伦的狗生获得了妇女解放，脱离了低级趣味，挺好。云间夫人再一次发现海伦妈妈说话挺有意思的。从这个女人的嘴里不经意间蹦出的句子，是自己平时不太用到的。比如妇女解放，古希腊神话，脱离了低级趣味。

两个女人并不会称呼彼此云间夫人和空谷君，也不呼本名孙巧云和黄莺，后来她们遇到，很自然地互叫：灰灰妈妈，海伦妈妈。一回生二回熟，她们成了真正的、实际意义上的邻居了。又有一天下午，云间夫人开车进园区，见海伦妈妈在黄昏中牵着狗绳，一路跟着海伦跑着。她打开车窗正要跟海伦妈妈打个招呼时，听到海伦妈妈在狗狗后面喊：海伦你慢点跑好不好，我的香草美人。云间夫人又听到了之前她很少听到的词：香草美人。这个词在接下来的路上伴着她，让她心里也旖旎了一会儿，直到将车开进车库，停车下来，进门。她走进厨房，从冰箱里取出中午吃剩的半个牛肉比萨，又从砂锅里盛了一碗炖了很久的酸萝卜黑猪肉汤，一刻钟之后，她一个人的晚餐端上了餐桌，"香草美人"这个词，还在她的脑海中盘旋。隔天午后，云间夫人开车出门，见空谷君在园区里一个人走着，举着个单反相机拍来拍去。这时山谷是红黄的调子，柿子结满了树梢，是秋天的果子。

霜降前的一天，两个女人遛狗时再次碰到。云间夫人见空谷君，就说，海伦妈妈，好久没碰到你了呀，回城里去了吗？空谷君说，没有啊，前几天我去秦岭深山里看红叶去了。云间夫人说，你可真有雅兴啊。空谷君说，我每年这个时候都喜欢去外面跑跑。以前每年这时候去一次藏区，这几年对日本感兴趣，年年去拍红叶，现在就只能在秦岭山里跑跑了。空谷君此生最爱红叶，曾几次专门跑去日本看红叶。事实上，红叶到处都有，就像樱花也不独日本有。但是空谷君就是喜欢跑去日本看红叶。云间夫人的脸上，露出羡慕的神情，她觉得这女人说这些话的时候，整个人好像是在发光的。这时云间夫人主动提出来，要加一下空谷君的微信,两个女人加了微信,各自回家。

第二天中午,云间夫人家里的钟点工正在准备一天的主餐,云间先生打来电话,要回这边住。云间夫人觉得这一天都有了兴致,想拾掇一下院子。听到有人按院子的门铃,开门一看正是空谷君,云间夫人有点意外又很开心,忙请空谷君进院子。空谷君说,我有点日本小茶点带给你,是那边朋友寄来的。我一个人享用不完,想着咱们女人都是爱这些小食的。日本这些茶点,做得特别精致。云间夫人忙谢过。空谷君在院子里转了转,说你家茶花开得真好。她并不进屋,说下次再来拜访。就这样,云间夫人有了这别墅区的第一个朋友。此后,她们各自做了什么小点心,包了饺子之类,都会送一份给对方。云间夫人看空谷君的朋友圈,发现她是跟自己很不一样的女人。她喜欢摄影,时常跑来跑去地跟一些朋友拍风景和人像,也经常晒一些在读的书。还经常发星空的图。从不晒娃,也不晒美食。云间夫人是不发朋友圈的,并非刻意不言,只是不知道要说些什么。

到了十一月末，云间夫人收到空谷君的微信，问她明天下午是否有空。云间夫人说，你有什么事尽管吩咐，我就是一个闲人。空谷君说，感恩节那天我有国外的朋友来做客，准备朋友一起聚个会烤个火鸡。我买了一只大火鸡，想先学一学，昨天我已经看了视频，边学边准备了一半，你能不能过来，帮我来一起捣鼓？云间夫人说，好啊，火鸡我也不会搞，跟你一起学吧。

她们一起搞第一只火鸡实验的下午，开放式厨房里摆满了各种坛坛罐罐。云间夫人说，原来为了让它香喷喷，得有欧芹、鼠尾草、百里香、迷迭香，还得有一个橙子。空谷君说，为了香，还得有花椒、胡椒粉和五香粉。云间夫人说，我们中国人讲究吃，看来西方人也很讲究。空谷君说，跟我们中国人一样，一到重要节日，最忙的还是我们女人。云间夫人说，哪里的女人都离不开厨房啊。空谷君说，我发现，我们在厨房里弄火鸡的样子，挺像《绝望的主妇》里美国郊区的主妇。顿了一下，空谷君又问，你看过《绝望的主妇》吗？是个美剧，很好看，是我难得追完的几个美剧之一。云间夫人笑笑说，我不怎么看美剧，闲了就追了几部电视剧，《甄嬛传》《如懿传》，还有《欢乐颂》，都是国产剧，不怕你笑话。空谷君说，我也看过《甄嬛传》《欢乐颂》，还看过《琅琊榜》呢。云间夫人说，最近的《乔家的儿女》拍得挺好。空谷君说，看了几集，我就放下了。云间夫人说，我是大家庭出来的，看了蛮有感触的，要拉扯一个大家庭真是不容易。空谷君说，中国人觉得家庭最重要，当然也有人不要家庭的，但在中国这种小众的选择很难被大众认可。云间夫人笑着说，我发现了，海伦妈妈你是个很有思想的文化人，以后我要多向你学习。空谷君笑说，其实我们这个年龄的女人差不多，思想不过是我们人生经历的产物。我刚说的《绝望的主妇》是个老掉牙的美剧，绝望不绝望，关键是自己的心态。云间夫人说，外人看来，我们衣着光鲜，住着别墅，不愁吃不愁穿，有啥好绝望的，但确实家家都有本难念的经。

对付火鸡的时候，是两个女人第一次比较贴近地拉家常，说着说着，她们又提起了别墅的男主人。云间夫人说，我老公倒是说,他最想做的事情,就是在这里找处水塘,钓一整天的鱼。空谷君说,老冯最好什么都不做,谁也不打扰他,到了晚上,他在露台上一个人对着大炮筒摆弄来摆弄去,能搞好几个小时。云间夫人问,大炮筒?空谷君说,就是天文望远镜。他迷上了星空。云间夫人说,我家那位,有点空就爱去钓个鱼。我们搬过来之后,他大概把周边可以钓鱼的地方实地考察遍了。空谷君说,这倒是有趣了。一个仰着头,一个低着头。云间夫人说,男人们总是有些奇奇怪怪的爱好。两个女人说笑间,麻利地把火鸡塞进了烤箱,火鸡被炙烤之时,她们喝茶聊天,空谷君很麻利地切出了一个水果果盘,加一盘自烤的蔓越莓饼干。二人也互相了解了对方家男主人的节拍。云间先生基本上一周光临一次,其他时间在城里住。空谷先生正好相反,一周住城里一两天,办各种事。搞调料时,空谷君加了最爱的蒜泥进去,于是感恩节洋鸡又秒变回了中国北方的一只土鸡。空谷君切分了半只战利品,要云间夫人带回家去。

  第二天是云间先生回来的日子。夫人端上了这半只火鸡,云间先生问,怎么做起火鸡来了,我们家里又不过洋节。云间夫人就说到了她新近认识的这位有趣的女邻居。云间先生说,你在这里有人说说话,挺好的。云间先生撕了一块火鸡肉嚼着,笑说,味道还行吧,不过鸡肉偏老,哪里有我们的饺子好吃呢。云间夫人说,明天早上我包韭菜馅的你吃。云间先生说,明天下午我要出去办点事。云间夫人说,那我包牛肉馅的。两个人吃饭的时候,云间夫人说,我大哥的儿子下个月结婚办酒,已经送了请帖来,我得回去一趟。云间先生说,你去吧,我就不去了,最近公司事情多。云间夫人问,礼金送多少呢?云间先生说,你看着办吧。她捕捉到他微微皱了下眉头,略带歉意地微笑了一下。

## 2. 商洛

云间夫人的软肋,是她的娘家。她在老家县城和镇上有一个哥哥,一个弟弟,还有一个妹妹送给了一个远房亲戚,后来长大了,也偶有来往。她觉得那个妹妹比自己可怜，也曾庆幸自己不是那个被送掉的女孩。前些年大家都各过各的生活，偶尔过年走动一下，凡老家的一点涉及利益的好事，也从来没有她的份，说是嫁出去的女儿了。后来她倒是成了家里人眼中的有钱人了，就不免被老家人惦记上了。借钱不还、求帮忙找工作之类的事多了，她在家里的底气也弱了。特别是把她弟弟的宝贝儿子孙小戚硬塞进丈夫的公司仓库打杂之后，她在丈夫面前说话就有点虚。这个孙小戚又出了问题，要他代表公司去慰问一个长病假的老员工，他把这两千块钱自己拿去充值打游戏去了。这事本来可能神不知鬼不觉的，结果偏给人发现了。云间夫人知道此事后，气得胃痛。第二天云间先生临出门时对她说，你不要担心，我再给他一个机会吧。她只觉得丢人，抬了抬眼皮，想说什么，又没说出来。

这日，云间夫人又一次独自上路，代表全家人去老家商洛参加另一个侄儿的婚礼。车开了两百多公里，眼前的街景一点点变得陈旧，变得脏乱差，到了一路尘土满天的时候，就到了她的老家镇上了。云间夫人一回到这里，就被打回原形。现在她是孙巧云。婚礼是在离镇上五十里地的山阳县城。如今办喜事，新人都是安家在县城的。孙巧云到娘家后，见了父母和哥哥，把一个一万块钱的大红包交给了哥哥，哥哥不咸不淡地收下了，脸上也不知是真笑还是假笑。为了这场婚礼，巧云也跟着撸起袖子，像从前还在家里当闺女时那么忙前忙后，在娘家待了三天。第四天一早帮着家里收拾收拾，吃了中饭后离开，心情就像胜利大逃亡一样。

临走的那天她爹说，你家男人一年少说能赚小几百万吧，怎么你哥的孩子结婚，你就给这点钱，你这姑姑当的。巧云只好解释，他也要养很多员工。今年经济不好，公司也是撑一天算一天，他说实在撑不住了，只有两个选择，裁人或者降薪。公司就像一大家子，好比这家养五个人，大家能吃上干饭，养十个人，都只能喝稀粥。巧云爹说，你当姐的，得保证你弟弟家的崽有口饭吃。孙巧云很想跟她爹说说孙小戚的烂事儿，可话到嘴边，又说不出口，生生憋住了。孙小戚也回老家参加婚礼了，只不过说话的当儿，早不知跑哪儿跟一帮镇上的狐朋狗友摸牌喝酒去了，每天回家睡觉都是后半夜。她爹喉咙比刚才又响了几分，说，你在我们面前还哭穷，也就是叫娘家的人别麻烦你的意思。说话听音，谁听不明白呢，你想撇清，自己享有钱人的福。当初我们也让你读书了，要不你成绩再好，你也上不起大学是不。做人要讲良心。巧云不由得笑了笑，她爹可真健忘。她对她爹道，你几个孙子全要我拉扯，我也拉扯不动，现在起码要读个大学，才能混社会。这时她娘也来了一句，你在城里都住上别墅了，小戚要是在这城里落不下根来，你这姑姑家里总得给他留张床吧。

父亲硬着来，母亲软着来。这几年，孙巧云感觉自己一直被娘家人轮番吸血，但又无可奈何。她娘动不动就打血缘牌，说一家人，打断骨头连着筋。相比之下，巧云丈夫刘胜天的父母是西安城里的知识分子，都是高中的教师。他们很少上门，退休后自己过自己的小日子。公婆对他们并不亲近，偶有逢年过节时的来往，彼此也客客气气的。刘胜天有一个妹妹，是吃公家饭的，日子过得不错，也不需要哥哥经济上的付出。商洛娘家这底子,也是巧云搬到终南山庄后宁愿一个人住着,需要时叫钟点工也不用住家保姆的原因。她过不了自己的心理关,没办法当一个标准的富婆,仿佛一享受住家保姆的待遇,她就背叛了还在艰辛生活的娘家人。巧云记得,她去年过年时回娘家,家里人听说她女儿学业优秀,还要出国读硕士时,他们说话有点酸酸的,其实不仅是她哥哥和弟弟,连她父母都是嫉妒的,不高兴多于高兴,他们替他们的孙子嫉妒外孙女,觉得全家人的福分都被女儿拿走了。她知道母亲一辈子最不平衡的是,心肝宝贝的两个儿子都不是读书的料,无甚出息,偏这闺女命好,能上大学,过人上人的日子。第二代差距拉得更大了。外孙和外孙女都喝洋墨水,留洋了,巧云兄弟的几个孩子却没什么出息,又是给人打工的命,浮萍一样,南来北往地漂来漂去,这里做一年两年,那里做一年两年,总不安定,还比上一代更吃不起苦。若回老家山阳,也只能靠父母的血汗钱,开个小店铺度日。

刘胜天最近一次跟孙巧云一起回她娘家,是前年大年初三。他们带上了很多礼物，只准备住一个晚上就打道回府。路上她曾跟他交过底，她父母以后生病了要是没钱治，家里两个儿子都不愿意出钱的话，她一定会来兜这个底。他说你放心。当天晚上气氛正常，娘家人见女婿来了，说是贵客，她哥哥一家、弟弟一家都来陪客。巧云娘下厨，巧云在一旁打下手，刘胜天陪老丈人和小舅子喝酒，最后老丈人倒了一盅女婿送的五粮液端上，先是猛夸女儿有帮夫运，刘胜天就夸老丈人说，巧云确实是贤内助，是岳父大人培养得好，山沟里培养出了金凤凰。

后来，三杯两盏，这家宴突然变成了一场劫富济贫戏。老丈人拍拍女婿的肩膀，当场要他拿二十万块钱出来，给他大儿子在山阳开店用。不说借，是说"拿"。最让刘胜天气愤的是，他老丈人说，二十万，你们有钱人，拔根毫毛的事啊。他想当场摔杯子走人的，巧云对她爹说，爸，你不能这么为难我们啊。前年你们要造房子，不是刚给了你们钱吗？她爹说，难道家里房子你没有住过吗？造了这新房子，你们回来才有地方住，不然你们也不体面吧。巧云一时语塞，她爹说，知道你女人家做不了主，所以我跟女婿说。刘胜天见巧云一张苦瓜脸，一时心软，就答应了，喝下了老丈人敬的那杯酒。第二天一早，他们提前就走了。一路上巧云紧绷着脸，气得胃痛。想不到亲生父亲会这么将她一军，让她难堪无比。刘胜天下海后，做了十几年的印刷企业，起先是一家校办的小印刷厂，前几年非常艰难，购买设备，对付环保，企业再生产的投入，资金回款等等压力很大，人也老得快。后来冒着风险抵押了家里一套房子，没日没夜地干，此后才看见了起色。巧云在西安市级医院当一名普通财会人员，工作稳定，收入有限。后来辞了职，帮刘胜天打理公司内务。公司发展期，需要填的漏洞多，一不小心，冤枉钱就流出去了，毕竟自己人最放心。夫妻俩一起干了五年多，她办事井井有条，账目清楚，公司里的人都忌惮她三分，想浑水摸鱼难度高多了。后来刘胜天忽然时来运转，企业上了快车道，迎来了一波红利，做到了全国前三，订单也雪片一样越来越多。这时公司副总经理兼财务总监的孙巧云听到些闲话，有人背后议论他们开夫妻店,对手下厉害,她考虑再三,决定自动隐退,就跟刘胜天说,两个孩子是考学关键期,她想回家,多陪陪孩子。刘胜天同意了,心下暗暗佩服巧云贤明,思虑周到。再后来,摊子铺得更大了,企业要发展,向银行贷了款,加了杠杆,为了规避财务风险,他们商量后,就办了假离婚,连在外读书的儿女都不知道。虽然假离婚在法律上就是真离婚,但对这对共同生活了许多年的夫妻来说,不过是办公司需要面对的一个技术性问题,其他什么也没有改变,包括生活方式,以及彼此的权利和义务。

后来,那二十万兑现了十万,刘胜天也没说什么时候给答应的余下的十万。巧云母亲打来电话讨债,对巧云说,说好的二十万,是给你哥开店的,怎么又变卦了。巧云说,这十万你们知道是白给的,还想怎么样。她母亲嘀咕了几句,说她有钱不帮自家兄弟,不积德。巧云气道,升米恩,斗米仇。她母亲也甩出狠话,说白养你一场,自己阔了不知报恩,要是放在几十年前,你这样的地主婆,会被乡里人五花大绑了游街示众、批斗挨打的。巧云不明白为什么连母亲也这样气急败坏,声音里满是恶意,厌烦地挂断了电话。

此后刘胜天再也没有去过巧云娘家。但是孙巧云逃不过亲情债。老家人也都用上微信了,把她拉进好几个老家的微信群。有时她觉得自己是无处躲藏的。

巧云哪,巧云哪,巧云哪。巧云姑姑啊。巧云大闺女哪。

商洛老家有传说,孙巧云男人资产上亿,几辈子都花不完,娘家人也该跟着享福了。老家亲戚到省城看病救急的事,她帮了几回,私房钱也垫了不少,就没了下文。再后来,她退了几个群,搬到了别墅的新家,换了手机,换了常用的电话号码,心想随他们骂去,从此耳根清净了不少。每次只要从商洛的娘家回到终南山庄,无论经历过什么,孙巧云狠狠睡一觉,泡个澡,又会重新做回云间夫人,但是等她在西安一点一点地恢复了元气,一个商洛女儿的同情心慢慢占了上风,她又会继续和老家亲戚们发生这样那样的纠缠,成为他们心中爱恨交加、当面拍她马屁、背后骂她势利眼的那个阔太太孙巧云。

过不了多久,云间夫人又回到孙巧云。先是娘家侄儿孙小戚连着好几天没到云间先生的公司上班，人不知去向。等云间夫人得知后，好不容易打通了孙小戚的电话，电话里小戚说，你们不用管我啦，我跟女朋友去深圳创业去了。小戚还说，临走时预支了公司一万多块买材料的钱，要不算作他主动裁员的补偿费，不然就要麻烦姑妈还了。巧云忍住气，说，你这么一走了之，总得跟你爸妈说一声吧。孙小戚说，我懒得跟他们说，他们屁用都没有，也不会管我死活。巧云忍不住追问，你姑夫这里干得不顺心吗？孙小戚说，这种寄人篱下的日子，还老被人说闲话，有什么顺心的。巧云叹一声气，无可奈何。

接着刚满七十岁的父亲又突然病重，急性胰腺炎，巧云接到弟弟电话后，连夜开车赶回老家，已是午夜时分。她父亲觉得自己要去见阎王爷的时候，拉着巧云的手，老泪纵横地对她说，巧云啊，嫁出去的女儿泼出去的水，按说我们不该指望你，可除了你，谁能帮得上你兄弟呢。巧云以为父亲是念着那十万块钱的缺口，就连忙说用自己的私房钱填上那十万。只听老父亲哭道，巧云哪，你不知道，你哥哥这个孽障,这两年欠了一屁股债,现在又被人家骗去了血本,少说三十万哪,夫妻俩吵架,你嫂子要上吊,你哥在家里老撒酒疯,拍桌摔碗打人,说没钱过不下去了,就吃毒药自杀,你说我儿子怎么都不发啊。人家就说,你孙家子孙的好运气,全让巧云一人花光了。我一个要死的人了,我不放心呀。巧云听了,深深地垂下头来,心想父亲的话似乎有理。这时父亲又说,我这把老骨头了,你别为我多花钱了,把钱留着救你哥吧。巧云见父亲话已至此,只好拉着老父亲的手说,她会去想办法的。她父亲见巧云表了态,心里一松,一个时辰后,就吃了一碗鸡汤面。

巧云在老家伺候父亲将近一个月,人瘦了好几斤。父亲的医药费,她一个人掏了十几万块钱,总算把人救回来了。父亲清醒过来,对床边的女儿说,我明白的,只有我女儿能救我的命。得到父亲的褒奖,巧云心里满足了一下。

等父亲病情稳定后,巧云去找了一个人。那人也是她家亲戚,论辈分上排是她的族叔,有一种说法,其实他们是远房堂兄妹,有同一个曾祖父,总之这家族谱系有点模糊，也不知是哪一位长辈记岔了，说法不一。巧云从小就叫他大树哥，他们是以兄妹来称呼的。大树哥当时人在广州，巧云打电话去，说借钱急用。大树哥也不问她钱的用途，第二天就给她卡上打了三十万，叮嘱巧云如有为难的事，还像小时候那样找他。巧云道谢。大树说，你知道吗？这本来就是你的钱，是你这些年陆续存在我妈那里的，我妈跟我说，巧云这丫头心思重，良心好。巧云说，哪有那么多啊，以后我会还你的。

巧云把一共四十万凑齐后，交给了父亲，对她父母正色道，这是最后一次，算是还父母的养育之恩，以后除了正常的人情往来，我没有钱再给了，要再相逼的话，我也不再回娘家了。人各有命，希望兄弟们好自为之。她父母似有触动，连声称诺。巧云回西安，父亲在家门口送巧云上车时，已是老泪纵横，说，这孽障再要去寻死，我也由他去了，阎王想收就收去吧。巧云洒泪而别。

处理了父母家的事，孙巧云觉得自己快虚脱了，一路流着泪，开车回到西安，很想闷头睡一觉。回到终南山庄，洗了澡，一连睡了十八个小时，终于睡够了，起床后去院子里打理花草。

云间夫人独自待了几日，等云间先生回家时，两个人话了些家常。一个月没见，云间先生似乎心情不错。先生说，你瘦了不少，岳父大人没事了吧。云间夫人说，抢救过来了。我一回去，一个个都等着我拿主意，问我怎么办，就是等我掏医药费。云间先生笑说，在家里说一不二，不是挺好的吗？云间夫人说，总归要还债，是他们给了我生命，养了我。云间先生说，农村里女人命贱，老人命也贱，也是可怜，他们要没有你，可怎么办呢。这个事关人命的话题，三言两语就说完了。接着话锋一转，云间夫人说，早上我从鱼池里捞出了三条死鱼，不知道哪儿来的。云间先生说，我钓了几次鱼。灰灰每次都要衔一条，养在池子里。它又不知道这种咬过钩子的鱼是很难养活的。云间夫人问，我们家好像有客人来过了？云间先生说，跟我一起钓鱼的同事，也不算客人吧，借用了一下家里的洗手间。云间夫人不语，云间先生郑重地说，你不在家，我没兴趣，也没能力招待客人。云间夫人说，等春天院子里的牡丹开了，我请银桂来好好收拾一下，到时请你的朋友来家里赏花喝茶好了。云间夫人说着，收了碗筷，沏了一壶熟普。云间先生说，到时候再看吧，我这阵子公司的事挺忙的，要忙着对付环保。云间夫人说，我们一向环保投入很大，总能应付得过去的。云间先生说，现在上边三天两头来检查，我打起精神来，小心谨慎就是了。云间夫人说，要再投入的话，利润就越摊越薄了。云间先生说，我当家也是难啊，有时真想退休，这些员工的饭碗，也不用我操心了。

虽还在早春，傍晚，云间夫人去园区里遛狗的时候，见到很多树都发芽了。风从秦岭的深处吹来，不那么冷了。又一年山居岁月，她嗅到了春天的气息。

## 3. 霹雳舞

当云间夫人回到孙巧云的时候，她不仅仅是父母家里的女儿巧云，她还是话多的巧云妹妹，是令大树哥激动喃喃的宝贝云儿。大树哥大名孙树人,严格来说,是巧云的初恋。大树哥小时候跟着父母在巧云老家边的一个厂矿,他也是厂矿子弟,跟孙巧云家算起来是出了三服的堂亲。巧云家所在的乡就在大厂边上,大厂在解放初就有了,是一家化工厂。上一代有些乡里人就进了化工厂当工人,厂里人和乡里人时常串来串去,互通有无。巧云小时候,厂子里热闹得很,有浴室,有电影院,有医院,有学校,令边上的乡下人羡慕不已。乡下人每天早上到厂区边空地上摆摊,卖土产的鸡鸭鱼肉,田里种的蔬菜,价格卖得便宜,卖完了收摊。巧云家原来是不吃河虾的,后来发现化工厂的上海人见了卖虾的摊,眼睛就发亮,才知道这在本地人眼中一钱不值的爬虫,在上海人眼里是好货。大树妈跟厂里的上海人学会了油爆虾的烧法,巧云妈后来跟大树妈也学会了烧虾、吃虾。

大树哥的爸妈是化工厂的双职工,他爸是厂里的技术员,他妈是厂里子弟学校的语文老师。巧云妈跟大树妈从小是邻居,两人交好,时常带地里种的东西给大树哥家,大树妈也时常叫上巧云妈带孩子们到厂里电影院看电影，去厂里浴室免费洗澡。有时候看完电影，时候还早，巧云妈还要拖着孩子们去大树家闲聊，两个妇女嗑点瓜子，吃点烘干的红薯片，闲聊得起劲，也放几个响屁。巧云兄妹几个也和大树家的兄弟们玩得起劲。大树家没有女孩，巧云去他家总是最受欢迎。大树哥把巧云当个小妹妹呵护。一起看电影时，大树哥分给巧云的瓜子花生等零食总是最多的，巧云在家里从来没这个待遇。

　　大树哥不爱学习，在子弟学校成绩只算中上。不过在巧云眼里，大树哥脑子特别灵活，从小就在家里捣鼓各种小发明，曾经把一个半导体收音机拆开了，大卸八块，最后又装好了。他又用化工厂里扔着没人要的几辆废旧自行车拼拼凑凑，自己整出一辆可以骑的自行车来。大树哥于二十世纪八十年代末南下北上，折腾过几轮后，在广东扎了根，办起了电子琴厂，一开始是生产电子琴的相关器材，后来专门生产电子琴，规模可观，大树哥成了实力雄厚的企业家。

巧云即将初中毕业前，因为是个丫头，家里不想再费钱让她上高中了，希望她帮父母种地兼干家务活，巧云不肯，坚决想上高中，天天哭，说她将来想考大学。巧云学习成绩好，比哥哥和弟弟都强多了。她爸说，你要上高中的话，得去县城山阳上学，住县城上学要多花钱，你哥还要讨老婆呢。巧云妈也说，女孩子家上学有什么用，识几个字，会算个账就行了，都是要嫁人的。后来家里同意，让巧云去考中专，可巧云发挥得不好，她想上的财会中专没录取，录取的是护士学校。巧云讨厌当护士，从小在家里跟着母亲伺候一家人，放学后不停地做家务，巧云不想再做伺候人的工作了，就跟家里说，她要读普通高中，不想去上护校。她父亲气疯了，狠狠甩了她一个巴掌，说不上拉倒，出去打工也行，要拿钱回来。

孙巧云性子烈，在家里绝食了三天，不肯吃饭。其实巧云绝食抗争这一招，来自"高人"传授，同校的高年级女生，有好几个是这么跟家里抗争最终争取到上高中机会的，赌的是毕竟是亲生父母，关键时刻会心软。巧云还听说过一个学姐的传奇故事,这位学姐争气,考上了北京大学。她决定如法炮制,于是十五岁、当时还瘦瘦小小的孙巧云把自己关在房间里。

绝食到第三天下午,左右为难的巧云妈找来七大姑八大姨,轮番到巧云房门口喊话,劝说她吃饭。这些长辈无非劝说女人的命就这样,在娘家时要帮父母干活,帮兄弟娶上亲,读书不是女人的命,这辈子女人任劳任怨,下辈子才可能投胎当个男人。喊话的一拨拨来,都吃了闭门羹。巧云饿得眼冒金星,但坚持绝食。

过了晚饭时间,巧云妈更急了,闺女也是自己身上掉下的肉。又有个邻居劝说,巧云要真的有个三长两短,那你们连嫁闺女的彩礼钱都没啦。于是她急急跑到了大树家里去,把巧云绝食的消息告诉了大树妈,恰好大树哥也在家,一听原委,肺都要气炸了。那时大树哥从工厂技校毕业后,已在社会上混了两年,他倒卖批发电子手表生意兴旺,在当地已经算个有钱人了。大树对巧云妈说,以后巧云上高中上大学的费用,你们别管了。说完急急地跟着巧云妈跑到巧云家里，到巧云房门口，大声喊道：巧云妹妹你快出来，你可以继续读书，哥哥供得起你。巧云屋里还是没有动静，只听得巧云爸还在厅堂里骂骂咧咧，大树哥一时热血沸腾，一把揪起了巧云爸的衣领子，大声吼道：你难道想要自己亲闺女死了才高兴吗？你不知道巧云学习很优秀吗？就由我来供她上学，看她能不能考个大学给你看看，不信咱们走着瞧。这时候巧云开门出来了，说如果她考不上大学，她以后自己打工，也会还上大树家的钱。这件事情就这么解决了，虽然巧云爸有几分搁不下面子，又怀疑大树是打什么主意，但巧云妈这次站在了女儿这边，说知恩图报，巧云的人情，让她工作了自己还人家就是。巧云爸从胸腔处发出一声长叹，不再有异议。巧云妈的算盘是，大树是她看着长大的，人长得精神机灵，现在混得又不错。如果巧云以后嫁给大树，亲上加亲，也不是不可以。

巧云如愿去了县城山阳上高中，而且被分在重点班，但大树哥神龙见首不见尾，并没有亲自找过高中生孙巧云，都是汇款到巧云的学校，每次写一封信，叮嘱巧云好好学习，将来争取考上大学，还说不要像大树哥这样，没文化只能混社会。大树哥在信中叮嘱巧云不用给他回信，过年时他会回老家，到时随便串门时就见到了。有时来信的信封上有地址，有时没写地址。大树给巧云的学费、生活费，巧云省吃俭用之下还有节余，也不告诉爹妈，自己悄悄存了起来，想高中毕业前把多余的钱还给大树。高中的三个寒假，他们见过几面，巧云出落成大姑娘了，见大树哥有点害羞，不像小时候那么无拘无束，大树哥又是恩人，她更不知道该说些什么才好，每次只会一五一十地汇报在学校的成绩，大树每次都笑，说巧云妹妹，你不用跟我汇报的，我相信你吉人天相，一定能考上大学。

高中毕业前的那年除夕夜，巧云得一梦。梦中大树哥拉着她的手说，妹妹你考大学就考到广州来，我在广州等你。巧云醒来时，脸上还热热的。仔细回忆梦中情景，反复想梦里大树哥说"我在这里等你"是什么意思。

巧云有了自己的心事。大年初一，她穿上了新衣裳，以拜年为名，主动去大树家里找大树，大家拜过新年后，见大树家里已经聚了六七个哥们儿兄弟，一堆人在门口空地上放百子鞭炮。鞭炮放毕，大家回到厅堂，喝茶，聊天，打牌。大树给巧云让了座，对弟兄们说，我妹子来了。巧云羞涩地笑着，有些不好意思地坐在一堆男青年中间，心想怎么全是男的。那时候化工厂子弟除非谈对象的，一般都是男的跟男的玩在一起，女的跟女的玩在一起。大树跟弟兄们介绍说，我家巧云妹子是个女秀才，以后会是大学生呢。巧云朝大伙笑笑。她默默地在大树身边坐了一会儿，看大家打牌。快到中饭时间，大树要巧云留下来吃中饭，巧云说得回家去，这时大树的弟兄们要到各处拜年，也散了，各回各家。

大树就送巧云回家。路上大树问巧云，大学想考哪里，学什么专业，巧云说，想学财会经济类的。大树问，为什么想学财会呢？巧云说，我数学好，再说从小吃够了没钱的苦，以后就想能管钱，哪怕管公家的钱也好。大树笑，巧云也笑，说，管很多钱就是我的理想。大树说，那等我把公司做成大公司了,你就来管我公司的钱。巧云笑,说,那我来当会计。大树又问,想去哪儿上大学呢?我一想中国真大,巧云以后是不是要走四方了。巧云说,你不是懂得梅花易数吗?当年你去南方,是不是得了高人指点?大树说,我就跟一个住天竺山山脚边的老师父学了点梅花易数,让他给我算一下去哪里发展好,老师父一算,说什么离卦,又是什么见龙在田,要去南方火地为吉。我将信将疑的,自己又算来算去,觉得不该在化工厂混日子,去广东可能机会多,改革开放了嘛,听说很多香港台湾人都在那里办厂,欣欣向荣的南方啊。我从小在工厂混,工厂的事我是不陌生的。巧云说,原来还有这么有趣的事,你那时怎么不带上我呢。大树说,妹妹是正宗读书人,我怎么能让你碰这些旁门左道呢。等你上了大学,世界上一切新鲜有趣的事情,你再了解不迟。巧云说,广州是大城市吧,很洋气的。大树说,我刚到广州时,觉得广州太大了,比西安大多了。我那时想,万一哥混不好,反正那边没一个人认识我,我就人间蒸发,再也不回来了。巧云说,我没出过商洛,连西安都没去过。大树说,别着急,你以后会去很多地方的。

一路上,大树说起那时候,他们一群工厂子弟毕业了,无聊得很,化工厂开始不景气了。他们几个弟兄看了一点武侠书,就说想学武艺,到江湖上强身防身。但是除了偶尔去县城,看到闹市街口有卖跌打损伤药的,偶尔表演一下砖头拍自己脑袋之类的,他们也不知道哪里可以学武艺。电视剧《霍元甲》里的武馆,他们从未见过,有人说有,有十来岁的男孩子去少林寺学武艺的,他们想想嵩山少林寺太远,又担心要当和尚不能吃肉,也就作罢。后来弟兄中有人说,以前我们商洛这块地,天竺山上是有高人的,各种练武的把式都有。我们几个无聊,就想碰碰运气,就时常结伴上山,号称访名师。我们一人手里拿根棍子,在天竺山上转来转去,哪里见得到什么高人,野兔倒是看见几只。等天慢慢黑下来时,我们玩够了下山,在山脚边看到一小片菜地,菜地边上有个老汉,看着六十岁上下,真的在练武。我们就围在一边看。有人说,这是太极拳,有人说，这叫迷踪拳。老汉也不理我们，只管自己打拳。我们看了会儿，就走了。后来我又去找老汉，见他坐在一间茅房前，抽个旱烟袋，我就跟他聊起来。他打拳，我也在边上比画着，学一学，他也不赶我。后来我们就成了朋友，我知道他以前结过婚，后来老婆死了，他又死了一个儿子，觉得没意思，就独自跑到山里来了。他说他是邵康节先生的后人，祖上从河南洛阳那边迁居到商洛来的，也不知道是否是吹牛皮的。后来我去找他，给他带些上好的烟丝，他好像挺喜欢我的，就教我几套拳脚功夫，说用来防身可以，不要惹是生非。闲来无事，他又教我用梅花易数起卦、解卦。有一次我们师徒一起喝酒，喝到七八分醉，我想拜他当干爹，他说，我儿子已经死了，我不想再当谁的爹了。我就问他儿子是怎么死的，他喝一口酒说，是登山时出了意外，遇到了泥石流死的。巧云说，你师父原来也是个伤心人啊。大树说，我那时候，才觉得自己有点长大了。

巧云问，那你打架打得过几个人？大树笑说，师父那时就跟我说，不要自己出头打架，练武术是保命用的。我以前还打过架，奇怪的是学了点武术后，在这里一次架没打过，后来初到广州时，去舞厅玩，揍过两个小流氓。巧云问，广州很乱吗？大树说，大城市，不乱混就不乱。我到了广州后发现，我们商洛人打架，是因为太无聊了。广东那里的人，都忙着赚钱呢。巧云问，广州的舞厅是不是很好玩？大树说，有很多好听的流行歌曲，还有迪斯科、霹雳舞什么的，那边人学香港学得快，很新潮。巧云说，听着很有劲。大树说，等你考完大学了，我可以带你去广州玩。巧云说，那你给我占一卦看看，我应该报考哪里的大学。大树哥笑说，如果你想不好，我可以帮你参考参考，如果你心里早有答案的话，那就没必要占卜了。事有不决，才需要问卦。巧云说，我想考去广州，行不行？大树一愣，随即说，广州欢迎你，那不用问卦的。要是考到了广州，可以天天来哥哥这里蹭饭吃。巧云笑了，说，我就是想省伙食费。

　　夏天，巧云果然考上了广州的大学，离重点大学分数线只差了两分。到了广州后，大树哥到火车站接巧云。那天的站台边，有一轮皓月，很大很亮。巧云下了火车，抬头望月，喏，这就是广州的月亮了。她见大树穿了一件红色T恤衫，骑了一辆哈雷摩托车，很拉风的样子。大树在火车站见到巧云，开心地说，丫头你真厉害，真的考来广州啦。巧云说，说到做到，可惜离中大录取分数线差了两分。大树哥说，你这个大学也不错，哥特地了解过了。大树把巧云的行李和人一起搬上了摩托车，让巧云扶紧他的腰，一路风驰电掣，开到了巧云的新学校，又开到了学生宿舍。大树帮着巧云买了脸盆饭盆、床单被套等日用品，还有饼干罐头等食物，又帮着巧云一起挂好蚊帐。有巧云同寝室的新同学问，这是男朋友来送你吧，好帅啊。巧云说，不是不是，他是我哥哥呢。

大树陪巧云在新学校吃了第一顿食堂饭，临走时，交给巧云一个信封，巧云也拿出一个信封交给大树，大树奇怪道，现在我们有事打电话就好了，还要写信吗？巧云不好意思地说，这是我高中三年多出来的生活费。大树摸了摸她的脑袋，笑了，说，妹妹，这个钱就是给你的，不能太省了，你吃好一点，上大学费脑子呢。而且我们早说好了，我会供你读完大学的。巧云的脸红了，说，等我以后工作了，都会还你的。大树说，傻了吧你。哥哥现在有钱了，供一个大学生还借啊还啊的，除非是妹妹你看不起我了。巧云说，不是不是。那时候，大树哥已经在佛山办了一个电子管厂，起先是台湾那边的来料加工厂，躬逢其盛，订单很多，这厂子越做越大，工人也越招越多。大树哥忙得不可开交，日夜开工生产着四方订单。大树跟巧云道了别，骑上摩托车，风一样地走了。巧云这时候才知道，广州和佛山不是一个地方，还是有一段距离的。但是巧云还是会找假日，坐上长途汽车去佛山看大树哥，大树哥每次总是说，下次你不要过来，太折腾了，你打个电话，我来看你。可是大树太忙了，除了节假日，只有每年巧云生日时，才会出现在巧云的学校里，给巧云买生日蛋糕，请上女生宿舍的全体同学一起聚餐。巧云每次去佛山找大树，也不见大树身边有女朋友，又不好意思当面问大树。巧云因为大树的关系，看身边的男生总是觉得太幼稚，有追她的男生，她也看不上。有一次，她去图书馆里找法律书，查近亲结婚的规定。她算着自己和大树都姓孙，有同一个曾祖父，按中国法律，是可以结婚的。不知怎么的，她反复看着这些条条框框，心里松了一口气。

一直熬到了大四那年，巧云生日那天，大树居然没有来，巧云也没有打电话给他，故意想看看他是否忘了。巧云等到了晚上宿舍熄灯时，也没有大树的消息，就这样黯然度过了大学最后一年的生日，她也没有声张，闷闷不乐地睡觉了。过了两天是休息日，巧云坐了汽车去佛山，到了大树的工厂，也不见人，找办公室的人打听，才知道老板前两天骑摩托车被大卡车撞了，骨折了。据说那时候广东第一批骑摩托车的人，几乎都出过事情，轻则受伤，重则殒命。巧云吓得不轻，急急赶到医院，看到腿上打了钢钉的大树哥，眼泪就掉了下来。大树哥一见巧云，抱歉地说，别哭别哭，你看我一糊涂，错过你的生日了。等我出院了，给妹妹补过。巧云一看大树这个样子，还说错过了她的生日，哭得更伤心了，像个小孩子那样，伏在大树哥的床头，正好能依靠在他的胸膛上。大树摸了摸她的脑袋，说，我没事，过几天就能出院了。巧云想翘课照顾病床上的大树哥，大树哥坚决要她回去上课，说，这里有人照顾我，你该回去好好学习。巧云只好回了学校。

巧云毕业前又去找大树，想征询大树哥的意见：毕业后她是留广州好，还是回西安好，心里七上八下，心想自己暗恋大树哥多年，大树哥是否一无所知，还是故意装聋作哑？要是大树哥知道她早就喜欢他，会怎么说呢？这时，大树的公司办公室已经设在广州了，工厂厂房还在佛山，大树时常两地跑。巧云到女生楼传达室给大树打了电话，大树说，这几天忙，天天加班，过几天得了空，我去学校看你。但巧云等不及，挂了电话，当天晚上，坐了一个小时的公交车，去大树广州的公司找他。大树正在给部下开会，开完会，已经快十点了，大树发现巧云缩在外面大办公室一角，已经等他很久了，就说，你怎么来了？不是说好我过几天去看你吗？两个人走出公司，到了街上，大树问巧云吃过饭没有，巧云说，在学校吃了出来的。大树说，去我住处，我给你烧云吞面，冰箱里还有昨天同事给买的叉烧和卤水。巧云第一次去大树在广州的住处，有些兴奋地跟在大树哥身边。走了大约十分钟的路，巧云跟大树到了他的公寓，爬上了六楼，大树开门进去，巧云环顾，这还是一个单身汉的公寓，似乎没见到女人的私人物品，心下稍安。

大树先下厨烧了两碗云吞面，又热了叉烧和卤水鸡爪、豆腐，跟巧云两个人一起在客厅里吃夜宵。大树说，下次不要这么急吼吼跑来，晚上你一个姑娘家在外面跑，我不放心，万一碰上坏人呢。巧云说，我没有遇到过坏人啊。大树说，等我一两天都等不及吗？广州晚上的街上，也不一定安全，听说有骑摩托车抢包的，还有割喉的。巧云说，那是瞎编的，专吓小孩子不要瞎跑。大树说，想起以前我们说，夜游神都不是好人。像我这样的，以前不爱学习，一天到晚在外头玩，也不知道江湖险恶。巧云说，学校现在已经关门了，我今天回不去了。大树就说，那你睡我这儿吧，明天早点回学校。巧云说好，大树说，你睡床，我睡沙发。

  这一年，巧云二十三岁，大树二十八岁。晚上大树搬好了寝具，在沙发上铺好，又给巧云找出新的毛巾、牙刷，等巧云收拾停当了，大树和巧云一起靠在沙发上。大树说，我知道你有急事找我，现在慢慢说吧。巧云低头，不语，然后开始眼泪汪汪。大树忙说，妹妹怎么啦，是有男朋友了？是不是男朋友欺负你了？巧云哇的一声哭出来，说，你才有男朋友呢！大树笑道，我有也该是女朋友呀，怎么是男朋友呢。巧云哭着说，那你有没有女朋友呢？大树说，现在还没有，我太忙了，没顾得上。古话说，大丈夫先立业，后成家。巧云把头埋进了大树的怀里，双臂也搂住了大树。大树不敢动了，大气也不敢出，只听得两个人的心脏怦怦地跳着。也不知过了多久，五分钟还是十分钟，巧云偎着大树哥，气息细细的，似乎平静下来了。她听到大树哥在她耳边说，妹妹。大树低声说，妹妹，你醒醒，我们堂兄妹，听说老家人还有一种讲法，我是你族叔呢，我们不可以的。后来无论巧云怎样鼓起勇气，想说服大树，大树都咬紧牙关，说本家亲戚是不可以在一起的。大树让巧云靠着他，跟她谈了许久，直到时钟指向了午夜十二点，大树说，妹妹你该睡觉了。

巧云明白大树虽早入社会，江湖上酸的甜的苦的辣的，不比别人少尝滋味，身上却是带着股大厂子弟根正苗红的自豪感，凡事讲个仁义礼智信，一派浩然正气，他比她更在意乡里乡亲的舆论。在他们那个地方，同一个曾祖父的堂亲也还是挺亲的，通婚恐怕要被人议论。第二条，大树最怕人家说他帮助巧云是有目的的，说他早看上巧云当老婆了，他不愿意被人家这么猜想。第三条，大树认为巧云好好一个大学生，嫁给他一个走江湖的没文化的男人，是鲜花插在牛粪上。第四条，他绝对不要巧云因为感恩，就以身报答。

回学校后，巧云定了毕业后离开南方，准备回西安一家医院做财务。大树要给她买回西安的机票，巧云那时还没坐过飞机，但也坚决不要大树给她买机票。大树说，就让我给你买机票吧，我现在有钱了，飞回去要舒服得多。

巧云说，你有钱又不是我有钱，凭什么我要这么奢侈。大树说，你难得坐一趟飞机，四年了，都是吭哧吭哧地坐火车的，毕业了这一趟飞回去吧，并不算奢侈。巧云说，我要和老乡校友们一起走，不想落单。于是自己去买了广州到西安的火车卧铺票。大树拗不过她，只好作罢。最后在广州的几天，校园里越来越冷清，同学们陆续打包踏上旅程了，天南地北，挥手自兹去。巧云心知回了北方，以后来广州的机会不多了，就多盘桓了几天。大树给她买了一大堆带回去的礼物、广东特产等，又给她买了个大的旅行箱，悄悄给巧云买了几件春夏秋三季的新衣服，放进了旅行箱里。那些天学校食堂基本上关门放假了，大树一下班就骑着摩托车来接巧云，到处带她去街上找好吃的。

出发那天，大树送巧云去火车站，巧云还有几个男男女女的陕西老乡校友一路同行，广州火车站，天南海北的毕业生们从此分道扬镳，从车站大门外到火车站台上，离别的愁绪一路蔓延，越来越浓，直到演变成站台内青春无敌的哭哭笑笑，以及放声歌唱。巧云也是这青春朝气的一员，一头秀发搭在湖蓝底色的碎雏菊图案连衣裙上，清新又鲜美。大树负责搬运巧云全部的行李，巧云只起劲地跟老乡们说着告别的话。大树在一边，近乎慈祥地等着巧云跟同学们一一道别，然后陪她一起上了卧铺车厢，把所有的行李送上行李架，一切停当，大树看看还有五分钟时间，就说他要下车了，巧云也跟他下了车。大树说，火车快开了，你快上去吧。巧云说，我等列车员上去，我一起上去。

两个人在车门口，默默地站了一会儿，东张张西望望，也不看对方，好像就在干等着时间流逝。站了一会儿，大树两只手拍了拍自己身上，说，行了，接你来送你走，我完成任务了。你快上车吧。说完大树转身大步流星地走了，头也不回。巧云也上了车厢。

火车一路向北，一路上巧云心里还在埋怨大树，这个男人根本不懂爱情，只把名声看得无比重要。他若真对她有感情，别人怎么看，怎么说，又有什么要紧呢？原来这些年她对他只是单相思，他并不爱她。她心里这样劝慰自己。自出生后，巧云这辈子爹不疼娘不爱，跟谁都淡淡的，大树哥才是她心里的头号亲人。

白天的时光,巧云一路望着窗外的大地,从南到北,从东到西,她明白,离开了大树哥的庇护,她从此得独立做人了。

到西安工作后,巧云每年春节都给自己父母一份钱,也同样给大树妈一份钱。大树妈每次谢绝,她都说,钱不多,是一份心意。巧云妈心里很清楚,是大树家供养自己女儿一路上高中上大学,只有巧云爹喝了几口酒就妄言,麻雀窝里飞出了金凤凰,是自己这些年辛辛苦苦培养女儿上了大学。

私下里,巧云爹跟巧云妈唠过,巧云工作后,存的钱不给娘家,大概都孝敬给婆家了。巧云爹说的婆家就是指大树家,他还说过,大树家算盘打得精,相中了巧云以后给他家当媳妇,才愿意出那个钱供她上学的。至于巧云给谁当老婆,巧云爹反倒是糊涂的,大树家有好几个儿子,反正,他认为巧云会给其中的一个男孩子当老婆,横竖都是他家的人。巧云妈就说,你别乱说,巧云不是给你钱了吗?巧云爹说,这点钱,哪里够养她这么多年的本钱。巧云妈说,巧云这丫头,从小可没少干家里的活啊。

回西安第三年,孙巧云在医院工作时,遇到了后来的丈夫刘胜天。当时刘胜天的母亲得了心肌炎需要住院,可省级大医院病床紧张,刘胜天就通过一个朋友,托到了孙巧云这里,巧云答应帮忙,让刘胜天直接到医院来找她。刘胜天到了医院,初见孙巧云,见这姑娘大方得体,模样秀气,印象不错。刘妈妈因为病着,见了在医院工作的姑娘孙巧云,更是觉得儿子娶妻就该娶这样的姑娘,长相不错,又有用又实惠。刘妈妈在住院期间,打听到孙巧云未婚,似乎还没男朋友,还没出院就着急地敲边鼓,要刘胜天好好谢谢孙姑娘。

等刘妈妈病愈出了院,刘胜天就借口道谢,请孙巧云吃饭。第一次单独约会,两个人看着般配,刘胜天比孙巧云大五岁,居然也是在广州上的大学,就有了更多的话题,当然在广州时,他们并不知道世界上还有眼前这一个人。刘胜天上的是重点大学的机械工程专业,可谓天之骄子。

孙巧云说，我当年没考上你的大学。刘胜天说，你从商洛农村考出来，已经很不容易了，不像我，我初、高中上的都是西安的重点中学，班里很多同学都能上大学。巧云说，你正宗城里人啊。刘胜天说，城里人又没什么了不起，难道多长一张嘴吃东西吗？巧云就放松下来。刘胜天说，我们拍拖吧。巧云笑了笑，答应了。

刘胜天其实不知道孙巧云的许多事情，因为孙巧云并不提起。比如巧云曾在家绝食。会跳霹雳舞。巧云曾主动"色诱"男人未遂。

刘胜天也从未见过巧云刚烈的样子。孙巧云是个工作体面、文静得体、受过教育的好姑娘，又是学财会的，逻辑思维好，细心，虽很少见巧云开怀大笑，但巧云也不是爱作闹的姑娘。两人处了一年后，刘胜天对孙巧云的印象定了格：她人淡如菊，宜室宜家，这个姑娘绝对跟霹雳舞联系不到一起。

霹雳舞是巧云在广州时跟大树哥学的。大树哥是老家化工厂子弟中的霹雳舞高手，但在巧云上大学前，大树从南方回到老家过年期间,一班原化工厂子弟呼朋唤友四处玩耍,唱歌跳舞喝酒抽烟,却从不带巧云去这种灯红酒绿的场合。巧云去广州上大学后,正是粤语歌很流行、霹雳舞也很流行的年代,节假日没事,大树就带巧云去广州的歌舞厅玩过几次,大树粤语歌学得快,声线又好,有一次元旦假期,大树哥和公司的一些年轻人包了一个歌舞厅,也叫来巧云一起玩。大树哥上台唱了一首《红日》,唱得神似香港歌星李克勤,"命运就算颠沛流离/命运就算曲折离奇/命运就算恐吓着你/做人没趣味/别流泪心酸/更不应舍弃/我愿能一生永远陪伴你",巧云听得心潮澎湃,以后每次一起去卡拉OK,都要大树哥唱《红日》给她听。

大树哥曾跟巧云开玩笑说,我要是实在穷途末路了,就去广州找个酒吧卖唱赚钱。巧云说,我要是香港富婆,就不停地点你的歌,让你赚钱,你唱完歌,就会下来道谢,陪我喝酒。大树哥说,原来巧云妹妹并不是书呆子,还这么调皮的。大树哥就亲自教巧云跳霹雳舞。巧云练得多了,跳得有模有样,粤语歌也唱得不错,还在系里的迎新晚会上和几个男、女同学一起表演过。

刘胜天不知道的事还有，孙巧云有时候还离经叛道。大学毕业从广州回西安的前几天，巧云在大树广州的家里住了一晚。那时候大树不用睡沙发了，买了自己的房子，已经有主卧和客卧了，巧云换了性感的红色吊带睡裙，酥胸半露，半夜从客卧潜到主卧，爬到大树的床上躺下，大树正熟睡着，大热天只穿了一条内裤睡觉，巧云的手直接就放到了大树的裆部那里，大树很快就勃起了，迷糊中叫了一声"云儿"，把巧云抱到自己身上，手摸到了巧云的屁股，立刻清醒了，连忙坐起，下床，去了趟卫生间撒了泡尿，用冷水洗了把脸，给自己倒了一杯水，也给躺在他床上曲线玲珑的巧云倒了一杯水。大树面红耳赤地对巧云说：妹妹，你胆大包天了，我们不能这样做。巧云说，你刚才叫我什么，我听到了，你不要装了。说着又把自己整个人贴到大树哥的背上去。大树哥说，不要。急急起身找衣服，穿上了T恤衫。巧云"色诱"未成，一时羞怒，一跃而起就跑回了客卧，赌气锁了门。

大树也一夜辗转，睡不着觉。早上大树起来，好半天听不见巧云这边的动静，以为她生气了懒得起来。后来大树怎么叫她，喊她吃早饭了，吃中饭了，巧云都不应，大树急了，怕这姑娘牛脾气上来，又闹绝食，只得在门口央求道：姑奶奶你可别闹了，你再不出来，我就给你跪下了。

巧云终于开门了，已经换好了要出门的衣服，实在是尿急憋了很久了，见大树哥真的跪在地上，巧云把他拉了起来，哭得稀里哗啦。巧云在自己家里，在父母兄弟面前，从来不敢这么放肆地哭。此刻巧云的心里积满了委屈，在家里她是一个多余的赔钱货，哭不能得到关爱，反而可能更被嫌弃，或招来父亲的一顿打。巧云哭着去上了趟卫生间，洗过了脸，可出来时又在哭。大树手足无措，茫然道，巧云，你别冲动，难道我们真的什么都不管了吗？巧云收了泪，一字一顿地说：你别问我。从此以后哪怕你再后悔，都没用了。

巧云心里，给大树安上了一个"仁义礼智信的伪君子"的名头，宣判了无期徒刑。

回到西安后,巧云对她广州的四年时光很少提起,她变成了一个不苟言笑、得体懂事的孙巧云,一个工作兢兢业业、业务精干的财务工作者,因为在医院工作,似乎又多给了别人几分安全感。更没人知道她会扎个冲天辫跳霹雳舞,而且跳得很好看。

男大当婚,女大当嫁,刘胜天按孙巧云家的规矩,亲自到商洛山阳县乡下去提亲,按规矩送上彩礼,两人没过多久就结了婚。婚礼在西安城里举行,人在广州的大树哥并没有前来出席巧云的婚礼,只送了一个很大的红包。同一年的年尾,巧云听家里说,大树也结婚了,妻子是广东一台商的千金。这台商在台湾大陆两地都有不小的塑料加工生意。巧云事后也补了礼金,让她妈交给大树妈。这时巧云想的是,大树跟她一样是寒门子弟,打拼不易,也许也想靠婚姻找个靠山吧。

很多年里,他们只有回老家商洛过年时才可能见上一面,巧云在老家却从未见过大树的台湾太太,连高矮胖瘦都没概念。巧云不问,大树不提。过年在老家无聊,有时他们会在一张牌桌上打扑克、打麻将。有亲戚问大树，为什么总不带台湾老婆一起回来呢？大树每次都说，她要海峡两岸两头跑，厂里又有一堆事，真是走不开。亲戚问，大树你去过台湾了吗？大树说，去过两次，后来该玩的地方都玩过了，也就懒得跑了。

有几年，刘胜天跟着巧云到了商洛乡下。在乡下无聊，巧云带他乡里乡亲地串门，但巧云不跟刘胜天说她家与大树家的往事。难得遇到了，也淡淡地只说是远房亲戚。大树家的人见过刘胜天，说巧云嫁得好，真正嫁给城里人了。大树家因为儿子发达了，在当地算条件很好的，似乎都不喜怀旧，从没有在刘胜天面前说起从前他家资助巧云上学的事。

### 4. 小天堂

有几年，巧云因为一双升学期的孩子牵绊着，过年时没回商洛，也就不见大树哥。听她妈说，大树哥的企业做得更大了,他回来在山阳找了块地,据说是有山有水的风水宝地,造了大房子,房子背靠天竺山的山脊,大院落内搞成了一个小园林,里面有很多花木盆景,人工挖了小水池子,造好房子后,大树说以后还是会落叶归根。

最长的一次,大树在商洛一待就是半个月。老婆孩子在广州,大树哥就喜欢和从前的工厂子弟们混在一起,打牌、喝酒、打麻将、吹牛,也给他们的生计想办法,找出路。他在老家威信很高,做"乡绅"似乎做得其乐无穷,广东的生意都有些疏懒了,反正老婆和老丈人很喜欢操心。

巧云道听途说了这些大树的故事后,曾琢磨过,大树到底想干什么?后来才知道,大树原来盯上了那个他从小生活的天竺山脚下的化工厂,这大厂前两年就关门了,工人也都散了,老工人们一拨拨地退休了,去县城买了房子居住,再不回来了。年轻的工人们,也不知所终。秋风扫落叶一般,安放了大树所有童年、少年时期记忆的化工厂早已凋敝了,厂区里只有野狗野猫成群,多年的生活垃圾无人清理。听说最后坚守在这里的几户人家,家里都只剩下老人，住在一楼的工厂宿舍里，老人们无处可去，手脚还麻利的自力更生，在家附近的空地上开辟了菜园，自己种菜，买鱼买肉却要步行半个多小时，走到原来巧云家的那个村庄去。但接下来有通知说，整个厂区可能连水电都不能为这几家正常供应了，老人们才慌了神。总不能回到旧社会吧。有个老人，以前当过厂里的工会主席，生了三个儿女，没有一个人愿意把他从这老房子接过去安度晚年，老人嚷嚷着要跟这被抛弃的房子一起同归于尽。最终，经过反反复复的争吵与协商，惊动了上边，领导过问了此事，上门安抚了老人，最后几位老人才离开了生活了大半辈子的老屋，去附近养老院了度残生。

巧云不断地听到有关大树的事情。想听或不想听的，反正都听到了。

大树人在广州，却听老家的兄弟们说了很多老化工厂的兴亡事，到底意难平。有一回在商洛，大树呼朋唤友一顿聚餐，喝了一场大酒后，第二天又和六七个当地有头有脸的弟兄们聚拢，去了老化工厂厂区旧地重游。大树一行站在那个厂区门口,工厂大门紧闭,连一块工厂招牌都不见,几个男人一不做,二不休,搭着人梯翻过了铁门,进了围墙,终于看到了荒弃已久的厂区里面。

一行人在死一般寂静的厂区里走来走去,很快,几只野猫野狗嗅着味儿,好奇地跟上了他们的领队大树,仿佛是大树仪仗队的哨兵。

他们认出了一座废弃的礼堂,以前这里是放电影的地方。哥们儿中有几个,曾带着厂里的姑娘到礼堂里看电影,看完电影去边上的小卖部买汽水喝,还要荡到厂区外的空地上,说是散步,其实是还有多余的荷尔蒙未挥发掉,要在暗夜的无人处,亲一亲,啃一啃,摸一摸,才算一个完美的工厂之夜。也有的哥们儿,已经在厂里当青年工人,约的是周边村庄的姑娘。村里的姑娘也好看,香扑扑的红脸蛋儿,只是没有厂区的漂亮姑娘们脸上溢出来的骄傲,好像她们是公主似的。有几对打得火热时,就跟游击队员一样四处躲藏搞埋伏,有时蹿到了污水处理车间周边,就到几间没人的工具房里亲热,连这里弥漫着比别处浓烈的氨气和二氧化硫的怪味都不管了。

大树的一个哥们儿，追的是厂医的女儿，那姑娘结婚前就时常去母亲的医务室偷拿避孕套。另一个哥们儿，追的是工厂子弟小学校长的女儿，校长的女儿不喜学业，而是喜欢跟他一起混社会玩，还喜欢看化工厂子弟和十里外的另一个大厂子弟打架火并，她扮女护士，给挂了彩的弟兄们包扎，后来她去厂医务室做了护士。再后来，他们到了再不结婚姑娘的肚子就要大起来了的时候，就热热闹闹地办了婚礼，把整个化工厂最大的食堂包了下来，半个厂的工友们都来庆祝，欢声笑语轰响一片，那光景也算是盛况空前。那时候大树穿白衬衫绿军裤，扎根皮带，好像是全厂子弟中一等一的正派人。

有个弟兄笑话大树，你那时候总带着巧云，你家妹妹，没见你带别的姑娘。有个弟兄对大树说，巧云到底是你妹妹，还是你相好？大伙儿起哄道，大树那时候肯定是看上巧云了。巧云就是妹妹，大树的林妹妹。大树严肃地说，你们瞎说啥呢，人家是大学生，我高攀不上。妹妹就是妹妹。有个哥们儿道,大树你脑子灵,怎么不去考大学呢?大树说,我操,你看我们这种地方,当年哪个考上大学了?大树当年在化工厂子弟学校,也算上过技校拿了文凭的。有个哥们儿道,我看是化工厂风水不好,所以出不了文曲星。大树说,所以那时我让巧云一定要去山阳上高中,才能考上大学。这伙当年的工厂子弟在这荒凉的老礼堂前起哄,有人道,听我妈说,当初是大树供巧云上的大学,他们说,巧云算是给大树家当童养媳的吧。大树听得气坏了,大声骂道,都他妈的胡说八道,这些人嘴就是臭,心理就是阴暗。

大树和他的朋友们,一起走在垃圾被风吹来吹去的工厂小路上,他们有时高兴,有时不高兴。高兴时,就一起唱老歌,比如"红星闪闪,放光彩""我是一个兵,来自老百姓""妹妹你大胆地往前走""天地悠悠过客匆匆,潮起又潮落""岁月不知人间多少的忧伤,何不潇洒走一回",不高兴时,就开始骂,无数个"他妈的,他娘的,他奶奶的"飞到天空,回荡在冷清的空气中。大树比他只会骂"他妈的"的朋友们要更高一筹，他双手叉腰，习惯性地用力拍了拍身上的尘土，说了一句——

我靠，他妈的，真是荒诞！

这时有人说，你们看，礼堂上面那红五角星还在呢。有人说，这礼堂是五十年代初的建筑，比现在的房子造得牢固多了，这么空着，真是有点可惜。有人突发奇想，要是临潼的兵马俑放不下了，搬一些到这个礼堂里来供人参观，我们收个门票也不错。一群老化工厂子弟笑骂着，大中午的，像喝醉了一样。

这时有人提议去厂区后的坟地转转，坟地边成群的乌鸦，倒并不让从小在这里野大的男人们胆怯，他们咳嗽了几声，想起若干年前，一队男孩子在夏夜十点钟前后敲着搪瓷盆子，列队巡视过这片坟地。那时候，这片坟地种的树不少，还有花有草，而不是现在的杂草丛生。少年们巡视完三圈，走在最前面的"先锋"就是当晚的英雄，第二天可以得到其他孩子们送他的零食。

大树站在坟地边抽了根烟，问道，以前的那些墓感觉都荒了，到处都是野草，他们的家人都把墓迁走了没有？没有人知道准确的情况，几个弟兄七嘴八舌地说，应该有着落吧，可能迁到别的公墓去了。有人说，若一直荒下去，以后这里的鬼都成孤魂野鬼了。有人说，家里条件好一点的，早把先人的墓迁去县城公墓了。有人说，听说祖坟是不能随便动的，一动没准会损家运，有些人家之前觉得家运不错，一动祖坟，从此就不顺了，离婚的离婚，生癌的生癌，败财的败财。大树说，也许这地方的风水不好。我们走吧，以后再也不来了。

七八条汉子，不速之客，这间老化工厂曾经的小屁孩们，不知谁第一个合掌，朝那片快被遗忘的坟地拜了拜，大家都肃静了，朝向墓地的方向合掌，虔诚地拜了几拜。一只小黑猫跟在大树的脚边，一直跟到了大门口，好奇地盯着他们。他们一个托举一个，再次轮番越过了高高的青砖墙，翻到了厂区外面。厂区外面是一大片田地，种上了小麦。他们还记得若干年前，童年的小伙伴们一起在麦田边疯跑的样子。麦田的边上，有更大的一片油菜花田，油菜花盛开时，成片的金黄色，艳丽得让无聊又荷尔蒙过剩的男孩子们想发疯，那里也是他们集体撒野的地盘，据说只要把姑娘们带到这里来，姑娘们也会跟着狂野起来，没几个撩拨不成功的。如今这些中年人，腿脚依旧矫健的笑指发胖了身手不灵敏的弟兄，调笑谑骂一番，大树提议在铁锈的大门前和麦田边排成一排，一起拍了几张照片，就打道回府了。

他们走的时候，能听到里面一群饥饿的野狗跑过来，野猫凄厉地叫着，远处的乌鸦也呼应着叫了数声，野狗们从前就被厂区的最后一批人类抛弃在这里了，从此丧失了游侠一般总有食物的快乐日子，现在很想跟着这些闯入者离开这荒凉之地，却只能以狂吠声送别这群中年人。

呼应着围墙内群狗们的集体狂吠，有一个哥们儿夸张地喊道：永别了，我们的化工厂，阿门。大树大声道，除非，我们把这里变个样子，再回来。

大树回广州后，不久又回到商洛。最终大树的公司斥资，把整个空关着的厂房盘下来了，在原址上搞了一个与农家乐一体的休闲生态农场。大石门的匾额上，找当地著名书法家写了三个字：小天堂。乡里乡亲的，很多人去大树的"小天堂"内参观过。关于"小天堂"之名的由来，大树的解释是，他从前去过天竺山上一个叫"上天堂"的地方，那里建于南北朝时期，是最早的宫观遗址。那么他就在山下造一个"小天堂"。

大树一吆喝，当年的一帮同学弟兄，有不少人一起入了股。巧云得知后，盘算着这两年全国各地都在搞农家乐，怎么大树也跟风搞这个了，心想这农家乐能开多长时间呢，也不知大树是不是心血来潮。

巧云这趟回商洛山阳乡下照顾病重的父亲，等父亲病好了，就带着疑问，去"小天堂"实地探了一回，还请娘家人在那里吃了顿午饭，庆祝老父亲康复。巧云爹说，大树现在当大老板了，那这顿饭肯定是白吃的了。巧云笑笑，说为一顿饭何苦去欠个人情。他们吃完不错的一餐午饭，土鸡、水鸭、牛肉、鱼虾都齐全了，饭后，巧云带着家人在园区里面转悠。要说这地方环境并不赖，就在天竺山边的僧道关，修了高速公路，外来客们到这里来也方便了。自从有了高速公路后，巧云每次开车回老家，出了西安绕城高速曲江站，沿蓝商高速至商洛市方向，再走福银高速，接下来就开到山阳地界了，从山阳再到天竺山就很近了，全程也就三小时左右。

《陕西通志》载：隋唐时，罗公远、吕洞宾祖师均隐居天柱山修道数载，实为天柱山道教始祖。《山阳县志》又记载：唐贞观三年，慧远禅师锡杖于天竺山，铸铁瓦，修铁瓦殿。孙巧云上中学时，有一年国庆节，她和弟弟曾跟着大树等一帮大孩子爬山远足，去了七里峡，巧云在一个瀑布边上跌了一跤，扭了脚，大树背着她走了几里路，一路上，有几个大孩子说，大树这是"英雄救美"。那次秋游时，听大树说，《射雕英雄传》里的全真教教主王重阳，有个弟子叫丘处机，就是杨康的师父，丘处机又有个弟子叫赵道伟，曾主持过天竺山道教，这个赵道伟是商州人，古时候的商州，现在变成了商洛的一个区，这个赵道伟也可以算是他们的老乡。巧云在"小天堂"边看边琢磨，大树这商州弟子也算聪明，靠山吃山，靠水吃水，在天然野趣的基础上，又搞了几片景观油菜花地、工厂怀旧片区、供垂钓的鱼塘、农家乐内的餐馆，就设在工厂老礼堂和鱼塘周边，大树在老礼堂餐厅里，搞了从前工厂食堂里的那种大桶，免费给食客供应热豆浆、热姜汤，夏天是酸梅汤和白糖棒冰，这些免费食物成本便宜，却是跟游客们套近乎的人情法宝。

大树还在鱼塘边搞了个戴斗笠穿蓑衣的木雕人像，说是宋朝时隐士邵雍的垂钓处，反正也没人考证，这位邵先人是否真的来此地垂钓过。这邵雍隐士字尧夫，谥号康节，是位哲学家，不想在朝做官，隐居苦研《易经》几十年，冬不炉，夏不扇，其间生活全靠好友司马光接济，又学《河图》《洛书》与伏羲八卦，后来自创占卜术一门，以梅花起卦，乃称梅花易数，现在江湖仍在传颂。

大树哥年少时，虽不愿做书生，却有一肚皮的野经野史、荒踪秘事。她时常去他家，常听他说起民间高人用梅花易数占卜，乾一，兑二，离三，震四，巽五，坎六，艮七，坤八，大树哥说，梅花易数算什么准什么，神得很。大树还跟她说过"风热湿燥寒""魂神意魄志""怒喜思悲恐""仁义礼智信"，巧云听得云里雾里，就说，这是迷信吧。但他们山阳那里，冬天时在驿路边，也能见数棵野梅树。用梅花花瓣起卦，巧云一想就觉得很美。大树哥乱侃一通后，每次又会跟巧云说，你是正经读书人，就好好学书上的东西，不要走偏门。

巧云见到塘子边的木雕人像几步远处，有一块野石，上刻了邵雍的一首诗，上写：

一去二三里，烟村四五家。
亭台六七座，八九十枝花。

巧云想大树说得最多的就是"仁义礼智信"。这个邵雍，大概是行走江湖的大树哥仰慕的高人吧。巧云在这农家乐里游荡着，揣摩着大树的心思，好像对大树哥又有了新的认识。

农家乐"小天堂"开张的第三年,巧云去广州参加毕业二十周年同学会,等同学会结束后,巧云和大树哥,在广州见面了。这二十年间,巧云从未回过广州。

这一次见面,大树哥请巧云上了一艘珠江游轮,在船上边吃夜宵,边赏江景。大树要了一瓶红酒。巧云问大树,你夫人怎么不一起来,大树哥说,她忙她自己的。巧云说,听说夫人是贤内助呢。大树说,她喜欢做事情,我就让她去做,这样最好。巧云说,我印象中,台湾女人说话是很温柔的,大树哥这些年有福气了。大树笑笑说,还好吧。两个人都不年轻了,大树略胖了些,发际线稍稍后移了,巧云老了些,额头上有了细纹,身材倒是跟在广州时相差无几。彼此诉说别后景况,大树见巧云眉间有忧色,就问巧云过得怎样,巧云说,按部就班的日子,到什么山唱什么歌,两个孩子的教育,压力也很大,等忙完他们,孩子离了巢,又不知忙什么,或者就无所事事了。他们漫无边际地聊着,有过去的事情,有现在的事情。大树扶着巧云下船的那一刹那,见到巧云低眉叹息的样子,其实巧云并不曾叹息，那一刻不过是专注于脚下。

下船后，大树送巧云回宾馆，他们在路边摊又买了点水果。巧云说，今天老同学们都散了，各回各家了，我多留了一天。大树说，你走了之后就没回来过吧。巧云说，没回来过。

大树跟巧云一起进了宾馆的房间，帮巧云烧水、洗水果、沏茶。巧云说，这么晚了再喝茶，不会睡不着吗？大树说，要每天睡一样多干吗？睡不着，夜里一个人想一想事情，也是好的。

两个人各坐一张椅子上，大树说，前几年我太太和老丈人家做事情太过冒进，有些事情也不通过我，差点出事情。我在牢里蹲过三个月，后来交足了几百万罚金，总算保释出局了。之后我心态就变了，凡事适可而止。巧云问，你过得还开心吗？他摇摇头，说，我不开心是应得的。年轻的时候，我错过了一个好姑娘。巧云说，你错过哪个好姑娘了？大树说，你知道的。巧云不语。大树道，这些年我明白了，全是我的错，我对不起你，妹妹。她听了这话怔怔的，一直不吭声。

大树又说，年轻时我太要面子，总觉得如果我对你动心思，好像破了功一样，我这人就不地道了，就是个人渣。当时人家都说你以后是要给我家当媳妇的，我偏不想让这些碎嘴子得逞。巧云冷笑，说，你这人早早地江湖都混过了，记得在化工厂时，还被外厂的人打歪过一次鼻梁，难道还怕流言蜚语？大树说，你不知道，我就是钻牛角尖了，我怕人家说我对你是乘人之危，居心不良，再说我们血缘上还算近亲，不该结婚。巧云鼻子酸了，说道，伪君子，你回家吧，我不想听这些过时的废话。大树说，你骂得对，是过时了。我是世界上最愚蠢的伪君子。巧云打开门，笔直地站在门边，下了逐客令，说，你请回吧，我累了，要睡觉了。大树叹一声气，只得走了。

## 5. 塔西佗

这一日上午，在终南山庄。要是太阳不落山，这云谷就成了暖谷。云间夫人在院子里的躺椅上晒了会儿太阳。灰灰趴在脚边，也懒懒地晒着太阳睡觉。午后，她包了很多个饺子，打包了一盒，要带去给邻居空谷君。到了空谷君家院子门口，隔着铁门和围墙，听到里面语笑喧哗，很是热闹，云间夫人正犹豫要不要按门铃，一个陌生的中年女子出来了，说要去车上拿本书，见门口有客，就回头对空谷君喊了一声：黄莺，又有客人来了。空谷君跑到大门口，见是云间夫人，就说，来得巧了，要不你也来一起吧。

院子里的月季，深深浅浅的粉，一丛丛开得正好。云间夫人赞叹道，真是个漂亮的花园啊，这时候还能开花呢。空谷君说，为种这些花，我可费了不少工夫。云间夫人把新包的韭菜饺子交给空谷君，笑问，你们在玩什么，今天你家有这么多客人。空谷君说，她们是来参加"林中空地"读书会的。云间夫人问，读书会？空谷君说，是的，这已经是我办的第三期了。去年我办了这个"林中空地"读书会，就是觉得这么好一块地方，还挺大的，朋友们可以来赏花、赏月、烧烤，我们可以自己制作下午茶的茶点，当然了，最重要的是，我们每一次聚会，老是吃吃喝喝也无聊啊，大家不都吃成个胖子了，所以我想，每次要一起读一本书。云间夫人问，是一起朗读吗？云间夫人从电视上知道，最近朗读节目挺火的。她看了几次，一个老配音演员读一封一九四九年的信，一个男人先到了台北后写给在浙江老家的妻子的信，看得她都落泪了，也不知后来隔着海峡的写信人和信中的女人团聚了没有。空谷君说，我们不是朗读，是讨论。我会提前给大家布置好要共读的书，参加读书会的人自己到网上去买书，读完了，我们聚在一起就是聊聊这本书。云间夫人说，那很有意思啊。你这文化人就是会想点子。空谷君拉了把椅子，请云间夫人坐下来。座中客人二十人左右，都热情地跟云间夫人打招呼。云间夫人粗看下来，来参加读书会的是清一色的女性。年长者看着六十多了，年轻的也就跟自己差不多大。每个人都面带愉悦，穿着符合自己年龄的得体的衣服，而且基本上都化了淡妆，兴致很高的样子。

云间夫人问了个问题，怎么都是娘子军呢？座中一个女子说，这年头啊，妹子我跟你说，只有女人才想着空下来了，要有点精神追求。另一个女子说，男人要赚钱啊，没个完的时候，反正我看我家里那个人，难得心能静下来，一天到晚上蹿下跳。蓝衣女子说，现在真正爱读书的，都是我们女人，我家里那位，有点空闲就呼朋唤友忙着打麻将。绿衣女子说，以前要工作要养孩子要对付老人，现在我信那句话，时间嘛，挤挤就有的，原来我真的一个星期能读完一本书。白衣女子说，女人最好的美容不是护肤品，而是要多读书。这话我信的。云间夫人正犹豫着要不要起身作别，这时空谷君说，灰灰妈，你要不要今天试听一下。如果有兴趣的话，下次就正式入伙。云间夫人犹豫地说，我不知道我有没有时间。空谷君介绍道，我们一般就在我家院子里，当然有合适的，也可以外面找场子。从下午两点开始，大家陆续到了我家后，就是围绕着一本书聊。这时又有人补充道，要感谢空谷君给姐妹们提供了一个大花园，现在儿女大了，家里冷清了，大家抱团一起读书多好。又有人说，空谷君可是个严格的老师，一加入这个读书会，我都不敢偷懒了,把追剧都戒了,先把书认真读完。空谷君道,我们是由浅入深地读,一开始我想大家进入"林中空地",不需要很高的门槛,只要是我们这样有点人生阅历的都能读得进去的书,大家一起来共读。我就给大家定了个计划,我们主要读国外经典,先把以前我收藏的一份书单上的书读完,再延伸开来,大家都赞成。当然我们也可以即兴,有谁特别想一起共读一本书的,就提出来,看大家的意思。

云间夫人认真地听着,看看这个看看那个,一群生动的陌生女子。空谷君说,我们第一期读的就是卡夫卡的《变形记》,没想到,大家都很认真地做了笔记。卡夫卡写一个推销员早上醒来,发现自己变成了一只巨大的甲虫。我没料到,大家对《变形记》有很多共鸣。座中一个年长一点的妇女附和道,荒诞就是现实,现实就是荒诞。那位绿衣女子说,说实话,我读这本书时,就想如果我对自己的家庭不再有用,变成累赘之后,会发生什么,我是不是也会得到甲虫的待遇。一位红衣女子说,其实卡夫卡的

《变形记》说的不是荒诞,而是必然。当人成为非人,格里高尔受到的一切对待都是必然的,也是合理的。这是人们对待异类的通常方式,所以格里高尔的家人,包括他母亲的反应,都是可以理解的。又一个清脆的声音来自白衣女子,说,要是格里高尔变成了白骨精,那么他的命运就是被孙悟空消灭。空谷君说,通过《变形记》,我们对社会达尔文主义又有了新的认识。这时云间夫人听到又一个声音说,想不到一部《变形记》,扯上了孙悟空,还扯上了社会达尔文主义。她听到空谷君说,我想起以前读书时,我的老师讲《变形记》,说卡夫卡的世界其实是一个隐喻世界里的失乐园。

这时云间夫人说,"林中空地"的名字真好听,很像这个花园。空谷君说,这名字是我取的。至于为什么要取这个读书会的名字,说来话长了,总之我心里先有了这个名字,然后才有了这个读书会。蓝衣女子说,我最早就是被"林中空地"这四个字吸引过来的。云间夫人听大家七嘴八舌说了些"林中空地"这个名字的寓意,每个人都各有各的理解，有些话她听得似懂非懂。这样的语境对云间夫人来说是陌生的，她只是一个偶然的闯入者，可一旦闯入后，又完全没有不适感。自从和空谷君有了交集后，云间夫人已经一点点熟悉并适应了空谷君说话的那种特有的腔调，她使用的语言并不总是日常的，但听起来又让人舒服，有种闪亮的光的质感。

午后，空谷君建议趁天气好，大伙儿去院子后面的高坡上，一起拍个"林友"们的合影。云间夫人说，我来给你们拍吧。一队妇女重新抹上了口红，鱼贯而出，穿过院中小径，绕到了一处土坡，拾级而上。十八罗汉，身材个个高挑如白杨。空谷君笑说，我们是十八女罗汉上山冈。妇女们大笑。空谷君说，今天我们还有两位"林友"请假了，不然是二十个。十八女罗汉叽叽喳喳地上了高坡，站好位置，云间夫人立在坡下几米之外的花园中，将手机的镜头对准了坡上的妇女们。莺莺燕燕处，不知谁说，这么拍出来，表情就太严肃了，我们干脆来唱个歌吧，让气氛再热烈一点。唱什么歌呢？微风吹进小篱笆。有个清亮的声音说,哎呀我调起高了,重来。微风吹进小篱笆,把春天送到我的家。微风吹来天气暖,青青的草儿发嫩芽。云间夫人一边拍一边寻思,这是什么年代的歌呢?妇女们在歌声中欢笑着结束了合影,又欢笑着一一下坡。云间夫人问空谷君,刚才唱歌的是谁呀,声音这么好听。空谷君说,她是幼教专家。云间夫人说,噢,怪不得,刚才唱的好像是儿歌吧,真是好听。空谷君笑了,说,是儿歌,她把我们都当成她幼儿园的孩子哄呢。

金色的阳光洒在花园的长桌上,长桌上铺了白色的镂花桌布。阳光下每个人的黑头发都有一片亮晶晶的反光。海伦也从高坡上下来,听着大家的谈天,趴在地上晒太阳,高兴时就到各个女子身边摇头晃脑,讨得一些肉干等零食吃,这狗子欢脱起来,向着地上一个个人形阴影伸出爪子,还叫起来,像在说什么话。空谷君就逗它说,海伦你要是看了《变形记》,如果格里高尔变成了一条狗,你会有什么意见?红衣女子说,没有人会变成甲虫,变成金鱼,我们都变成鬼倒是最后的归宿。话音刚落,女人们在阳光普照的"林中空地"欢笑起来。在阳光下,"鬼"这个字,显得特别虚无,像水蒸气一样,噗的一下子就挥发了,反倒令人愉快。有人说,变成甲虫的格里高尔死了,他母亲却是微笑着的,很是轻松,说明我们以为最绝对的母爱也是不牢靠的。女人们讨论着母爱的本质到底是什么,准确地说,这时的妇女闲聊变成了一种有点庄重意味的谈话。

空谷君说,我们的"林中空地"读书会才搞了一期,疫情来了就只好停了,我以为就此夭折了呢。没想到疫情期间,大家的时间倒是比以前多了,从前在外面蹦跶的,这会儿只好闷在家里了。就有人提议,既然咱们肉身的人不能聚集了,不如搞线上的,大概都憋坏了吧,有个姐姐就私下提议,咱们线上来读沈从文的"湘西系列"吧,我觉得也挺好的,就当"云"上跟沈从文走湘西了。

红衣女子说,我们这儿古代不就是长安吗?唐朝时,长安有很多道观。我想起一个故事,是小时候我爷爷跟我讲的。说的是唐穆宗的时候,上都安阳的昊天观里有个道士,叫符契元,老家是福建人,他的德行和法术都为当时人所看重。五月的一天早晨,他告诉守门人说,我习惯静养一会儿,小心不要吵闹。于是关上门窗,大白天睡大觉了。一会儿,有四个道士邀请他出了门。他心里想去什么地方,身体就立即到什么地方。符道士离开家乡三十多年了,想回去一趟,于是立即到了他家。只见房屋残破,田园荒芜,熟人一个也没有了。这个道士曾经在一座山上炼过药,便想前去一游,忽地一下便到了,于是他尽情游历观览,遍及高山深谷。等天色已晚,符契元跟另外四个道士说我要回去了,马上就回到了昊天观。这种道术可真让人羡慕啊,人能够在入静的时候神游各处山岳就太好了。

空谷君笑说,现在哪儿也去不了,我们也只能想想,要是会这种道士的神游术,就可以潇洒走一回了。不如咱们想想,要是会这种瞬间移动的法术,你最想去哪儿。

南极。最年长的那位大姐说,我要去南极看企鹅。我一个老姐妹前年去过回来,给我们看了很多她拍的照片,真是让人羡慕。她说站在南极洲那片土地,人的想法跟平时不太一样,会重新思考人生中什么值,什么不值。

有位穿咖啡色大衣的女子说，南极我前几年去过了。当时一冲动，就跟着一个旅游团去了。问题是，在那里时觉得很纯净，很感动，但回到家，依然要面对所有的现实问题。

要是这道术可以实现，我最想去的是俄罗斯。你知道我们这代人，都有点俄罗斯情结，想看看莫斯科，红场，还有圣彼得堡，北冰洋的入海口，还有，白桦林。一位蓝衣中年女子说。

我想去漠河，看看北极村。感受一下漠河到底有多冷，比我们西安冷多少。

玛雅人的遗址，好像在墨西哥还有。我小时候，天天思考玛雅文明为什么会灭绝。云间夫人听到粉衣女子的话音刚落，坐在她边上的灰衣女子就说，我跟你一起结伴，去墨西哥哈。怎么我小时候也天天想这个玛雅人的问题。小学五年级，一下课就跟我同桌的小男孩讨论玛雅人，还有外星文明，记得我们为了玛雅文明是怎么灭绝的差点打架，那个小男孩坚持说玛雅文明是被酸雨灭绝的，那个地域没有一条河流。后来我这个男同学上了清华大学化学系。

大家笑起来。空谷君说，大概我们最想瞬间移动去的地方，都藏着我们记忆的宝藏。

我想去法国。在巴黎租个短租房，待三个月，哪怕每天就看看街上走的帅哥美女，我也不会无聊。一位妆容精致的白衣女子说着，自己笑起来。

印第安人的原始部落保留区。有一年我去美国，有个卖火车票的黑人说我长得像印第安人。

巴尔干半岛。朝鲜。阿富汗。乌克兰。

我忽然很想去桂林看一看，以前在二十元的人民币上，看到桂林山水甲天下，倒是真想去见证一下。我小时候村里最要好的一个女同学，后来嫁去了那边，很多年没有音讯了，好像也没回来过，也不知过得怎样。

三年没有回老家了。我想能嗖的一下，就到我老家四川南充了，我爸妈一定高兴得不得了。

我也是，两年没回老家贵阳了，爸妈天天盼着我回去。

我只想去海边。不管是哪里的海边都好，只要是海水干净的，蓝的，有沙滩有阳光的，天气舒服的海边，我就想马上在沙滩上躺下来，晒日光浴，最好那里没有一个人认识我才好。

这个话题似乎打开了大家"久在樊笼里"的愁怀，每个人都特别想说话。云间夫人除了空谷君谁也不认识，面对一群陌生女人的面孔，却渐渐地不再觉得隔阂。听着听着，也融入到此中氛围，心中暗暗佩服空谷君作为"林中空地"精神领袖的能力。这时空谷君对云间夫人说，虽说我们这会儿都是纸上谈兵，不过真是挡不住会憧憬一下啊，灰灰妈，你最想瞬间移动到哪里去呢？

我吗？真没想过，就去杭州或苏州吧。我对名山大川倒也没有特别大的兴趣。第一次加入闲聊的云间夫人有点羞涩地说，或者广州吧，去看看大学母校。空谷君说，真羡慕你，原来是在改革开放最前沿的南方上的大学。

上有天堂下有苏杭，那是永远都值得去的地方。几个女人附和道。

又有人提议，"林中空地"啥时候能去另外一个地方搞一次活动？空谷君说，没问题啊。"林中空地"不只在西安，到时候我们列几个地方，大家可以投票决定去哪儿。

看时间到了，空谷君言归正传，宣布"林中空地"读书会开始，妇女们都安静了下来。云间夫人听到空谷君说，这一期"林中空地"，分享的书是《了不起的盖茨比》。

云间夫人起身，给大家换了一次热茶水。离开前，听到空谷君正说到"塔西佗陷阱"。这个词，云间夫人听到过几次，不过似懂非懂，也不求甚解。云间夫人惦记着"塔西佗陷阱"这个词语一路走回了家，到家之后马上去问度娘。

百度词条说：塔西佗陷阱，得名于古罗马时代的历史学家塔西佗。这一概念最初来自塔西佗所著的《塔西佗历史》，塔西佗在评价一位罗马皇帝时所说的话："一旦皇帝成了人们憎恨的对象，他做的好事和坏事就同样会引起人们对他的厌恶。"之后，这个词被中国学者引申为一种社会现象，指当政府部门或某一组织失去公信力时，无论说真话还是假话，做好事还是坏事，都会被认为是说假话、做坏事。这时灰灰进来，摇着尾巴要东西吃，云间夫人一边给灰灰的大碗里盛好狗粮，一边说，灰灰，我看你也挺能适应变化的，你终于从一只乱吃东西的狗狗，变成一只吃狗粮的狗狗了。灰灰仿佛也听懂了表扬似的，一个劲地摇着尾巴，又在地上打了个滚。云间夫人说，我以后不叫你灰灰了，我给你改名了，从今天起，你告别灰灰，就叫"塔西佗"。你这土狗也得有个洋名了。塔西佗这个名字好吧，你知道吗？塔西佗是个历史学家，是古罗马人。塔西佗似懂非懂地摇摇尾巴，做一脸无辜状。云间夫人摸着狗的脑袋，又对狗说，你以前不是最喜欢海伦吗？那是古希腊美女的名字。你现在叫的是古罗马一个伟大男人的名字，这样你就能跟海伦匹配了。塔西佗用鼻子蹭着云间夫人的手，可能是对"海伦"这个名字感到愉悦。云间夫人又说，你知道吗？海伦现在经常旁听"林中空地"的读书会，你可也得学点儿文化，读点儿书，不然在海伦面前抬不起头来。她对狗说着说着，自己觉得滑稽，笑了起来，一连叫了十多声"塔西佗"，塔西佗终于像听懂了似的，欢快地叫了几声作为回应，一张狗脸笑开了花。

这一整天，云间夫人都有点兴奋，似乎身体里正在起一种不知名的化学反应。晚上躺在床上，她想起下午误入空谷君家"林中空地"的事情。她得知空谷君之前开着一家文化公司，现在不怎么为公司的事务操心了，于是搞起了这个"林中空地"读书会，"林友"们陌生又似曾相识的脸在她眼前晃动，她们也像此刻的塔西佗一样雀跃，群雌粥粥，犹在耳际。她记得那高个儿的红衣女子是银行高管，咖啡色衣服的女子在新加坡公司工作了很多年，刚回到西安公司不久。最年长的大姐，六十多岁了，大家都叫她嫂子。她的五官很立体洋气，身高约有一米七，不胖不瘦，大家都夸她有希腊女神的美，令云间夫人暗暗生羡。

等云间先生回家时，云间夫人跟他说，我们家的狗改名了，现在开始叫塔西佗了，你别再叫它灰灰了。云间先生说，好好的为什么要改名哪。灰灰也叫惯了，没什么不好。云间夫人说，那是从前装修队随口叫叫的名字，不讲究的。云间先生试着叫了两声塔西佗，狗狗从院子里迅速地跑到他脚边蹲下了，还打了个滚，露出了肚皮。云间先生笑着对狗说，改名叫塔西佗了，不还是你这中华田园犬吗？难道你就高人一等，不，高狗一等啦？云间夫人说，咱做狗也不能马虎，得有个高端大气上档次的名字。云间先生见老婆大人的情绪似比从前高八度，稍感惊异。

一会儿，塔西佗不见了，云间夫人到了一楼客房的床边，对着床底下的塔西佗说，灰灰你又钻到这儿来了，记住你现在是塔西佗了，你得表现得高级点儿了，以后别再钻床底下了，好吗？塔西佗还是不乐意出来。这个床底位置，原来是别墅装修时，云间夫人雇用的装修队队长的小床铺的位置，当时两个月大的小灰灰，每天就趴在老主人的床底下睡觉。灰灰虽然过上中产狗的生活已经很久了，却一直克服不了这段童年记忆。

次日晨，云间夫人和空谷君在园区里遛狗时碰到，海伦和塔西佗这两条都已绝育的狗狗，依然表现得挺亲昵，互相舔来舔去。空谷君笑说，它们虽然都被阉过了，但好像还是有感情的样子。云间夫人说，说明以前它们好过，两情相悦,现在还是有记忆的。空谷君道,人是故人好,狗也是故狗好,有趣。云间夫人说,咱家的改名了,灰灰改叫塔西佗了。还是淘气,昨天早上下雨前,我看到塔西佗在我家那片高地上"放哨",不知怎么被它发现了一个燕子窝,它就要去捣乱那个燕子窝,还好我及时发现,被我骂走了。空谷君说,我喜欢这里,山脚边生态真好。飞鸟走兽鱼虫的,什么都有。有一天我带海伦去后边的林子散步,可能有点晚了看不太清楚,树上好像有一只白猫头鹰。云间夫人说,那可真有意思。在我老家天竺山那儿,也有人见过白猫头鹰。空谷君说,我听在山上的人说,山上苍鹰时常出现。云间夫人说,我想起在老家时,小时候跟一帮大孩子去天竺山,那山里风景,一点不比我们终南山这里差呢。两个女人漫无边际地闲聊着,关于雨燕、白猫头鹰和苍鹰,互相看到了彼此眼里的光,亮晶晶的,像恋爱中的女子一样。

　　临走时,空谷君对云间夫人说,下期"林中空地"读书会,我们要读威廉·福克纳的《喧哗与骚动》,你来不来？云间夫人说，你们在一起谈书真好。可惜我不是文化人，也不知道还看得进书不。空谷君笑说，你别紧张。你见过的来参加"林中空地"的女人们，其实大多是零基础的。云间夫人问，她们是怎么聚到一起来的？空谷君说，她们基本上是我的小学同学、中学同学、大学同学，还有我在MBA班上的同学，各行各业，干什么的都有。云间夫人说，我看到她们都是开心的样子，很享受你的读书会。空谷君说，你看不出来吧？其中有一个书友，几个月前刚动了乳腺癌手术，还有一个上个月刚离婚，忍了男人多年的家暴，最近终于起诉离婚成功了，孩子也上大学去了，现在她还在外面租房子住呢，是谁我就不说了。还有一个，家里有个瘫痪的婆婆要照顾，丈夫又老不着家。但是咱们坐到一起读书的时候，她们就都是读者。云间夫人说，真不容易。空谷君说，到这个年纪的女人，顺顺利利的不多。当然她们中的成功人士也不少。但说到底，人最终是自己选择过什么样的生活。云间夫人说，嫂子真是优雅。空谷君说，她退休前是个骨科主任医生，弹得一手好钢琴，还有一手包饺子绝活。云间夫人道,嫂子看着,真像一位大家闺秀,上得厅堂下得厨房。空谷君说,还有更神的事呢。她先生原来是搞原子弹研究的,就在新疆那边的一个研究基地工作,现在做珠宝生意,赚了很多钱。

到晚上,云间夫人看到空谷君的朋友圈发了一张园区风景照片,配一段文字:海德格尔说,"真理有如林中空地。"一块森林当中的空地,是光明和黑暗、光明和阴影游戏的地方。云间夫人点了赞,又留言道:原来"林中空地"是这个来历。一个小时后,她看到了空谷君的回复:我们每个人心中都有一块"林中空地",是不。云间夫人对着这句话,琢磨了很久。

## 6. 天竺路

巧云对大树哥说,春天了。我爹病好了,我想出来散散心。大树回道,你等我来安排。大树那阵子正好也在老家晃荡,有时会去农家乐"视察"一番。大树一看日历,马上又是巧云的生日，就说要陪巧云过生日。巧云问，你真的有时间？大树说，我随时有空，我既不是守财奴，也不是时间的奴隶，这是我这两年悟到的真理。巧云笑，你都会说真理了。

两个人约好了，一起飞到江南杭州城，在西湖边待上三天。等空谷君又办了一期"林中空地"读书会，讲威廉·福克纳的文学名著《喧哗与骚动》的那个双休日，云间夫人飞去了杭州。大树早已在西湖边订好了大华饭店，订了挨着的两个房间，但是第二个晚上，正是巧云的生日，他们就在一个房间了。第三个晚上，也在一个房间。

离开杭州时，巧云觉得这三天就像一张从天而降的中奖彩票。她和她的大树哥，都该得到这样一张彩票。她耳边还有大树的一句话，这辈子我陪你过了不到十个生日吧，没过的那些个，等我再补上。

这张中奖彩票的内容还包括，他们每天上午起来后和夜里睡觉前，一起依偎着看西湖的夜和水。一起去了一趟法喜寺和灵隐寺，各许了一个愿。法喜寺可谓意外收获。

那天他们烧完香,从灵隐寺出了山门,沿着一条溪水小道走着,一路的迎春、玉兰、梨花和樱花,繁花缭乱,人间春好。一拐两拐,又见连绵的黄墙山门,原来这条路叫"天竺路"。

大树哥说,神奇!原来他们从秦岭的天竺山,到了杭州的天竺路了。他们走在天竺路上,一路过茶田、溪流、黄袍的和尚、神色素静的尼姑、香火摊、各色小店铺,经过了两座在路边的寺庙,停留了一下,又继续上山。到了上天竺,只见前方云雾缭绕处,似乎有村庄,他们走到最高处,眼前豁然开朗,居然又是一座更庄严宏伟的寺庙,这就是法喜寺了。巧云仰望山门,说道,会不会是同一个印度和尚,从印度到了古代长安,在天竺山住了几年,又一路南下,到了江南杭州传播佛法呢?大树肯定地说,这和尚肯定是这么走的吧。

他们进了山门,去法喜寺烧了香,许了愿。走出山门时,大树说,看来我们跟杭州有缘。以后我们每年来一次杭州吧。巧云点头。法喜寺里有素斋供应,斋堂就在寺院的入口处，每份五元。巧云说，我们去吃一顿素斋吧，进入斋堂，见上百个香客在斋堂里排队吃饭，场面宏大。豆腐、素鸡、花生烤麸几样素菜，大树和巧云都吃得挺香。巧云说，我家小时候吃的素菜，比这素淡多了。

到了傍晚，他们去白堤上的楼外楼，尝了传说中的西湖醋鱼，结果他们都不喜欢那个酸甜的鱼的味道。大树哥说，关键是吃过了，以后你就不会再惦记西湖醋鱼了。

他们一起睡的时候，两个人都害羞很长一会儿，只是很默契地不提其他人。唯有他们一起走过的几十年，放电影似的，一幕幕重现。大树和巧云在被子里手拉着手，她回忆起他从前是怎样一次次送她回家的，每一次回家前，他们一起干了什么，有时候是走路，有时候是骑自行车。巧云平常不是一个话多的女人，只有在大树哥面前话多，想说什么就说什么。巧云说，你不是会梅花易数吗？你算到了今天没有？大树说，心里的事，我不会去问梅花易数。巧云说，那"小天堂"的事，问卦了吗？大树说，问了，小吉，中有曲折。巧云说，那不错。大树第一次吻巧云，两个人嘴唇咬在一起很长时间。大树叹息道,我以前从来都没有亲过你,我太傻了。巧云说,那时候你在我心目中,就是一个要立贞节牌坊、铁面无私的伪君子。大树哥说,我有这么坏吗?

这一夜,他们又回到了巧云大学毕业前在大树家的那个晚上。巧云告诉大树,为了那个晚上最后的"色诱",她是做了很多功课的,还鬼鬼祟祟地跑去学校门口的录像厅,连看了几部香港三级片,给自己壮胆,希望能够一举"攻陷"大树哥,那样的话,她第二天就去把火车票退了,留在广州不回西安了。大树一乐,说,你这丫头真是人小鬼大。巧云说,没想到你是那么道貌岸然的人。大树说,我真是该死,我当时觉得你是小孩子家一时冲动,我不能欺负妹妹。巧云又好气又好笑,说道,好像我是女流氓、荡妇,你是好男人,还坐怀不乱,其实你那时早就睡过好几个姑娘了吧。大树哥说,我不是柳下惠,但在江湖上混,从来也没往心里去,我才是流氓,不往心里去的,那叫玩女人。巧云说,你坏死了,我这辈子最恨的人就是你。你觉得没有爱情的婚姻会幸福吗？大树哥说，男人跟女人想的不一样，男人有了婚姻，就是完成了一个任务，所谓成家立业。至于爱情，那是很奢侈的事。我那时候想的是，自己还没有在社会上混出个人样来，就不要谈爱不爱的。巧云说，我知道，感情其实在男人心里是不那么重要的。大树哥说，那不是，但我不敢多想。你走了之后，我强迫自己不去想你。我就告诉自己，我家云儿会有出息的。巧云说，我这辈子，所有宠爱过我的人加起来，也不及你一个人的多。

"云儿！"大树发出了一声呐喊，翻身将依然轻盈的巧云抱在了自己的身上，雨点般的吻变成了贪婪的吮吸，这一次不想再顾左顾右，顾前顾后，只想要酣畅淋漓。西湖的水一波一波地流进他们心里，好像天际的一颗流星也落进了西湖里，晃荡了几下，不见了，深夜的湖水就又涨满了一些。他们一起沉沉睡去。

在杭州的第二天，大树和巧云都神奇地觉得自己年轻了五岁。他们在吴山广场的老城隍庙边吃边逛，走到一处扔圈圈的地摊，巧云说，我们来套圈圈玩吧，看能套中什么。大树交给摊主小伙子十块钱，两个人就耍起来。先是巧云套圈，扔了五个，一个也没有中，总是差那么一点。巧云说，我好垃圾啊。大树说，看我的，百发百中。巧云说，你多套几个呀。大树哥搓了搓手，做潇洒状，轻抛出圈圈，结果战绩不佳，也只套中了一瓶饮料。巧云说，还不错，我们有战利品了。两个中年人朗声笑着，一边走，一边拧开了瓶盖，你一口我一口，喝着饮料，脚步也越来越轻盈。

这是他们几十年人生中最开心的一天。

他说，以后我们约定每年来一次杭州，可好？她说，你不是说过一次了吗？他说，我要再跟你确认一次。

三天很快就过去了。道别的时候，两人都很平静，他们的航班是差不多时间的，起飞时间只差了二十分钟，巧云的航班先飞。在机场看看时间快到了，大树跟巧云道别，走去自己的登机口，连缠绵的分别时的拥抱也省略了，她更没有哭泣或哀伤的表情，他们都还沉浸在西湖春水的微波里。

黄昏时，巧云回到终南山庄的家，塔西佗欢快地跑出来迎接她。这是个星期二，园区里安静极了，一场倒春寒，西安郊外刚下过一场春雪，林间的枯枝上还挂着薄薄的雪花，几只雀儿出来觅食，在雪白的枝头跳跃。

巧云去浴室泡了个澡，换好衣服后，对着窗子长久地看向窗外，最后的天光正黯淡下来，山间的灯火明明灭灭。山里真是安静。巧云又神游回到了二十几年前的广州城。她脑子里浮现出一段欢快的霹雳舞音乐，不由自主地做起了几个霹雳舞的动作，自己都吓了一跳，她是四十几岁的女人了。又想起从前大树哥唱《红日》，就把这首老歌找出来，在手机里放了一遍又一遍，还跟着哼歌。

巧云坐在梳妆台前抹精华水，又发现了一支不是她的口红，玫红色，她从来不用这种颜色的口红，一直只用暗红色系。这是第二支错位的口红了，上一支是鲜红色。跟上次发现时一样，她淡淡地瞥了一眼，依然没有去挪动口红的位置。

第二天早上醒来前，迷迷糊糊的，她感觉自己还在杭州的西湖上，跟大树坐着手划船，一摇一摇，笨拙地划着桨，似乎总也划不到岸边。巧云划着桨，感觉红日照在头上，昏沉沉地快睡着了，听大树在耳朵边"云儿，云儿"地叫了几声，又听到他说，你睡吧，我来划。她又贪睡地闭上了眼睛。恍惚间，好像大树哥在背后抱住她，他的大手温暖地搭在她的胸上，在她耳边说，你睁眼看，西湖真美啊。巧云一觉醒来，睁眼便觉金光闪闪，从前习惯早起的她，居然从未有过地睡到了早上十点。巧云翻了个身，原来自己身在西安家中，阳光从窗帘的缝隙处钻进了卧室，昨天临睡前剪枝的粉红月季花插在瓶中，花瓣开得又大了一点。

她起床，一个人去院子里走走，发现鱼池里有三条鱼浮在水面，肚皮朝天，死了。用网兜捞上来一看，并不是她家里养的鱼。也不知是哪里来的鱼。

接下来在终南山庄的日子，又恢复了往日的平静。孙巧云回到了云间夫人，性子也收敛起来，大树面前那个任性的、娇憨的巧云妹妹，并没有跟着云间夫人回到这幢别墅。云间先生也没有注意到，这些日子以来，夫人房间里的书悄悄地多了起来，叠在床头。在云间先生缺席别墅的日子里，云间夫人买了一本威廉·福克纳的《喧哗与骚动》，读了起来，她读了不到三十页，夜深人静时，忽然感到一阵倦意，就把书放下了。此后就再也没有重新捡起这本书。

天气一天天地更暖了。云间夫人回家后，与空谷君恢复了往来，时常互赠小食。空谷君上一趟见到云间夫人，是她回老家一个月照顾生病的老父后，当时就说她瘦了不少。这趟又见空谷君，云间夫人送了一大包杭州的桂花藕粉，说下次读书会时大家可以当小吃。空谷君说，春天一到，你看起来就春风满面的，原来是去杭州度假回来啦。云间夫人说，是呢，下江南了。空谷君说，那么好的地方，怪不得你变漂亮了哪。

这天，空谷君并没有跟云间夫人说读书会的事情，但晚上云间夫人从空谷君的朋友圈看到下一期"林中空地"读书会的书目，是阿尔贝·加缪的《局外人》。她就去网上买了一本《局外人》。这本书她居然看进去了，她喜欢这本薄薄的书,特别是作者,这个阿尔及利亚法国人的样子很是潇洒,那满不在乎的神情,越看越有几分像年轻时候的大树哥。她微笑着,给大树哥发了条信息:我在读一本很好的书。大树哥发来信息,问,是什么书呢?她回,等我读完了告诉你。不过我喜欢书中的男主角,那个人一点也不伪君子。大树哥回,那比我强多了。

云间夫人与"林中空地"保持着不远不近的距离。她依然认真读空谷君发的每一条相关的朋友圈消息,只要有"林中空地"的集体照,她都会一一点开,放大了细细看每个人。她想起了在广州上大学时泡图书馆的日子,可那时候她也不太看专业书之外的文学书,外国名著看得更少,现在居然读起一个外国人写的《局外人》了。

云间夫人读《局外人》,她仿佛看到令人炫目的阳光,主人公默尔索始终在阳光的笼罩下,感受来自阳光的压抑、威胁,并试图摆脱阳光的控制。她读到第一部分结束段,默尔索扣动扳机前对"太阳"的一大段描写时,心情是焦急的,在默尔索扳机扣响的那一刻,她悬浮的心才终于放下。

**云间夫人在书边空白处，随意涂鸦了以下几段话——**

本来阳光是光明、希望和正义的象征，在默尔索的眼里，阳光的炽热却似乎要把他烤熟，让他从这个世界上消失，而这正是他不融于社会、被社会所排斥的感官感受。

第一部，以"送葬"始，以"海滩杀人"终，"阳光"始终在场。那是极为压抑且燥热的气氛中进行的默尔索母亲的葬礼。太阳高悬，默尔索晕头转向。

海滩上的阳光让默尔索心烦意乱失去意识，阿拉伯人的刀尖在阳光下闪烁着寒光，让默尔索感觉脑门上仿佛顶着一柄炫目的长剑。刀光和铙钹一样的阳光盖压在头顶，夺去了他的视觉，夺去了他的意识。

于是，默尔索不再控制自己，举枪扣动了射向这个世界的扳机。

在第二部的监牢中,阳光也像幽灵一样悄悄地尾随。法庭上的阳光,闷热异常,默尔索由恐惧生出厌烦。开庭那天骄阳似火,窗口缝隙中流淌的阳光,让大厅闷热异常,默尔索感到头脑发晕,渴盼着行刑日的到来。

云间夫人看到空谷君的朋友圈晒了一段文字——"心痛默尔索这种麻木,对什么事情都平静,对妈妈的死亡也平静。他就连男女之爱,也做得没有任何感情。"她对这段话深有共鸣,心想一个人哭或者笑,确实不是给别人看的。所以她一向对乡村的葬礼感到尴尬又不适。之前回山阳老家参加过两个叔伯辈的白事,她感觉自己完全是个局外人,看一堆亲戚,尤其是妇女们"哭灵",自己却融不进去。她不知道以后要怎样面对父母的葬礼,她要按着别人的规定来演好一个悲痛欲绝的孝女吗?这样似乎才能在老家人面前过关。

第二天遛狗时,空谷君又碰到云间夫人,就说,我们这周日有聚会,你能来一起帮忙吗?云间夫人道,帮忙可以啊。空谷君说,那你帮我一起插插花,准备下茶点,招呼客人吧。云间夫人答应了,又好奇地问,这样搞活动,组织者要付出不少,收会费吗?空谷君说,我不收会费。每次大家来,自愿带什么吃的喝的,还有花,我都欢迎,但也不要求。顺其自然最好。云间夫人问,每次下来花费不少吧?空谷君说,反正就是大家一起玩玩,也花不了几个钱。云间夫人说,你比我强多了,你看我搞财务的,就想着钱。空谷君说,我是被大家的热情感染了,想坚持下去。办了几次吧,她们都热情高涨。我有几个朋友,开车过来,路上要花两个小时,但每次都来。不过下一期我们退了一个成员,加了一个成员。云间夫人问,为什么要退出呢?空谷君说,家里、学校事情多,时间总被占掉,跑不开了。退总有退的理由。这次退出的是一位高中语文老师,我的中学女同学,不过我挺感动的,银桂说她要加入呢。银桂?云间夫人有点吃惊。空谷君说,你也认识她吧?我们园区的女园丁。我新搬来做花园的时候,雇她帮忙,后来就固定了每周来我家打理一次院子。云间夫人说，我很早就认识银桂了，以前开车进进出出时，经常看到她在做活。后来认识了，她送我好几种花苗，有时候还会搭我的顺风车，进城去办个事。空谷君说，银桂在老家离了婚，带着女儿出来打工，我听她说过，她在老家也是做花木盆景培育的。本来日子好好的，老公好赌，被人拉进去搞各种网上赌博，白日做发财梦，她看不到希望就离了婚，从老家跑出来了。云间夫人说，银桂有时间读书吗？空谷君说，人有精神需要了，就会去阅读的。云间夫人说，倒也是。我现在也想静下来读点书了。反正住在这儿，一个人不受打扰的清净是有的。

云间夫人对上号了，想起来昨天她看到的空谷君转发的那段《局外人》的读后感，很可能是银桂写的。空谷君说，是呀，银桂写得真好，我顺手就转了。云间夫人说，有花看，有书读，有茶喝，管他是不是"局外人"呢，你说住着别墅又咋样，说不定还羡慕银桂呢。空谷君说，正是啊。云间夫人说，明天你办读书会，我来给你烤个大的戚风蛋糕吧。

晚上睡觉前，云间夫人靠在床上继续读《局外人》，她又在书的空白处随手写了几句话：小说中反复出现阳光，这阳光是否代表一种强大的力量，阳光的酷热，正是荒诞世界的外在表现？先存疑。

塔西佗在高坡上立定，眺望了终南山脊后回家，安静地蹲在云间夫人的脚边，偶尔也好奇地嗅一嗅书。关灯前，她合上书，对自己说了一声：晚安，默尔索。

又隔了些日子，云间夫人在园区里碰到空谷君，空谷君跟她说，上次你看到的那位六十多岁的姐姐，她要去北京给儿子带孩子去了，不能再来读书会啦。云间夫人说，可惜了。空谷君说，是啊，我最近想，大家能在一起读书聊书，真是一种福分。云间夫人说，我也觉得是呢，花开一季是一季，转眼旧年就过了，春天来了。空谷君说，下次读书会时，我家的铁线莲应该开得正好。云间夫人说，我家也种了。空谷君说，都是银桂帮我们种的吧。云间夫人说，我跟银桂学着种花，也大有收获。又问，你们下期读什么书呢？空谷君说，海明威的两本，《太阳照常升起》，还有《老人与海》，薄薄的两本书，都比较好读。云间夫人说，那位大姐走了，我来补位吧。空谷君说，那太好了，你能来我真高兴。我们还是二十个人。云间夫人说，银桂还来吗？空谷君说，银桂来的，她每次做读书笔记最认真了。银桂昨天发微信给我，她已经把《老人与海》读完了，说海明威这个人真是硬汉，结婚四次，打过仗，去过古巴，女人们对海明威是又爱又恨。银桂说，海明威自己就是那个海钓的老人。我跟银桂开玩笑，说你是我们"林中空地"班上的学习委员。云间夫人说，那我这个新的插班生得用功了。

那天晚上，云间夫人在网上下单购书，夜里做了一个梦，梦见自己在"林中空地"读书会上侃侃而谈。她谈的内容是读了《变形记》之后，她被一个叫卡夫卡的人叫去一个遥远陌生的国度，他领她进入一座城堡，关上门就走了。她一个人在城堡里，被那里的人命令吞了一颗药，那颗药吃下去后，她就变成了一只女甲虫，女甲虫要比男甲虫格里高尔小一点，两只甲虫一起在城堡的一间暗室里聊了聊各自的遭遇。女甲虫说，我对自己的家庭鞠躬尽瘁了，我不相信我妈会让我死。男甲虫说，你不怀疑人性吗？女甲虫说，总有善良的人吧。男甲虫说，既然这样，你赶紧从这里的地道逃走吧，逃回你的家乡去。女甲虫说，地道是你挖的吗？男甲虫说，是我挖的，可我挖了地道也无处可去。女甲虫说，你太可怜了。她跟格里高尔道了别，沿着地道爬了出去，爬到了太阳底下，看到外面的阳光亮晶晶的，世界真是美好。她一路翻山越岭，爬回了商洛老家，已经饿晕了，用爪子拍父母家的门。她想，这房子是我出钱造的，我爹妈总得让我回家吧。后来她梦见自己父母为让不让变成女甲虫的她进屋争吵了起来，他们越吵越大声，声音震耳欲聋，她的母亲为了让她进屋，变得非常的凶猛，像只母兽一般，一拳把她父亲打倒在地。她进了屋，喝了一碗锅里的米汤，忽然就变回了人形。后来她听到一堆人在她娘家的门口鼓掌欢呼，她又看见自己正在"林中空地"的读书会上侃侃而谈，她讲到自己变回了人之后，一群女人站在一丛丛蓝色、紫色和粉色的无尽夏花中,为她热烈地鼓起掌欢呼。她最后是从梦中笑醒的。

第二天早晨醒来后,她给大树哥打了电话,说,我们这儿有个"林中空地"读书会,挺有趣的。她又把那个梦描述给正在商洛的大树哥听。大树哥听了,拍马屁道,我家巧云妹妹现在连做个梦,都成女秀才了。她说,我敢肯定,如果没有你,我这个梦的结局不是这样的,也许我在梦里也像格里高尔一样,凄惨地死了。

## 《老人与海》

海明威一生热烈，用一股野蛮又无限蓬勃的力量在世界文坛上硬生生撕出一座王座，然后稳稳地坐了上去。他是有名的硬汉，亲历过战争，喜欢站着写作，一向有点"浑不吝"，天不怕地不怕。

一位风烛残年的老渔夫圣地亚哥，一连八十四天没有钓到一条鱼，但他仍然不肯认输，坚持出海，老天垂青，终于让他在第八十五天时钓到了一条身长十八尺、体重一千五百磅的大马林鱼。在缺少食物和水，没有助手没有武器，左手又不断抽筋的情况下，他坚持用小船拖着大鱼走，硬是坚持了两天两夜，杀死了大鱼。可是鱼腥引来了成群结队的大鲨鱼。筋疲力尽的老人用尽全身的力气，又与鲨鱼展开了争夺战利品的搏斗。最终老人用一支仅剩的、折断了的舵柄作武器，保全了大鱼的残骨。正是在这一次次的打击和挫折中，我们看见了老渔夫的铮铮铁骨，"一个人可以被毁灭，但不能被打败"。

老人以一人一船来到深海，他脱离了舒适区，这需要勇气；老人与一条比自己的船还要大的鱼抗争，如果放弃就重回了舒适区，也不会有后来和鱼群的搏斗，这需要勇气。这勇气来自信念。

这个故事让我想到了自己参加读书会以来的一些感受。我有自己的阅读爱好，这就是我的舒适区。可是读书会每期的书目并不都是自己喜欢的，有的甚至艰涩难懂。如果我选择读完它，读懂它，那我就突破了我的舒适区，这需要勇气！

生活不总是岁月静好，忧愁、烦恼总让人心绪不宁，就像抢食老人钓到的大鱼的鱼群。若还能阅读,这需要勇气。

老人的目标达成了吗?他没能带回一条完整的大鱼,但那满身的伤痕是他的奖牌,庞大的鱼骨架是他的荣耀,这些已经证明了他的坚毅,他的能力,他的勇敢。有时结果的不完满更让人肃然起敬!

——"林中空地"读书会笔记一则　Lisa

## 1. 小郭

云间先生到底是习惯了城里夜生活的灯红酒绿,包厢内的吃吃喝喝,对云间夫人提出过的自家花园下午茶不太感兴趣。也许是还不适应,他们又不是在英国庄园里,只觉得又陌生又矫情。一堆男人坐在那里装腔作势假斯文,也不方便与席间女宾随意调笑,而男人们想要排解压力放松心情,需要一点灯红酒绿,旖旎春光十八摸,几乎所有公司男上司和女下属的花边故事都少不了酒的媒介,一边是在你死我活的商战中奋斗,一边在酒色脂粉中争风吃醋,假戏真唱,真假难分,暗通款曲,进而结成更有效的职场攻守同盟,成为同进退、能共情的枕边人,自己人。太阳底下无新事,觥筹交错中,长安城内外,也时有新红颜登场,添了些新的故事。相比之下,人到中年的终南山庄的太太们嘴里的咖啡和西点趣味,就平淡乏味得多了。

　　云间先生是个有法度的、有正统思想的男人,他决不把公司女同事、客户、各种总裁班和其他风月场上发展起来的淑女、欲女们带进郊外的别墅。外面的女人和家人,必须有楚河汉界,不可僭越。先生们都有意无意地强调,外面那些莺莺燕燕,不过是为了家庭和事业奋斗的逢场作戏。等将来有一天,自己从名利场隐退了,就跟着太太到这乡下郊区过隐居生活,喝茶、采菊、钓鱼,别提多美了。

　　那时云间先生有一个正得宠的女下属兼红颜,名叫郭雅玲,是个短发妹子,有几分姿色,身高一米七,走起路来也婀娜多姿。小郭几次三番说要去董事长家的郊外别墅参观一下,看看富人的奢华生活。小郭感兴趣的是,那个别墅区有段时间成了网红打卡地。漂亮的小网红们开着车，带上各种行头，在终南山庄内捣鼓起时装秀、古风秀，她们都想跟风网络红人李子柒，一时风尚，惹得小郭也想亲眼见识一下，可云间先生没有一次答应她的，都是含糊过去。小郭见云间先生推三阻四，就更来了劲。

有一天，小郭见云间先生高兴，重提旧话，说想他带她去参观终南山庄豪宅，顺便去山谷里走走，采一把野花带回家插花瓶。云间先生说，我夫人在那里打理，你去干啥呢？小郭怫然不悦，拉下脸说，刘总你是说那地方是我的禁区了，嫌弃我们穷人是吧。云间先生说，小郭你别闹，你一个城里姑娘，是真的很想感受山里风光吗？下星期我就带你去一个朋友开的红酒山庄，那才是你这样的美女最该去的地方。小郭说，又去喝酒吗？云间先生说，我们晚上就住那个山庄，那才是真正的庄园，很气派的。小郭说，你就是爱喝酒，想当酒仙。云间先生说，春宵一刻值千金。他心说，你毛丫头那点小心思，跟我叫板你还道行太浅。我带上两粒伟哥，看怎么收拾得你服服帖帖。小郭则一直无法熄灭心中那对于云间先生豪宅登堂入室的渴望，他在各种纪念日节日送个包包之类的礼物已经无法满足她，尤其是他口中的"夫人"称谓，令她不欢。

红酒山庄也在终南山麓，离终南山庄就二十公里车程。哥特式城堡内，共七八间豪华客房。至夜，美酒佳肴，红男绿女，特地被请来演奏的美女小提琴手，各显身手，从微醺到浓醉，不知今夕何夕。小郭模仿一周前某大上海社交名媛的派对造型做了头发，又做了美甲，盛装一袭酒红色鱼尾裙，穿上七八寸高的高跟鞋，陪云间先生出席，收到了无数的恭维话，也收下了几位大佬的名片和联系方式。曲终人散，回到房间后，小郭由衷地跟云间先生感叹了一句：有钱人真会玩。云间先生说，玩多了也就那样。次日午餐后，小郭的小红书上有了闪亮的更新，那是属于红酒山庄的小作文，微醺佳人的美图秀秀世界，透着几分不怎么了然的高级感。小郭自从有了小红书账号，关注了各种名媛和网红一百多人，每天下班后看她们的更新，亦步亦趋，仿佛名媛秀的各种事物和心情，都在引领她奋勇前行。一有红酒山庄之类活动，人要衣装，小郭买不起华服，就去网上租礼服穿，花费不多，效果却非常好。

云间先生送小郭回了她的白领小公寓后，掉转车头，一路开往郊区。这一天路况还好，一小时后，就回到了终南山庄。他和云间夫人一起待了整个白天。遛狗浇花，给鱼池里的鱼添饵料，换了水，来回摆弄新购的钓具，微微出了身汗，身心愉悦。这种愉悦感由外而内渗透，其实一点不比在红酒山庄和小红颜一起出汗的感觉逊色。下午，云间先生坐在餐厅里，一边喝茶，一边看夫人揉好了面，用擀面杖擀好了面皮，他也动手和夫人一起包起饺子来了，包了一百多个饺子，有荠菜肉馅和芹菜肉馅的两种。云间夫人说，这荠菜是我们的园丁银桂送的，最新鲜了。云间先生说，好像荠菜里的肉是不能加多了。云间夫人说，最佳比例，荠菜和肉三比一。对云间先生来说，外面的宴席虽好，牛排讲究，餐具精致，但比起来还是自家夫人包的饺子最好吃。冲着这些吃不厌的饺子，云间先生都不会想离开这个婚姻的。

终南山谷的黄昏,月淡林子深。云间先生出去遛狗,一人一大狗,威风凛凛。大狗撒着欢,不时讨好男主人。等他回来,身上已经出了汗。那个晚上,云间夫人给云间先生换上了新的浴袍,在崭新的浴缸里放满了热水。云间先生沐浴后,在三楼的大露台上看了一会儿星星,用烟丝卷了一支烟抽起来,又当了一会儿抠脚大仙,十分惬意。白露过后,天已清凉。云间先生抽烟看星星的时候,甚至想起了自己小时候,他的大名叫刘胜天,有个伟人说人定胜天,家中长者就给他取了这个名字。刘胜天父母在西安忙于工作,他在秦岭山区长大,寄养在祖父母家里。父母每月寄去的生活费,爷爷奶奶舍不得花,总想存一点钱。家里省吃俭用,他平时连细粮也难得吃到,小时候过生日时,他最爱吃的是一大碗放了葱、加上两只鸡蛋的油渣面。后来西安的父母发现儿子在农村被养得面黄肌瘦的,又到了上学年龄,才把他接回了西安。

算算不到一个月,这里的山坡就将挂上满山满谷的红叶了,那曾经是云间先生最爱的山中风景。这时他想起和小郭一起去的那个红酒山庄，有一点不真实，在那里沉醉了一晚的男人，仿佛是另一个云间先生。那夜回了房间后，他的小红颜脱下战衣洗了澡，又换上一套艳红的情趣内衣，匍匐在他有点肥硕的肚子上，说要在他身上跳"酒醉的探戈"。床特别大，一切都不那么真实。每次他跟小郭做爱，都有老战士必须穿戴好盔甲上场厮杀的兴奋感，快感来自于雄性对雌性的征服，而不是感官本身。在红酒山庄时，他叫她郭小姐。平时他习惯叫她小郭，哪怕在最酣畅的刹那，他喊她宝贝，有时还是喊小郭。她曾希望他私下叫她一个小字，不知为什么他做不到。要说他喜欢小郭这个不知轻重的姑娘什么呢，就是那种四溢奔跳的活力，不管不顾的莽撞，这是他熟悉的，他年轻时也是这个尿性。就想有钱，就想出人头地，当人上人，而且什么事情，都会想到输赢上去。

郭雅玲出身于西安小市民家庭，父母都是工人。毕业于上海一所二本大学，万金油专业，在职场混了七八年，个人履历是毕业后在上海待过两三年，也不知为何又回到西安，重新开始，她自己对上海的经历一直讳莫如深。在刘胜天的公司四年，一开始默默无闻，她就有点怀才不遇的愤懑。有一次，她不知从哪里打听到他的私人邮箱，写了一份有点幼稚却激情洋溢的公司发展设想蓝图，直接越级用电子邮件发给了他的私人邮箱。他收到后粗粗看了一遍，笑了笑，就搁一边了，也不回复。后来小郭主持了一次公司年会，她和另两个公司的小姑娘临时组了个唱跳"女团"，三女身高都是一米七，大长腿。虽然跳得业余，风格却热辣活泼，三个小姑娘中，跳得最用力、短发都能甩到飞起的小郭被他看中，他想起了她是谁。此后，他开始有意识地带她一起参加一些应酬，带她一起出差，她每次都表现得积极得体，细心周到。有一次，他们出差去长沙，两人住隔壁房间，或许是湖南的酒劲儿大，助色胆，晚上十一点，他打电话叫她来自己房间坐坐聊天，半小时后，她真的来了，两个人坐着坐着，就靠到床上继续聊，聊着聊着，就躺下去了。她好像也知道自己在干什么，并没有扭扭捏捏，事后也没有哭哭啼啼，从此就做了他的枕边人。

有了床笫往来之后,他们之间有过一段语言表达的旺盛期。他喜欢跟她说他从前的创业史,她喜欢跟他表达他们新生代对世界的看法。对各种事情的看法交流得多了,他发现小郭那一代人跟他是不一样的。他老是讲情怀,说什么实业救国,在小郭看来很虚伪。小郭爱讲性价比,在他看来又过于赤裸。他发现小郭还有一个毛病,喜欢别人哄她,只爱听表扬不爱听批评,有点猫性。最令他反感的是,小郭今年二十九(也许已经好几年都是二十九),小女子挟年龄优势,对云间夫人大不敬,话语中时常有意无意地贬损他夫人,总把她假想成一个过时的、跟不上现代潮流的老年妇女。其实云间夫人并不像小郭定义的那么老,也就四十岁出头的女人,虽不像年轻女孩那样热力四射,但年轻时也曾容颜姣好,现在出去还是优雅得体的,而且云间夫人那会儿考大学难,她考上的大学,现在小郭也未必能考上。云间先生一向抱持在职场里女下属会比男下属更忠诚的观点,他把小郭提携为枕边人,也不仅仅为寻欢作乐,自从他看了她冒失献上的公司蓝图之后,观察到此女可堪栽培，但因为她的种种缺点尚需磨砺，他决定再考察她一段时间，再授予公司部分实权。小郭枕边风吹了不少，又不能显得操之过急，一时也没有办法。慢慢地，一起睡多了，她对他有了些情绪依赖，偶尔也要使使小性子，故意在他脖子上留个草莓印，知道他在别墅陪夫人，故意给他发微信打电话之类的，这时云间先生就对小郭有意疏远一阵。他会有意无意地关心她相亲的事。说你老大不小了，要多相亲，才有机会遇到好姻缘，小郭心里深恨老男人狡猾无情。

那天晚上，云间先生在终南山庄的时光颇为顺心。时间还早，又在网上棋牌室杀了几盘，才回到夫人卧室，破天荒地吞下了一粒伟哥，和夫人酣畅地敦伦了一次。此年云间先生五十岁，夫人四十五岁。一年两三次的性生活，看起来是有产者中的模范夫妻。人、车、房、娃，都是体面的。完事之后，老夫老妻还在床上聊了聊天。他们做爱时从不看彼此的身体。在她面前，他并不回避这两年自己的身体机能走下坡路，有时会力不从心。她安慰道，皇帝坐拥三宫六院，也免不了衰老。他笑说，我退休以后的生活就是吃饭钓鱼。她说，我还是奇怪，为什么不太看到女人钓鱼呢？他说，女人钓什么鱼？女人自己就是鱼，是被男人钓的。越难钓上钩的鱼，男人越起劲。云间先生的话虽放肆，不过刚刚亲热过的余温还在，女人还沉浸在温柔乡里，没穿上衣服，只是笑笑，在他怀里温顺地听着。

第二天一早，他吃过了她亲手做的早餐，牛奶、包子和鸡蛋馅饼，自己开车去城里工作。早晨车子开出别墅园区大门时，穿制服的保安向他敬礼，他也愉快地向窗外点了点头。凉爽秋季，这逍遥山谷的空气真好。他想，过去这一天挺愉快的，算得上享受生活了。以后有可能的话，要多来住住。云间先生老想着那句话：色即是空，空即是色。如果会写书法，他肯定首先写这几个字。他相信自己对女色并无太大追求，想戒时就能戒了。他是五十岁生日那天开始戒烟的，从此就不沾烟了，一直坚持到现在，一百多天了，有一阵烟瘾犯了，改喝红茶，扛扛也就过去了。他对自己的意志力感到满意，也曾在员工大会上讲了自己五十岁戒烟成功的经历，以此鼓励年轻人要自律。

一小时后，云间先生到了公司，在自己大办公室的桌前坐下，泡上每天清晨的第一壶茶，开始工作之前，他将手机屏保换成了一张终南山庄的风景照片，照片上，是一条山间的幽深红叶小径，小径中，远远的有一条奔跑的狗。

## 2. 钓鱼

有一部老渔经里，列举渔具，读来像旧诗——

我的竿，我的线，我的铅皮，我的漂；

我的钩，我的坠，我的磨石，我的刀。

我的篮子，我的饵，有活有死，

我的抄网，我的饭，大体如此；

还有一物，最不可少，

绿色的细马尾——完事大吉。

云间先生作为资深钓客,曾见过这首歪诗,觉得有趣,顺手在办公桌上的一个非工作用笔记本上抄下了上面这一段,要紧的是,云间先生一调皮,顺手把最后一句涂鸦成了——

还有一物,最不可少,
绿色的细马尾——我的女人。

云间夫人回娘家的那三天,郭雅玲不知从哪儿听说董事长夫人回娘家喝喜酒去了,就软磨硬泡,要刘总带她去他说过的那处山谷垂钓。小郭小鸟依人地说,我就是好奇,想看看刘总你钓鱼的时候是什么样子。云间先生说,就是钓鱼佬的样子。小郭又说,从小到大,我看到男人在钓鱼的时候,都像一尊石佛一样,一动不动的。云间先生说,要是乱动,鱼不就跑光了,还钓什么鱼。小郭嘟起了红唇,一派天真,又说,孤舟蓑笠翁,独钓寒江雪。天那么冷,钓鱼人都不怕冷吗?云间先生被逗笑了,说,你呀问题真多，自己钓一回就知道了。

第二天中午，他们在城里约吃饭，吃完后，小郭从自己的车上拿出了一副新钓具，说是给刘总的礼物。云间先生一看这副黑金色的鱼竿，心想这女子还真舍得下本钱，这副钓具可不便宜，就说，装备我倒是不缺，我家里有好几副钓具了，我缺的是时间。小郭说，我知道你不缺，我送是我的一点心意，就是支持中年男人有自己的爱好。云间先生说，这钓具可有讲究了，你女孩子家又不钓鱼，你懂啥呢？要说这渔具，钓鱼竿、鱼线轮、鱼钩、鱼线，还有把手，样样有讲究的。比如这鱼竿要轻，要软，我以前比较喜欢两段接成的竿子。线的粗细也讲究，有粗有细。小郭说，不是说现在你们中年人爱养生吗？去哪儿都带着保温杯，里面泡着枸杞子。有种说法，养生不如喝茶，喝茶不如喝酒，喝酒不如钓鱼，看来最养生的就是钓鱼了。云间先生说，男人钓鱼，就像你们女人喜欢做瑜伽。小郭说，我不喜欢瑜伽，太无聊了，我宁愿跑步。

云间先生终于发出了邀请。从他新家西边开车十来分钟，有个水库，他说在那里钓鱼一定有趣。小郭说，好马配好鞍，好钓手要配上好鱼竿。云间先生夸她聪明，就说，难得你这么有心，下午就跟我一起去钓鱼吧。他说着很重地拍了她屁股一下，让她上了他的车，小郭亲了他一口，欢呼了一声，两个人就出发了。车朝郊外的别墅开去，云间先生开车时心想，到底是年轻人有活力，一点事就瞎起劲。他想起太太，一天到晚无悲无喜的，很少见她开怀大笑，也很少见她哭过，也是无趣。

到了终南山庄园区，云间先生没有带小郭去他说的那个水库，只是在后山的另一处湿地边安营扎寨下来，虽说是来钓鱼的，但两个人并没有安静地对付塘里的鱼。小郭搬了车上备用的户外椅子，戴上墨镜，在水边悠闲地坐定，或许是新鲜，总是好奇地问这问那。小郭问，这水塘里鱼多吗？云间先生说，好的鱼塘，能与沟渠相通，有活水，鱼才产得多，长得好，味道也鲜。小郭问，这鱼塘算好吗？云间先生说，你看这处水塘，底下应是沙石的，还有浅水处，水草看起来也不算太多，边上有杨树，应该算是不错的鱼塘了。小郭赞道，刘总懂得可真多。云间先生说，你老叽叽喳喳，女人声音尖细，穿透力又强，鱼听到就不上钩了，都被你吓走了。小郭压了压帽子，压低声音，轻声轻气地说话。云间先生索性放弃了专注钓鱼，当起导师。他跟小郭说，所谓钓亦有道，钓鱼前，最好背对着风，有太阳时就面朝太阳。他手把手教她钓鱼，说竿梢要低些，这样人和竿子的影子才不至于把鱼惊跑。小郭说，原来鱼都这么敏感啊。他说，哪怕影子再淡，鱼发现了也会受惊的。再傻的鱼，也知道危险逼近。她说，鱼不傻啊。

　　一下午没见一个人，就像他们俩包了场地。除了两次空竿，这次钓了三条半斤左右的鲫鱼和一条一斤多的鳊鱼。小郭想上洗手间，云间先生就说，那就收工吧，今天被你一边叨叨的，手感一般。收了钓具，两个人一起上车，小郭说，今天算是预热吧，下次再钓的话，我应该能有战利品了。他说，我喜欢在岸的下风处钓鱼，下次带你去水库吧。那里水深。冬天的鱼，比夏天游得深，也更靠近水底。天一冷，鱼就贴着水底游了。小郭说，看不出原来刘总还有一肚皮钓鱼的学问。云间先生说,钓鱼里有一部《孙子兵法》。有句话叫,庙小妖风大,池浅王八多,你知道什么意思吗?小郭说,池浅王八多还好理解,水太深了,深不见底,反倒看不到那么多王八鱼虾在水里游了吧,池子浅了,看着好像还有鱼虾游来游去,连王八都能看到了。庙小又怎么妖风大了呢?云间先生说,你知道吗?过去寺庙一般都建在比较偏僻的地方,有些还建在荒郊野岭。你们女人在外面走累了,见了个小庙就想进去歇歇,想避个风,躲个雨,说不定这种小庙是很危险的。小郭问,怎么小庙就危险了?云间先生说,江洋大盗、杀人犯、变态佬、人贩子,各种来路不明的人,亡命天涯,犯了事,可能就隐身在这种小庙里,你这种良家女子进去,就是自投罗网,先奸后杀这种事听说过没有。小郭说,刘总你又吓唬我,这妖风阵阵的,还好现在阳光灿烂,光天化日之下,妖怪不敢出来。云间先生说,所以说江湖险恶,女人家闯江湖,更要小心了,出来混,先要掂量掂量。这种亡命之徒,见了漂亮女人,眼睛都能红得出血。小郭说,现在的话说,就是要风险评估，男人也一样的，女人也还有孙二娘卖人肉包子呢。云间先生笑说道，你要有胆子，下次我可以带你去夜钓。小郭说，有你陪我，我怕什么。云间先生说，城里的小河道边，多的是夜钓的人，不过那其实不算真正的夜钓。小郭说，不就是晚上钓鱼吗？云间先生说，我小时候，经常听说有夜钓的人被蛇咬死的，夜钓时，人只顾着看鱼漂，毒蛇从脚面爬过都不知道。还有人明明会游水，夜钓的时候淹死了。奇奇怪怪的事都有。我还听爱钓鱼的长辈说过，他的一个朋友，晚上去钓鱼结果死了，因为他的手电筒不小心掉水里去了，他就跳下塘里，追着手电筒的光去捞，但很可能夜里气温低，这个人到水里后抽筋了，就淹死了。小郭说，刘总你老是故意吓我，要不今天晚上我们回去，一起看恐怖片吧，日本恐怖片还是欧美恐怖片，你来选。云间先生笑而不答。

云间先生开车带小郭去了家里。进了院子的大门之后，四围静默，小郭于是变得小心翼翼，脚步也轻了。她轻声对他说，借用一下洗手间，顺便参观一下豪宅可以吗？他豪爽地说，我去院子里倒腾一下这些东西，大概半个钟头。茶和咖啡他也懒得张罗，只对她说冰箱里有饮料和矿泉水。灰灰见陌生人来，就激动地跟在小郭身边嗅来嗅去，又跳又叫，他怕她对狗的热情不习惯，就叫上灰灰跟他去院子里扑腾。

灰灰摇着尾巴跟着云间先生，见主人的水桶里有三条鱼，衔了最大的一条鱼，把它扔进了院子里的鱼池。云间先生笑说，你这家伙知道不，被钓过的鱼，是活不了多久的。不如把它们杀了放冰箱里，等你妈妈回来烧。

小郭在一楼上完洗手间，脱了鞋信步上楼，巡视了云间先生家的每一个房间，发现他和夫人、儿女各有各的房间。云间夫人的卧室，完全没有花里胡哨的东西，清素整洁。她在楼上云间夫人的卧室里拍了几张照片，留下了两根长头发。这时她已经是长头发了，染成有一点点焦糖的红色，不是完全的黑色。她对着化妆镜梳理长发的时候，好像有两根长头发落到了梳妆台上，她看了一眼，懒得捡起。半个小时后，他从院子回到客厅，见她正安静地坐在沙发上补妆，就说，走，我们回城里，好好吃一顿去。她问，到底是城里有意思，还是这郊外别墅生活有意思呢？他说，让你天天待这儿，你肯定受不了。她说，那也要等我成了有钱人才知道。

她跟着他回了城里，照例是老节目，在外面吃饭，回他的公寓做爱。公寓并不小，三室一厅，约一百四十平方米。做爱的时候，他把她想象成一尾赤裸的美人鱼，或一尾灵动的锦鲤，从一个很深的水库里一跃而起，千姿百媚地扑腾到他金光闪闪的鱼钩上来。这时候他对她是最满意的，这年轻饱满、绽放情欲的肉体真是好啊。他甚至有些怀疑，这小郭是不是真爱上了他这样一个一身盔甲的中年斗士。有时候，她是情意绵绵的，有小姑娘的孩子气，很依恋他。云雨毕，她仍然躺在他怀里，紧紧地贴着，软语提议，他们俩找个假期，一起去三亚海边度假，住五星级度假酒店，三天两晚就够了。云间先生轻抚她光滑的背，说他很难抽得出时间，只能在西安城里跟她春宵一夜了。小郭有些失望，娇滴滴地"哼"了一声。他就教育她说，不要指望你的刘总，还是个能陪你到天涯海角浪漫的小伙子。小郭说，喜欢浪漫不对吗？云间先生说，我们中年人讲实在，很少整这些有的没的，大海星星什么的。小郭就笑，说，为什么这么多姑娘都喜欢大叔呢，是不是犯傻。云间先生说，世态炎凉，没钱的大叔都不配活在世上，不要说小姑娘喜欢了。穷书生还可能有姑娘喜欢，押宝就只能押一回，赌他将来能发迹。小郭说，那王宝钏还不是很惨。寒窑等了十八年，被薛平贵接回去十八天就死了。云间先生说，是不值。小郭说，我小时候，最讨厌的西安景点就是那个寒窑。云间先生说，小郭是现代女性。

数日后，郭雅玲的职位有了提升，得知喜讯，去云间先生办公室谢恩，他拍拍她的屁股说，好好干，现代女性。她嫣然一笑，说，放心，我又不是花瓶。她很快证明了自己不是花瓶，牵头签下了一个大单，让私下不服气的人都闭了嘴。

这日云间先生参加答谢应酬后，带小郭回了他城里的公寓。她问起前几年他夫人在公司掌握财权的事，云间先生感叹道，我夫人最大的优点，就是懂得以退为进。不用我说，她自己觉得该走了，就回家当家庭主妇了。小郭问，什么是以退为进，他说，你现在还不懂，你只想征服男人，征服全世界，不然你会认为自己的美貌和聪明没有变现，会不甘心。小郭吐了吐舌头，说，刘总你真会看人。她又撒娇道，我很笨，全部心思都在工作上，想给公司创业绩呢，连个男朋友也找不到。

小郭去厨房煮了老上海鲜肉小馄饨，撒上葱花，盛好后端上餐桌。云间先生说，你这个拼命三娘还挺会生活的。小郭说，我这是跟上海人学的。两个人一起吃馄饨时，她讲了在上海时的辛酸，说本来想跟男朋友一起留下来奋斗，攒钱买房结婚的，自己省吃俭用，恨不得一分钱掰成两半花，结果半路杀出个女的，是上海郊区有几套自住房的本地人，也是她男朋友公司的同事。男朋友劈腿，说跟她在上海过日子看不到希望，分手后就跟那上海人结婚了，她老大不小了，离开了伤心地，回了西安。他意味深长地看了她一眼，对她说，不要泄气，你是要钓大鱼的。她说，其实你看错了。我不想钓什么大鱼，我只想要一生一世一双人。她脸上有些委屈的神情。他笑说，冲着你为我洗手做羹汤，我这里就是你的黄埔军校。小郭又撒娇说，你是大鱼嘛，你愿意上钩不？他说，你心不要太大，小心被鱼钓走。她说，鱼我所欲也，熊掌亦我所欲也，女人在你们男人眼里，不就是要下钩子的鱼吗？他说，那要看是什么女人。你要记住，男人在社会上混的，都精得很，哪怕是饵食，男人都不想白给的。她说，连饵食都小气，真是比我们女人还精明。

云间先生有滋有味地吃完了碗里最后一只小馄饨，一股暖流落进胃里，感觉自己的心都柔软细巧了起来，他教育他的女弟子说，真相往往是残酷的。

过了几天，也是圣诞节前后，是云间夫妇结婚二十周年纪念日，云间先生开车到终南山庄接上云间夫人，请她去城里一家高档餐厅。下车后，云间先生扫了夫人一眼，见云间夫人换上了出门的装束，一件意大利品牌的驼色高级羊绒大衣，内搭的深灰色羊绒衫，黑色西裤，纤细的脖颈上是一串珍珠项链,一半被一条红底白花图案的爱马仕丝巾遮住了,这丝巾是他两年前送她的。她的脸上化了淡妆,手上戴着他送她的钻戒。她是优雅得体的,入座时,他特地为她拉开了椅子,帮她脱下了大衣,请侍者挂好。他们点了双人份红酒牛排套餐,碰杯之后,说了一些公司发展的情况,两个在外读书的孩子的情况,他举杯敬她,感谢她这二十年劳苦功高,相夫教子有方,又感谢她有帮夫运,这些年,他的企业总体来说顺风顺水。接着,他们认真讨论了一番明年公司要不要上市的问题,全局分析上或不上的其中利弊,他倾向于不上市,倒是她倾向于上市,他就说到明年再看看形势和大环境,进行风险评估,希望自己不是那只"风口上的猪"。她说,我知道,你其实比我更谨慎。他笑说,我知道夫人一直比我格局大。除了杯中的红酒,餐桌上的小花瓶里插着的一枝红玫瑰,这一顿晚餐再无风花雪月。九点多,他们吃完了一小杯餐后甜点,饮尽了杯中酒,叫了代驾,一起回到了郊区别墅。那时候云间夫人已从公司退隐了两年余,隐约知道一点丈夫在外面的事,但从不点破。

郭雅玲再一次走入云间夫人卧室的那天,云间夫人回老家给父亲祝寿去了。小郭跟云间先生到了终南山庄后山的水库钓鱼,云间先生说,看看,这才是玩真格的。水库危险,水深十五米。小郭说,那肯定有不少大鱼了。云间先生说,你知道吗?终南山周边,有三十多座水库,这个算中型水库。小郭说,我一个也不知道,从来没去过。云间先生说,我担心你看多了水,会发晕的。小郭立在岸边,看了一眼水库,水库四围是荒凉的杂草堆,就说,感觉像在悬崖边上钓鱼一样,有点刺激,不过我不怕。云间先生说,这儿不太有人来。前不着村,后不着店,也许知道的人不多,我是开着车特地来考察过一圈钓鱼的地方,才找到这里的。小郭说,从来都没人来吗?云间先生说,水库另一边出入的人多些,有另一条路,这里好像是一个死角,只有住在终南山庄里的人才可能找到这里。云间先生说着,整了整黑色棒球帽,审视地看了一眼小郭。云间先生戴帽子的样子,要比不戴帽子时年轻,因为正好遮住了明显后退的发际线。小郭嫣然一笑,说,想不到刘总你还有这么酷的一面。云间先生说,小看我了吧,我小时候,奶奶家就在一个水库边上。每年那个深潭都死人,但我年年去钓鱼游泳。小郭说,游泳?也太危险了吧。云间先生说,无知者无畏。那时候见到水库上空乌鸦很多,嘎嘎乱叫,也不觉得瘆人,人小阳气旺。小郭说,有点刺激吧。尤其是鱼上钩拉钓竿的那一刻,肯定肾上腺素翻倍。

他们就地势摆好了两把户外椅,一人一把椅子坐定,再卷好鱼饵,抛下钩子,云间先生就不说话了。小郭还要说话,他做了个噤声的手势,小郭也不说话了。时间久了,她凝视着这深不可测的水面,四周无人的静默让她有点呼吸不均。小郭觉得无聊,渐渐有点怨愤,这男人一旦钓起鱼来,就完全忘记了她这鲜活的存在。后来小郭说,哎,我真有点晕水,想先走了。云间先生正在兴头上,已经钓了两条大白条鱼了,并不想收线。又过了会儿,他才收了竿,开车把小郭送到他家门口。路上云间先生说,女人钓鱼就是叶公好龙,到现在也学不会。小郭说,我知道是因为我不够静心。云间先生说，钓鱼就是让人学会沉得住气，你气息修炼得不够。小郭问，刘总家的狗狗在吗？云间先生说，没事儿，它认识你了。小郭接过云间先生的钥匙，在他脸上亲了一下，下了车。他笑了下，说，下次不带你来了。

云间先生回水库继续钓鱼，过了一个多小时，才收竿回家，收拾了一下，正要走上楼梯，见塔西佗守在楼梯口，就拌了狗粮，让塔西佗去院子里吃。一楼不见小郭，他就走上楼梯，进了自己的房间，只见小郭和衣而卧，也不知是否睡着了。云间先生笑着说，是假装睡着了吧。小郭伸了个懒腰，说，真是困了，陪钓的人是很累的。他拉她起身，说，回城去吃饭吧，不早了，我饿了。小郭却一把搂住他，撒着娇，在他身上摸来摸去，又要亲他。他推开她说，走了，不要腻歪了，我们回城里去。她忽然委屈地哭了，说偏不想走，眼泪流下来，抽泣。可他坚决地把她拉了起来，抱了她一下，又狠狠拧了一下她的屁股，说，乖。回城里去，我请你吃大餐。

小郭跟着云间先生上了车,在副驾驶座上一声不吭,泪痕犹在。他也不理她,只管自己开车。后来她打破了沉默,说,你不肯告诉我,我知道你已经离婚了。他愣了一下,说,那又怎样,不是你想的那样。她说,你是单身啊,你不告诉我,是怕我赖上你吗?他说,别瞎想了。她哭泣,难道我的感情都喂了狗吗?我这几年并没有别人啊,只有你。他说,你别想多了,就不会自寻烦恼,我们现在不是挺好吗?她说,你是姜太公钓鱼,愿者上钩。他不耐烦地说,我离不离婚,跟你有什么关系。她哭得梨花带雨,又逼问他,我这条鱼怎样?他腾出手来拍拍她的背,但依然是冷静的,寡情的。他不知道她是怎么知道他离婚的,这是他为了公司生存发展需要的秘密,她知道得太多了,她不应该知道那么多。但他并不想告诉她,他们夫妻是假离婚,虽然法律上,他现在确实是单身汉,随时可以跟任何一个法律上单身的成年女子结婚。

　　看到小郭哀伤的样子,云间先生想要安慰她一下。一路上,他的一只手都握着她的手。车到了城里,他直接带她回了公寓，改变主意不去外面吃饭了，叫了外卖到他家，她喜欢的潮州砂锅粥。外卖送到，他盛好了，端给她吃。这里的一切家什都是她熟悉的，几乎等于她半个家了。他的夫人自从搬去别墅后，早就不再涉足他城里的小天地。他们喝了粥，小郭说，我想喝酒。云间先生说，你是真想喝吗？小郭说，想喝啊，为什么不呢。开一瓶吧。云间先生说好。他去开了一瓶干红，是从上次他们一起去的那个红酒山庄带回的。小郭表情夸张地说，你真大方，不是号称要两万块一瓶吗？反正我是土人，也不懂得干红啊。云间先生说，那也是吹牛，想喝就喝，本来带回来就是喝的。小郭去洗了两个杯子，云间先生一人倒了半杯，就喝起来。

小郭趁着几分醉意，腿盘到了云间先生身上。她朝云间先生的耳朵吹了一口酒气，说，你个色鬼，几年前公司年会上，看我表演，你眼睛都亮了，我就知道你想睡我。云间先生说，男人都是色的，以后你要防着点。小郭说，我傻吧，有一回出去应酬，刘总你替我挡酒，我心里一阵温暖，就觉得你值得以身相许了。云间先生说，所以我一叫你，你就来了是吧，以后你要懂得拒绝，吊着男人胃口，就是不让他们上钩。小郭说，本来我也没男人，荒着。云间先生说，以后晚上有男人叫你去他房间，你就回一个字，滚。小郭说，你放心吧，我从来一女不侍二主。云间先生说，我告诉你一个职场心理学。你知道吗？男性掌权者比较喜欢用女将，还真不是好色，主要是看中女将比男将更忠诚，更肯干，就像学校里，刻苦学习又成绩好的，大多是女生。小郭说，我知道的。女人职业生命短，不知道什么时候心思就不在这上面了，所以能拼几年算几年。云间先生说，小郭你聪明，人又努力，公司需要你这样的人。小郭说，还是你枕边人。云间先生说，枕边人用着才更放心。小郭说，公司里谁都知道我是你枕边人吧。云间先生说，那又怎样，要的就是看破不说破。

　　小郭喝尽了杯中酒，又给自己倒了满杯，也给云间先生倒满了。她悲伤道，我贱是吧，他们看我大概就是靠睡领导上位，我假装不知道他们这么看我，他们也假装不知道我是靠睡领导上位，我的努力他们看到了吗？我平时在公司里几乎天天加班，我没有私生活，我的私生活公生活都是围着你一个人转。云间先生说，好了好了，我都心里有数，委屈不了你的。小郭楚楚，继续说道，我没有底气，从上海回来，被人甩了，没钱没房，爹妈普通，还嫌弃我。我需要这份工作，需要这个平台，我不敢对你说"滚"，还抹上口红去你房间了，从此你就看低我了，我没有你夫人高贵矜持是吗？云间先生以吻去堵小郭的嘴，说，不要作践自己，你是别人羡慕的白富美呢。小郭挣扎道，别人当面夸我白富美，背后骂我骚浪贱。一个热烈的湿吻之后，云间先生说，那又怎样？高贵、矜持都是给外人看的，关起门来，有几个不是男盗女娼。

小郭又去倒酒。两个人频频碰杯，一饮而尽。云间先生喝得有几分上头了，说，小郭你知道你是什么吗？你是媚而刚。小郭说，那你是威而刚。两个人又是调笑，又是轻狂。酒酣耳热之际，小郭说，我小时候跟我姑姑学过几句秦腔，你要不要听？云间先生说，喝洋酒，听土腔，好得很，我小时候在爷爷奶奶家待过几年，就在秦岭大山里，爱听秦腔。她一扭腰肢，亲了他一口，理了理头发，说一声"哥哥你听我唱"，就唱起了一段秦腔《龙凤呈祥》——

> 孙尚香在画阁自思自叹
> 怨我兄和周郎枉用机关
> 诓刘备过江东实为引线
> 谁料想我的母仁义大贤
> ……

果真唱得是媚而刚。这时云间先生有六七分醉意了，说你呀，你呀，宝贝呀，小郭郭小蝈蝈呀，干吗非要当皇后娘娘。《龙凤呈祥》唱的个啥呀，皇后娘娘都是得了个虚名得了个寂寞啊，哪有你小妃子天天抱君眠，夜夜有春宵哪。龙生龙凤生凤，你知道不知道？你不要学孙尚香舞枪弄棒，你要做个好娇娘，好娇娘自然有好报，有人疼又有人爱。坏男人说到底也喜欢好女人。小郭说，刘哥哥你原来也有一副好嗓子呢。

狂歌毕，两个人渐渐安静下来。小郭问，刘总你阅人无数，好女人是什么样的？像我夫人，她就是好女人。云间先生说。小郭说，你不是离婚了吗？还一口一个夫人，不要骗我了。云间先生说，我离婚不离家。到后来，两个人语无伦次，都半醉了。她哭了，他说不喝了，把她抱到了床上，他说，睡觉。这一夜他们睡在一起，他想例行公事，发现自己那里并不"威而刚"，也就罢了。她哭哭笑笑，作够了，像一只小猫那样偎在他身上，呼吸渐渐变得细细的，睡着了。他年纪大了，不那么容易入睡，看着她的睡姿，心想，女人真是猫一样的动物，有时让人心疼，有时也坏，给你来上一爪，你不提防，就被它抓得血淋淋。他知道小郭的心思，年轻气盛，好胜心重，情热之际，还跟他说过这辈子不想结婚了，想怀一个孩子，生下他的骨血，以后她自己带大。他觉得她这么想也没错，世道日益艰难，眼前的她，也只能够倚仗他，二十岁的年龄差又算得了什么。

他躺在床上，闭着眼睛，记得唯一的一次，他去她的出租小屋，再多女性的柔调装饰这小空间，也挡不住屋里的简陋和陈旧。就这种闹市区的小居室，因为地段好，一个月租金也要四五千块了。说实话，他连一个小时都待不住，她让他坐在她床上，他觉得挺别扭的，就是觉得不够舒适，隐约的尴尬和陌生，不是他该待的地方，他宁愿去酒店开房，也没有心情跟她在这里做男女之嬉。

他睡不着，索性下床吞服了一粒伟哥。他撩起她的睡衣去挑逗她，又脱下了她的内裤。她也许是半睡半醒吧，梦呓一般轻哼了几声。已是暮春，西安的温度偶尔会蹿得跟夏天一样，有燥热之气，云间先生兴之所至，一把掀翻了盖在小郭身上的薄被，一条白亮亮的美人鱼慵懒地横陈在床上，放着幽光。他的动作让她叫了一声，眼睛忽然睁开了，睁得又大又茫然空洞，马上又合上了。美人鱼在他的胯下滑来滑去的，没有鱼鳞的白鱼，更加光滑，像在水中摆尾。他不想马上结束这美人鱼的游戏，于是关了灯，男人和鱼在黑暗中继续较着劲。

第二天一早，他们又恢复了原样，一前一后去公司上班。过了两天,是小郭的生日,他问她要什么礼物,她说,你的心。他别样领会,去市中心大商场,买了一条卡地亚的心形挂坠白金项链送她。

云间夫人从老家回西安后,那个周末云间先生正好在外地出差,到了下一个周末,才见到云间先生回到别墅的家。这次见到夫人时,云间先生发现夫人穿着件黑色的袍子,脸色不好。他想要关心一下,就问夫人是不是老家又遇上什么糟心的事了,夫人先是说,到父母家后,发现侄儿孙小戚和女朋友在深圳混不下去,又回到了山阳,女朋友怀孕两个月了,两个人手头没钱,只好匆忙回乡,两家人定了亲事,计划五一节办喜酒,等拿上一拨礼金,再作打算。孙小戚的生计悬而未决,马上又要当爹,她妈就私下问她,能否让小戚再回姑父公司上班。她不情愿,说孙小戚是自己要走的,她还替他赔了他拿走的公款一万块,怎么好再开口让他回公司呢。云间先生听了,摆摆手道,你也别为难了,就当公司养着他吧。云间夫人说,我不想管他的事了,也不想欠你的人情。原来那日巧云妈去跟孙小戚说，想让小戚给姑姑赔礼道歉，小戚不肯，说他并不想回姑父公司上班。云间先生听了，也就算了。

过了一天，云间夫人依然冷着脸，不怎么理云间先生。于是云间先生关心起太太来，就问，回了趟老家，你还有啥事不称心的？云间夫人说，那要问你了。云间先生说，我怎么了？云间夫人说，我每次离开几天，都有人来家里吗？我让你请朋友同事来家做客吧，你又说不想要人家来。云间先生说，没有啊。云间夫人说，何必瞒我呢，我不是傻子。云间先生说，这几回就是钓鱼的朋友啊，借用一下洗手间，我一口水都没招待过客人。云间夫人冷哼，那你也不知道客气一下，来了总是客嘛。云间先生说，你不在的时候，我回来没事，也就钓钓鱼。云间夫人说，我这里多了两支口红，我懒得理会，好吧，这次连丝袜都扔我房间来啦，有完没完了，以为我是木头啊。她转身回房间，把这三件东西装进了个保鲜袋里，对云间先生说，麻烦你把它们物归原主，说完回自己房间去了。

云间先生知道是小郭的东西，一时烦躁不安，一时气愤,在厨房摔破了一只瓷碗,又自己打扫干净。小郭这是想干吗呢?他走去院子里,给鱼池换水,用网兜把塔西佗扔进去的鱼捞出来,奇怪的是,这次池子里并没有死鱼,上次他从水库里钓起的两条鱼都还活着,他顿了顿,又把它们放回池水里,两条鱼费力地翻了个身,很快游走了。云间先生又到了云间夫人房里,见夫人正在沙发上埋头看一本书,他瞟了一眼,书名是《局外人》。云间先生说,你看书呢?夫人眼皮也不抬一下,不理睬他。他摸摸夫人的头发,说,你放心吧,不会再有这种事了。

晚上,他亲手做了油泼辣子面。两个人面对面吃饭,她依然不理他。吃了饭,他主动去洗碗,她又躲进房间看书。他洗了碗跟进来,在她床边坐着。云间夫人抬了下眼皮说,你来干吗?我才记起来,我们是离婚了。云间先生忽然单膝跪地,说,向老婆大人请罪。云间夫人一时心软,就把他拉进来了,也不吭声。云间先生决意说,你要是不放心,下个月开始,公司你去管吧,我宁愿退休回家,做个钓鱼佬,闲散自在。云间夫人说,还是你管吧,我不会去抢你的位置。云间先生说,其实我现在心里也老想着退,知天命了。云间夫人说,那你趁早问问,两个小的,有没有人肯接班。云间先生说,倒也是。后来就说到了一双在外求学的儿女的动向。只要话题落到了孩子们身上,他们就成了步调一致的慈父慈母。

## 3. 夜钓

下午三四点的时候,水库边起了雾,能见度一度跟夜里一样。后来风来了,大风一吹,雾就散了。到傍晚六点左右,水库边还能看到落日的红晕。天黑透时,已经是晚上七点后了。

晚上十一点,一男一女在终南山庄后边的一处偏僻水库边夜钓。

云间先生说,我看你是不是"叶公好渔",这样吧。如果今天你能撑过晚上十二点,我就带你住这里,不回城了。小郭说,好啊,不就熬到十二点嘛。我陪着你,我一定不会睡着的。云间先生说，这个时辰就是子时，从晚上十一点到第二天凌晨一点。子时开始，才算得上真正的夜钓。如果能坚持到丑时，基本上就是打算夜钓通宵的。如果你在天刚亮时，在水边碰到收竿回家的人，那基本上是熬了通宵的钓鱼佬，等到了卯时，鸡都叫了。小郭说，你钓过通宵吗？云间先生说，年轻时跟几个朋友干过这事。小郭说，刘总年轻时肯定很野。云间先生说，我给你讲几个夜钓的故事，你就不会打瞌睡了。

云间先生说，我爷爷奶奶老家那里，有个野坑，以前有个老头经常去夜钓，后来有一次可能是头晕，一头扎进水里淹死了，第二天早晨，不远处的钓友才发现。后来我就听说，有个不知情的人晚上去那个老头出事的地方夜钓，始终鱼口不好，听见旁边有人咳嗽，就想讨点别人的饵食试试，找了半天没见到咳嗽的人影。等回去拿探头灯一照，发现自己钓窝处正蹲着个黑影，一晃黑影就没了，把这个人吓得回去就生了病，以后再也不敢出来夜钓了。

小郭说，这是自己给自己见鬼吧。有个成语叫什么？

杯弓蛇影。

云间先生说，还有一个灵异事件，我们那里有个人夜钓，到了凌晨两点左右，鱼漂一动，他感觉到力道，猜是一条五斤左右的大鱼上钩了，可是拉上来一看，是一条死了很久的鲤鱼。他赶紧扔掉了，又继续钓，到了凌晨三点，又钓上来一条腐烂的死鱼，到了四点，钓上来的还是一条腐烂的死鱼，他就吓着了，渔具也不要了，落荒而逃，听说回去之后，这个人就生病死了。

小郭说，真有这么诡异吗？

云间先生说，你看这个水库里，一定是有落水鬼的。白天阳光下不敢冒出来，到了晚上，这里跟阴间似的，这落水鬼就出来了，也许还想要个美女陪他呢。

小郭说，这水库也出过事吗？

云间先生说，出过。听说以前还淹死过一个年轻的女人。

小郭说，会不会是殉情的？

云间先生说，也可能是被哪个男人推下去的呢。年轻漂亮的女人，怎么可能想死呢，总是野心勃勃，以为能以三分姿色征服全世界呢。

小郭说，现在过了子时了吗？我怎么觉得后背发凉呢，这里的野猫叫得鬼哭狼嚎的，好难听啊。

云间先生说，晚上荒郊野外的，野猫当然很多。你听到的声音，可能是因为这里产生了空谷回声。有时候，夜钓时忽然会看到猫的眼睛，你也会吓一跳，因为猫的眼睛是蓝的、绿的，在黑夜里贼亮，特别灵异。

小郭似乎听到周边有什么异动，说，今天你怎么尽讲吓人的故事。我不想听了，我想回去了。

云间先生说，离子时还早呢。

小郭说，就等到十二点吧。不过在这水库边待久了，我好像浑身发凉，汗毛直竖。

云间先生说，水库夜里湿气重，要阳气很旺的人才扛得住。

这时云间先生关了头灯。忽然间，四周就变得漆黑一片，不说话就一片寂静。因为野外地形之故，他的椅子在她的五米外。

小郭说，我好像听到有个女人哭。云间先生说，我刚才就听到了，哭得很凄惨。也许我们一说她，她就听到了。小郭说，她到底是自杀的，还是他杀的呢？云间先生说，谁知道呢。小郭说，我鸡皮疙瘩都起来了，抱抱我。云间先生好像没有听见，自顾自说，相不相信，如果你不乖，我很容易就把你推到水库里了，这会儿这里一个人也没有，你呼救也没一个人会听见的。而且这种案子永远破不了，等尸体浮上来，别人都会以为是这个女人想不开，自己跳了水库寻死的。再过几天，这个水库的晚上，就多了一个女人的哭声。

她"啊"地尖叫了一声，随即委屈得眼泪快要流下来了，想要站起身来，椅子不稳，一个趔趄，他提醒道，记得你离水库只有两米。她高声叫道，你干吗不开头灯？他说，头灯不能一直开着，不然鱼不会上钩的。她又叫道，鱼鱼鱼，鱼比我重要吗？他斥道，小郭你别动，真掉下去了，水库很深，水深几十米，水又冰冷，我可没胆子跳下去救你。她不敢动了,原地僵在那里,微微发抖,又压抑地低声抽泣着。他说,你别哭了,子时鬼魂都出来游荡了,水里那个女人会听到你的。

这时他开了灯,几步走到她的户外椅边上,拉她起身。她一头缩进他怀里,拼命抽泣。他拍了拍她,说你站着别动,小心掉下去了。等我收竿收线,我们回去。

他收了竿子,拉起她离开了水库边,一边走一边对她说,知道害怕了是吧?听没听说过一句话,当你凝视深渊时,深渊也在凝视你。

他牵着她,靠着他头上的灯照明,几分钟后到了停车的地方。他对她说,到后座去吧,我给你压压惊,不过今天不能在这里过夜了。她紧紧抱住他,身体轻微颤抖。眼前哭泣的羔羊是如此肥美,他粗暴地撩起她的上衣,除了她的胸罩,让一双年轻的乳房展示在他的头灯前,它们在头灯下发着幽光,跟他观赏过的无数次都不一样,他膨胀起来,他奇怪自己今天的雄风好得出奇,这是五十岁的身体少有的状态。他将她身上的运动裤连着内裤褪到脚边,很快就顶进了她的身体，她叫了一声痛，像一只小兔子一样地抖动着，车里黑漆漆的，只有他头上的照明灯剧烈晃动，诡异地闪烁着，这更增加了他的兴奋。过了很久，他左右开弓，打了她两耳光，然后才去吻她发抖的嘴唇，他一边吻她一边说，以后要乖，不要再背着我干那些奇奇怪怪的事，女人心不能太坏，知道不。她呜呜哭着，恐惧和羞耻漫过身体。他又温柔地说，你不是总是欲求不满吗？现在让我来满足你，别害怕，在这荒郊野岭做爱，你会高潮的。她不再哭泣，闭上眼睛，一半赤裸着，任由他摆布。她渐渐不知道自己在哪里，好像能听到车外的四围有野猫还是山狼凄厉的叫声，叫得她毛骨悚然，此刻唯有醉生梦死。再后来，恐惧和羞耻渐渐地消退了，她感受到了来自男人的酣畅淋漓，仿佛他是爱她的，她也不自觉地更深地缠绕着他。他内射的瞬间,她问,你爱我吗？他冷笑了一声，说，爱。他们在汽车后座上平静下来，他对她说，如果怀了我的种，我会认的。

他们沉默了很长时间后，他打开汽车的天窗，亲了亲她的脸蛋,说,如果你不是恐惧,会发现水库的夜空是很美的,你从来看不到那么多的星星就在头顶上,一闪一闪的。

第二天下午,云间夫人打扮一番后出去了,云间先生一个人在院子里拾掇着,还有兴致收拾了一下花花草草,塔西佗开心地跟在男主人的脚边,摇着尾巴,跑来跑去。到下午五点左右,云间夫人回来,脸上红扑扑的,斜背着一个小钥匙包,手里拿着一本书,他发现她今天是个漂亮生动的女人。他迎上去,笑着问,你去哪里了,好像很开心的样子。她说,我去隔壁海伦妈妈家参加了一场读书会。他说,读书会?这么高雅。她说,叫"林中空地"读书会,已经办了很长时间了。

原来入冬后,缓了很久的疫情又吃紧了,空谷君的这一期"林中空地"线下读书会,因此推后了好几个月。云间夫人还是第一次正式参加。

云间先生说,昨天是端午节啊,我从城里买了点粽子回来,有肉馅的,有豆沙馅的。云间夫人说,粽子好啊,我倒是忘了买。他问,你手里的是什么书?她说,今天读书会大家读的书,是海明威的《老人与海》。他一笑,说,噢,《老人与海》,我大学时就喜欢这本书,海钓的老渔翁啊,真是一个好故事。他似乎还有兴致,又对云间夫人说,我想念广货街的腊肉了,明天我们从沣峪口开车进山,好好吃顿腊肉吧。

## 《鼠疫》

老子说:"天地不仁,以万物为刍狗。"天地本身没有意识和目的,世界充满了随机性和盲目性。在天地看来万物没有任何不同,如人和稻草编织的刍狗一样没有区别。这句话很好地解释了加缪的"荒诞哲学"。

"要了解一个城市,比较方便的途径不外乎打听那里的人们怎么样干活,怎么相爱,又怎么死去。"

加缪在小说《鼠疫》中讲述了法属城市阿赫兰在二十世纪四十年代春天发生的一场持续十个月的瘟疫,与这个普通城市里所发生的一切故事。

在这场突发灾难里，每个普通人面对死亡时做出的反抗选择：参与鼠疫的抗争，并不是出于什么内在的激情或对某种真理的把握，而是一种接近本能的善良。他们放弃逃离，坚持本职，兢兢业业，成为志愿者，即使鼠疫让阿赫兰的人们因为亲人分离充满了流放感，但他们依然认为只顾自己的个人幸福会让人感到羞愧。既然死亡无法回避，与死神对抗却是选择了生的意义。在疫情中普通人的廉耻、道德、善良无不体现人性的光芒，也正是人类文明的精髓。

加缪自己说："同《局外人》人相比，《鼠疫》无可辩驳地代表了从独自反抗到对团体抗争的转变。"

"鼠疫究竟是怎么回事？那就是生活，如此而已。"

瘟疫、战争，生命中的种种阴郁并不是能把控的，但我们必须以这样或那样的方式斗争，而不是屈膝投降。

只要有战争、瘟疫，人们就永远不可能自主自由。生命的长度也许无法把握，但我们仍可选择拓展生命的宽度和高度。

——"林中空地"读书会笔记一则　劲秋

## 1. 终南山

这个地方早已声名远扬,据说从古到今,这是一个近似于仙境的隐居者天堂。自从有一个外国人写了一本名为《空谷幽兰》的书后,终南山的名气就传到国外去了。

终南山,又名太乙山、地肺山、中南山、周南山,简称南山,位于陕西省境内秦岭山脉中段,古城长安之南,"寿比南山""终南捷径"等典故的诞生地,是中国重要的地理标志。此山介于东经107°37′—109°49′、北纬33°41′—34°22′之间,东西长约二百三十千米,最宽处五十五千米,最窄处十五千米,总面积约四千八百五十一平方千米。横跨蓝田县、长安区、鄠邑区、周至县等县区,绵延二百余千米。

唐代诗人王维的《终南山》这样写道:"太乙近天都,连山接海隅。白云回望合,青霭入看无。分野中峰变,阴晴众壑殊。欲投人处宿,隔水问樵夫。"王维是山西运城人,祖籍山西祁县，字摩诘，号摩诘居士。开元九年中进士。历官右拾遗、监察御史、河西节度使。晚年，他在京城长安之南的蓝田山麓修建了一所别墅，与知心好友过着半官半隐的生活。

在王维之前，老子李耳在高岗筑台授经，他唯一的弟子在终南山结草为楼，以观天象。姜子牙入朝前就在终南山的磻溪谷中隐居，用一个无钩之钓，钓来了周文王的注意。财神爷赵公明也是在终南山得道。张良离开刘邦后，逃到终南山南麓的紫柏山，习辟谷之术，终得善终。高僧鸠摩罗什，曾在终南山草堂寺译经。药王孙思邈，曾隐居终南山而获得高名。

《大唐新语》中有个故事，有位司马承祯，隐居于天台山玉霄峰，自号白云子。当时有个叫卢藏用的人早前隐居终南山，后来登朝，官居要职，他见司马承祯要回天台山去，就指着终南山劝道：此中大有佳处，何必在远！司马承祯就说：以仆所观，乃仕宦捷径耳。

空谷君不知道，自己的半生会与这座虚虚实实的山，发生很深的纠缠。终南山庄别墅的后山上,有一条小路,沿小路爬上山去,那里就是另一个世界。她曾听一个去过山上拍冬景的摄影爱好者朋友说过,上面有好几千人生活,全国各地来的,都是隐居者。听到这句话时,空谷君早已司空见惯了,山上住的那个人也是这几千人中的一个,还跟她有剪不断、理还乱的联系。

除了老冯,她平时从不跟山下的人提起山上那个人。当人们说到那些穿着古风衣服的现代隐居者时,她总是一副不屑的神情。古代山下就是皇都长安,山上是另一个世界,上山隐居的很多人动机并不纯,只为一个"终南捷径"。那现在这些穿起唐装汉服、蓄起胡须、梳着道士髻的修行者们,又为什么要上山呢?她从不愿多想这个问题,尽管因为山上的那个人,她经常要上山去,也时常会在山上看到各种人出没——种地的,砍柴的,养鸡养鹅养狗的,算命的,练武的,卖药的。住在山洞里电也不用的,过着古代生活的,做艺术家的,每次她都看到有人上山,有人下山,但她似乎从来不好奇,也不关心那些上山的人们,除了他。

每个月的十号或前后几天，逢休息日，她几乎雷打不动地要背包上山。她知道的终南山上山道，有两条古道：一条子午道，是西安通往汉中、四川的要道。唐代由四川涪州进贡杨贵妃的荔枝，取道西乡驿，不三日到长安，这条道也名荔枝道。二是武关道，是西安经商洛通楚、豫的大道。唐代韩愈去广东潮州走过这条道，途经蓝关时，他写下了"云横秦岭家何在？雪拥蓝关马不前"的名句。

空谷君从终南山庄上终南山，也有两条路，一条近路，不开车只需步行，从园区后面水库边的一条上山路拾级而上，大约要爬一个小时的山，能到达目的地。自从政府在后山修了上山道后，走这条路基本上是安全的，但也很少有人走，因为这儿是别墅住宅区，闲人莫入，陌生人进出有保安盘问，并不是景区的山路。另一条路，必须开车，出别墅园区上公路，开出十公里左右，再开上盘山路，可以一直到达终南山上。停好车后，她只要步行十分钟左右就可以到目的地。

这两种路线的选择是随机的，她想偷懒就开车，想锻炼就爬山步行。冬天下雪时,她也照常开车上山。山上那个人跟她说的,真正的山野,是从内部到外部的空空荡荡,幽幽寂寂。山上下雪的时候,她感受到了。夏天时,山上虫多,她被毒蚊子咬过,奇痒难耐。以后上山,都穿长衣长裤,裹得严严实实,再涂好防蚊液。他也都是长衣长裤,屋子里点蚊香。还要喷一些药水驱虫。后来,他也学别人的样子,用晒干的野艾草熏屋子驱蚊子。春天时,山里的野花一片片的,很好看,她最喜欢春天上山,就像郊游。无论四季,山上都有特别舒服的时候,夏沐风,冬沐暄。但那些山上的苦,也是猝不及防的。

山上有老鼠,据说山里鼠还个头大。后来他养了两只猫,名字有点怪,一只叫老鹰,一只叫蜜蜂。虽然这是功能猫,她还是帮他网购猫粮。她第一次和他一起在山上的陋室度过长夜,她心里发慌,但他在身边,又有种地老天荒的悠长之感。夜里听到四围的蛇鼠虫兽之声,声声可疑,又听到吱吱声,怀疑是老鼠进了屋,很怕老鼠会跳到床上来,她又不敢说出来,紧紧地抱着他,有点颤抖。山上第一夜，他们都不适应。他搂着她，她说起《源氏物语》里的光源氏，和一个叫夕颜的美人连夜私奔到一处无人的古宅，两人颠鸾倒凤一夜，早上光源氏发现，美人已经死了。他说她太会联想了，真要死的话，也是该男的去死。她说，男主角怎么能死呢？他索性关了灯，紧紧地抱着她，两个人缠绵到筋疲力尽才沉沉睡去，他几乎是一个完美情人。次日一清早，她就听到了鸡叫狗叫的声音，应该是百米外的某处院子传来的，又听到小鸟们在林梢间清唱，她看到熟睡的他的侧颜，她觉得这一天她是非常幸福的。后来渐渐习惯了，她就不再害怕山上的声音。

平常日子，她上山时所见，也觉得不是绝对清净的，更不用说空无。这几年，山上一些废弃的老宅子，很快有了人居住，这些人之间，又彼此有了走动，就不那么单纯了，构成了山上的小社会。上山的外来者多了，山上的可住之处，也一样奇货可居起来，一样的哄抬物价，也有暗耍心术的，不讲武德的，明争暗斗的，总之人间的麻烦，山上也并不少。

杜泾渭那次得了阑尾炎后,下山休养,在山下待了一段时光后,又上了山。这时体内的元气恢复得差不多了,雄性的欲望一点点苏醒。后来一次她上山,两个人形影不离的,他像个软弱的弟弟那样地黏着她,这是以前不太有的。他有几次像是沉思,自言自语道,山上什么都好,就是我舍不得你。那一天她感到,两个人在情感上似乎有一种压抑着的不舍,晚上他们做爱,这种做爱不叫激情,应该叫缠绵,他们都被将来可能的彻底分离煎熬。第一次他很小心地做了措施,可是他们缠绵得很深,一晚上没怎么睡,迷糊醒来,他又抱住她,他一碰她,她就有回应,两个人又温柔地缠绕上了,没完没了,他也不怎么用力冲撞,只是彼此交缠着。

第二天白天,她洗了床单被套,山上的阳光正好,洗晒后照过阳光的床单,在下午四点后收了下来,闻着香喷喷的,她就依然把这套有太阳香味的床单铺上了床。她又给他洗了衣服和内裤。洗内裤的时候,还能强烈地感觉到他是她的人。可太阳正在一点点西沉,到五点,她要下山了,必须在黄昏前下山,不然,又不想走了,想陪他一起在山上。

他送她到了某个山间小路,一路牵着她的手,到了一处下山路口,就停住了。他平静地抱了抱她,她转身下山。十里长亭到了终点,他依然站在那儿,看着她下山。她知道他在目送她,又恨他至此就禁足了,是个凉薄的人。她知道等她差不多到山脚的时候,最后的夕阳也沉没了。他会回到他的山居里,也不知道他每日是怎样打发时间的。她曾问过这个问题,他回答说,从来就不存在打发时间,时间是自己在流动的。他还说,他和时间的关系,是若即若离,从过去到现在再到未来,无始也无终。她说,你在山上的时候,时间已经失去了意义,所以你摆脱了时间的束缚,你不再感知流光容易把人抛弃了,你就是一个自由的人了。他说,也可以这么说,其实,你也是有点哲学天赋的。她苦笑道,谁让上帝给我一个形而上的男人呢。

他,杜泾渭,就有这个魔力。他像一个天使、哲学家、诗人、人类预言师、心理学家、星象研究师,更重要的是,他是一个特别柔软的情人，或手足。黄昏时，山上的灯火零零落落，此起彼伏的鸡犬鹅鸭归巢之声，几只松鼠跳过野树，一只猫上了屋顶，乌鸦凄厉地叫了数声，有时是云雀在叫，猫头鹰也醒来了。半空中飘着一些不太密集的炊烟，山上有些人在走动，也不知要到哪儿去。山上的人们，形形色色，只是有点神秘，也不知道要到哪里去。有些骗子穿上"戏装"，这个时辰也出动了，不能等到天黑透了才出动。黄昏笼罩下的这一切，似乎都在增添山人杜泾渭的魔力。可是她确定她的世界不在山上，她贪爱红尘，她至今仍然喜欢都市、社会、人群，人来人往，熙熙攘攘，喜欢饭店、咖啡馆，喜欢陌生的城市，她只要偶尔的离群索居，从来没有杜泾渭这种奇特的追求。

整片终南山山域中，太白山海拔三千七百七十一米，是终南山的最高峰。她和杜泾渭一次也没上去过。杜泾渭寻得的山居小院海拔不到两千米，他既不是为了去修炼，不是为了求长生不老，也不是要当道士，不是为了当隐士名士，等着兑现"终南捷径"，那么——为什么一定要在山上呢？杜泾渭曾经说过，一切生活都是荒诞的，是阴差阳错。他热爱大海，从小向往大海，收集了很多的海螺，他梦见过钱塘潮，结果他没有去海边，而是上山了。

杜泾渭曾经说过，如果你想生个孩子当母亲，就去找个人生，不要耽误了自己的生育年龄。可孩子来了，是山上那个人的。她怀疑让她怀孕的是山上的那个中秋之夜，可能是两个人情感交流的最后一次回光返照。她有她的骄傲，不想以孩子为名扰乱他的执念。这个孩子来得太晚了，永远地迟到了，山上的人看起来心意已决，不欲做回凡人。于是她不跟任何人商量，默不作声地去医院拿掉了孩子。走出医院那一刻，她以为自己跟杜泾渭的情感连接从此真正地了断了。

一个月后，她身体恢复了，独自去了一趟西藏，回来后又照常上山，这次她开了车，她找了个借口对他说要早归，杜泾渭不说什么，依然送她上车，站在那里目送她。从此以后，她就不在山上过夜了。

回到山下，就过山下的日子。渐渐地，山上那个人的影子又远了,生活恢复了平静。老冯刚要进入她的私人生活领地,他们还在尝试阶段,小心翼翼的,两个成年人之间,气氛友好,彼此体谅。老冯总是说,我们要努力一下,我们可以的。有时候老冯说,两个人比一个人好。

又过了几个月,她上山后跟他说,她有了一个男朋友,想试试看过两个人的日子。他摸了摸她的脑袋,点了点头,又抱了抱她,放开。她说,你快得道成半仙了。他说,永远不会,我又不修道,不做道士。这次他告诉她,最近偶尔写一点文字,记在笔记本上。以后他死了,就交给她处理。征得他同意,老冯就成了终南山庄的不定期居住者。再后来,不定期变成了常居,老冯成了他人眼中别墅的男主人。

她时常走后山小路,到了某一处高坡上,停下脚歇一歇,往下边水库处俯瞰,曾在水库边看到一男一女在钓鱼。后来,她又看到一次,不知是否是同一对男女。

冬去春来,不觉已是夏天,这是她上山下山的第四年了。端午这日,她上山是徒步的,走的是水库边上终南山的小山道。远远又看到一男一女,在水库边隐蔽的干草堆上抱在一起,剧烈地起伏着,好像在野合。她想,这荒郊野岭的,没想到还能发生艳事。激情中的当事人肯定不知道,上山的小路上,有她的一双眼睛。当然宇宙之上,还有很多双眼睛。而她对水库边的那对男女来说,在世界之外,就相当于不存在的事物。

她现在已是爬山的好手了。两千多级石阶,弯弯曲曲的山路,晴天时她习惯了带一根登山杖攀登。逢雨雪天气、大风天气,她就开车上山。这趟她去山上,差不多是午后两点走进了那个她已经到过无数次的土墙小院时,她发现院子的木门上,还挂着一把艾草。

再进去,土院子似乎变了点模样,矮墙上的有些破瓦片好像换成了新的。鸡栏、狗窝是之前就有的,新开辟了一小片菜地,菜地上新种了地瓜和茄子。最重要的是,她发现太阳下的晾衣竿上,除了山上那个人的换洗衣裤外,还晒有两件女人的花衬衣,以及几条腊肉和腊肠。

她满腹狐疑地走进屋子里,发现屋子里也比以前更井井有条了,每样东西都擦得一尘不染。山上那个人正好不在，屋子里的桌子上，摊开了他写的字，她凑近看了一眼，看到他用毛笔字抄录的，正是她第五次进藏后写的一首诗。她记得，那次她在拉萨的医院给他打了电话，她病稍好后，就改签机票提前回了西安，她在飞机上写下了这首诗——

寒冷和温暖失去边缘
世界如苍茫的雪地
我从哪里来，又将去往哪里
记忆还重要吗？一切都不重要
我宁愿沦陷在寒冷的世界
陌生的人群和混沌之初
那场虚妄的爱情

雪地覆盖住心念中的微热
就让所有人踩踏我的头颅
我不是他们，我站于世界的边缘
看猩红的，我的疼痛

我曾经赤裸的爱情

想以世纪的沉重,癫狂的快乐

拯救即将枯萎的灰色面孔


而我终将离开

离开雪样的影子

和雪样的呻吟,再以迷顿之眼

看微笑背后永远的陌生

看人群里随行的墙

看聚合的颜色,盛宴过后的饮泣

看虚妄的爱情怎样锁住咽喉


于是我昏睡,将自己的形骸

放浪于众人脚下,我昏睡于

寒冷的雪中,那些美丽的温暖

我睡去了,如果世界也不曾醒来

那么窒息吧,用残忍来换取恶毒的快感

从此我跟随,狄俄尼索斯的脚步

走进沉醉不醒的花园,和不醒的我的躯体

此刻她坐在他常坐的位子上,一动不动地静默了一会儿。后来,她想起什么,从他桌子的一个抽屉中翻到了一个灰色羊皮本子,那是她某个新年送他的礼物。他说过记了一些文字,以后会留给她处理的。她犹豫了一下,翻开羊皮本子看了,她看到了他记录的几个梦——

第一个梦

梦见自己冒雨下山。半山腰遇到一群人,道士,道姑,读书人,一个少女像从前的黄莺,他们占据了整个石阶,讨论一本书,他的路被堵上了。他说喂喂,你们让一下,无人听见。那个像黄莺的小姑娘说,书里写的不一定就对。他叫她,她也不应,好像根本不认识他。他在薄雾中,转身上山。后来他发现她追上来了,问他,究竟是什么东西诱惑你到这个荒凉的地方来的呢,难道你只是为了想在这里待下来而没有别的意义?他说,我也不知道为什么要待在这里,我并不是追求意义。后来这个像黄莺的小姑娘就在半山腰的雾中看不见了,消失了。

第二个梦

梦见一本越读越长的书,不知写于哪个年代。他在山下的院子里读,在水库边的林子里的一块石头上读。一处海边的陌生地方,有一个修士模样的人,在他面前放下一堆书就走了,身影模模糊糊,也没有人说话。然后他梦见自己不会说话了,成为失语者。有张陌生面孔在海边随潮水退去。他清楚地听到他最爱的海潮的声音。

第三个梦

梦见父亲和母亲。问他你在山上好不好?梦见父亲说,不要相信那些虚无缥缈的东西。母亲说,爱一个人并不是虚无缥缈的东西,我爱你的父亲,爱了一辈子,如今我们在那边,经常一起散步,很幸福。父亲说,你母亲在我眼里,还是从前那个不认路的小姑娘,现在我总算有时间陪她了。他看到一栋西式建筑,有"失乐园"三个字,父亲和母亲说完话走进去就不见了。他又看到"失乐园"的"失"字不见了,他只看到"乐园"两个字。待他要走进去时,花园房子的雕花铁门被风一吹就合上了。

第四个梦

他梦见了一个小女孩,叫他爸爸,爸爸。她在前面跑,荡秋千,咯咯笑,爸爸你来追我呀。他在后面追,小女孩一直在前面跑,在花间小路,在小溪流边,在一大片草地上,他依稀看到她天真美妙的侧影,他心里知道她的妈妈是谁,可是想不起她的名字。他想跑上前去抱起她,但她一直在前面跑跑停停。她欢笑着,不肯转过身来。

第五个梦

梦见大雪封山,他喜欢冬季之末,所有的事情终于告一段落。一个人住在山上村庄里,看着茫茫大雪,狗叫几声,鸟叫几声,闭门读书喝茶。这时山下黄莺的声音细细长长地传上山来。喂,你不下来了吗?我以后不想上山了。她说。山冻住了,山下的人再也上不来了。他梦见大雪变成了细雪,还在下着。

第六个梦

他和黄莺从师范大学水库边上的林子出发,穿过一片亮晶晶的湖面,他们一路走,风景和房子都俊美。黄莺说,我看到有四种翠色的鸟儿飞到湖对面去了,我们也到湖对面去吧。他说等他在湖边钓上一条鲤鱼,他们就到对岸去。后面他好像钓了两条鲤鱼,他说现在我们到对岸去吧,他们就一起游到对岸去了。他看到湖上有游轮开过,水波一浪接一浪的。她说,世界上的水都是相通的,我们游到多瑙河去吧,他们游了一会儿,黄莺说,现在我们到家了。他问,我们在哪里?她说,我们回到了你的故乡维也纳,我们会在这里老去。后来他梦见自己死了,就像睡着了一样,黄莺一直陪在他身边,她说我把所有的月季和你的兰花都搬来陪你了。等你死了,我把所有的花盖在你身上吧。

第七个梦

他梦见自己很老的时候最后一次下山,到了最初的别墅房子里。进屋去巡视,似乎一切还是他在的时候的样子,他的书都在,他的望远镜也在,只是不见兰花。他问黄莺,我的兰花呢?她说,都在山上,我养不好。他又梦见一个老得多的黄莺上山来告诉他,你前几年已经在山上过完了一生,我来送走你之后,又过了几年,我在山下也平静地过完了一生。

她读着他的记梦。不知过了多久,听见院子里的门被推开,是他进屋的声音,她连忙擦了擦眼睛,站了起来,迎去门边。原来他从山里捡了一个看起来土里土气的陶罐回来了,跟在他后面的,还有一个土里土气的女人。她愣了一下,狐疑地看了那女人一眼,那女人看起来比她年纪要大,很朴素的衣着,也没有什么修饰,女人见到她,也愣了一下。

他见到她来了,眼睛亮了一下,对她说,你来啦。跟她一起走进屋子,那女人也跟着他。他转头对那女人说,你今天先回去吧,我有点事。那女人站了一会儿,他指指陶罐说,明天可以用这个罐子做皮蛋了。她答应了一声,也不跟她打招呼,转身走出了屋子,去院子空地上收了衣服,又进来了一趟,把衣服放进了里面他睡觉的屋子里,才走了。

女人走后,他对她说,刚才那个是林嫂,她借住在她老乡跟人合租的一个小院里,离这里就一里路。现在她时常来帮我做点事情,我给她点钱。她挺会照顾人的,自从她来了之后,我在山上的日子要舒服多了。

她在屋子里到处转悠，好像坐不下来，忽然觉得自己在这里是客人了。她说，她也陪你睡觉吧。他承认了，说，偶尔一次。有时，我也感到寂寞。她也是个寂寞的女人，听说离开了安徽老家的家庭，也不知遇到过什么事情，我也没问她，一个人在山上住着，交一点租金给老乡，打打零工过活，也没什么文化。她说，我理解的，山上有个人暖床也好。他说，黄莺，她是个极普通的女人。我不知道自己有时还会脆弱，有时还会有性欲。他自嘲道，连加缪都说，性是一种难解的、独自存在的异体，有时候会一意孤行，让人毫无招架之力。她说，这很正常啊，你还没有成仙。他说，今天你来，看见她了，也好，她也看见你了，她知道自己的本分，她人挺善良的。她看看他，不知说什么好，想掩饰心里的难受。他说，一年年过去，我不能总拖累你按时上山，那样我太自私了。我希望你能过上正常的生活，跟那个老冯好好过吧，不要老是牵挂我，可以跟他生个孩子。她想到曾经打掉的孩子，默默不语。

他又说了一些有了林嫂帮忙后的好处。比如，她不用为了给他理发每个月准时上山来。他到现在还是老习惯,到了时间不理发,人就会很难受。林嫂也可以帮他理发。还比如,他和她两个人都不会杀鸡,他现在养的四只鸡除了生蛋,只能给它们养老送终。有了林嫂,必要的时候,林嫂会杀鸡。他自己不愿意种菜,因为种菜需要施肥,有了林嫂,院子里种菜的事情可以交给她,红薯、西红柿、萝卜都有了。她听罢,就说,你只管养你的兰花就是了。

傍晚,屋子里开了灯。他做饭给她吃,鸡蛋、蔬菜都是自家的。她带来了端午节的食物:粽子、咸鸭蛋,还有几块腊肉。她还给他买了两双新的布鞋,一条牛仔裤,几双袜子,茶叶,猫粮狗粮。吃饭的时候,她虽然仍然伤感,但是渐渐平静下来,她夸他做菜的手艺进步了,他说现在烟抽得少了,茶依然喝得不少。她看到他牙齿的状况也还不错。上山前,他去口腔医院洗过一次牙,后来下山的那次再上山前,又洗过一次牙,看来他对自己的身体依然是在意的。她说,之前有一两年,我也抽过一阵烟,现在不抽了。他心疼地看了她一眼,说,你别抽了,戒了好。他们相视一笑。

她想起自己有了老冯相伴后,已经很长一段时间没在山上过夜了,总是中午后上山,当天天黑前下山。这天他送她下山时,他们看见大块的棉花云团浮动着,随之一大颗最后的红日瞬间落入山中,不见了,天马上就暗了下来。他照常送她到下山小路的石阶处,停在了那里。她说,我还会上山来的。他"嗯"了一声。

她一步一步下到半山腰,似乎感觉到他还玉树临风地站在下山口。不知不觉中,他已是知天命的人了,也许是山居岁月的清淡,一年年过去,他还是给她玉树临风的感觉。她一步一步下山,几百级山道之后,山上的世界,离她越来越远。她俯瞰山下的水库那边,荒野无人,四下寂寥,刚才野合的男女早已不在。她忽然觉得自己走不动了,悲从中来,不可断绝,就坐在半山腰的一块石头上,放声大哭起来。傍晚渐浓的山雾,渐渐笼罩在她身边。等她平静下来,抬头忽见山腰间群鸟飞舞,声势浩大。

## 2. 有个道士

这个世界上，有一些荒诞不经的事，由正经之人的嘴巴说出来，是否就不那么荒诞了？

比如说，中国有个秦岭山脉，秦岭有个终南山，自古就很有名，千年以来，就不断地有人上山，有人下山，各怀目的，各怀心事。终南山上，有一些道士装束的人，或许只是个无业游民，在山下混不下去了，去山上试试，坑蒙拐骗也未知。其中有一个人，闲来无聊，喜欢拿个旧望远镜看山下世界。到山上后，又学了一点梅花易数。这个望远镜有自己的脾气，有些该看到的，这旧望远镜看不到，不该看到的，这旧望远镜却跟个多棱镜似的，看得格外的清晰。也可能这望远镜从山下到了山上，经过大自然元素碰撞和光和作用，发生了化学反应，因而产生了异变。这个人在望远镜中看到山下的城市，有许多天霜雪连天。又一日，见半空中有流星坠落，又一种怪异的雾气弥漫半空。

有时残阳似血，有时雾霾又遮天蔽日，吉凶变幻，诚不可测。山下的一大块空地，后来造起了房子，开发成了一个别墅区，房子一幢幢地卖出去了，有欧式建筑，有美式建筑，有中式建筑。他知道那是一个当今的富人区，只有富人才住得起这样气派的房子。

他在望远镜中，首先看到的是一个女园丁，每天在这一片空旷的别墅园区里忙活。园区里进进出出的，很多是园丁和保安这些工人，他们有的骑着自行车，有的骑着小电驴。后来别墅区里人多起来了，一些形形色色的人出没，各种轿车、越野车开进开出，有了生气。嚯嚯，他想，这地方搬进去的人越来越多了，有钱人真是会享受。正可谓，乡下穷人进城了，城里的有钱人却到乡下了。道士装束的此人看多了几个人，对他们的脸有了一点印象。后来他看到其中一个别墅的院子里，时常有一群女人进来聚会，这院子里种了很多花，比别的院子都好看。二十个左右的女人围坐在一张长桌子前，桌上有书，有水果，有各种点心。这些女人看不清是俊是丑，他看到天气好的时候，阳光就洒在她们身上。他又"嚯嚯"了两声,自言自语道,这些阔太太就是悠闲。

有一天此人吃饱了饭,又骗了一顿好酒喝,一时兴起,就用梅花易数占了个卦,看山下这几个人的未来,这未来也关系到一个叫"林中空地"的读书会的参加者们后来的事。后来的岁月里,如下事情或许发生了,也或许根本没有发生过。

"林中空地"后来的事,说可预测,也未可预测。老冯在终南山庄长居后,时常夜观星空,一向认为凡事是可以预测的,不然历经了几千年岁月的《易经》就站不住脚了,孔子又为什么说,《易经》是六经之首呢。

小郭,端午那夜,从终南山庄边水库夜钓受了惊吓回去后,生了一场病,上吐下泻了好几天。两个星期后,她递交了辞职报告,她的老板刘胜天很快批准了,也不问她的去处。几天后,他给她的账户打了一笔钱。一个月后,他收到小郭的信息:谢天谢地,我没有怀上狼崽。我们的云间先生对着这条信息笑了,又摇了摇头,放下手机去给院子里的鱼池换水，现在他的鱼池时常有些新鲜的水库鱼入伙。云间先生清理鱼池的时候，对围在身边的塔西佗说，我有时是人，有时是狼，有时是鱼，有时又是钓鱼的人，您说是不？塔西佗汪汪地叫了几声，表示同意。

因为疫情的影响，天竺山的"小天堂"农家乐项目经营不景气，商洛子弟孙树人一个人在老家商洛苦苦支撑着，又不甘心"小天堂"就这样关门大吉。大树哥因此殚精竭虑，老家的哥们儿日子都不好过，正指望着他带领兄弟们发财。有时候，他们这伙人就凑在一起借酒消愁，人在终南山庄的孙巧云，很为大树哥的身心健康担心。

大树哥的台湾太太被困在宝岛，两地往来多有不便。海峡两岸分居了两年后，他们好不容易回到了广州的家，谈了一晚上，决定友好分手。两人很快签署了离婚协议，因为有共同的继承人，财产分割也顺利，台湾的公司归前妻，广州的公司归大树。大树打算离婚后，将他的"小天堂"继续经营下去，用广州的公司来撑住"小天堂"，但广州的公司现在没有前妻替他管了，他暂时脱不了身，分身乏术。

云间夫人,也就是孙巧云,听说大树哥的变动后,忽然有种冲动,她不想再做云间夫人了。有一天,大树哥正好从广州回到商洛,巧云得知,就召唤大树哥从商洛开车来到终南山庄,这也是大树哥第一次见到终南山庄。巧云说,你确实该来看看我过的生活了。于是大树哥就来了。他第一次走进了巧云经营多年的家。他参观了巧云的院子、客厅、厨房,在巧云自己的房间里看到了一个精美的书架,书架上有很多的书。大树哥说,你是个女秀才啊,你看的书,我可能一本也没看过。巧云说,这有什么关系,你自己差不多就是一部武侠小说。大树哥哈哈大笑,说巧云越来越会说话。他们去院子里喝了会儿茶。喝茶时大树哥说,这几年,我广州的厂经营得倒是很不错,奇怪,电子琴的市场好像变大了。所以我把"小天堂"养起来也没问题,让兄弟们都有条活路。

大树哥走后,云间夫人决定暂别终南山庄的家,帮大树哥经营天竺山脚边的"小天堂",也不知道自己还会不会回到这幢房子生活。作为云间夫人，她和云间先生有一儿一女，这是改变不了的事实，他们是一家人。那天晚上，云间先生成了那个被宣布了人生决定的人，他看着眼前过于熟悉又过于陌生的妻子，错愕很久，却保持住了镇定，既没有骂一句脏话，也没有摔一个杯子，更没有动手打人。眼前的这个青春不再、容颜已老的女人，是要像娜拉那样出走，跟人私奔，还要创业？他有点不相信自己的眼睛，他依然有些轻慢地说，你这是要玩真格的吗？你可要想清楚了。于是她跟他说，这么多年，你从来没有想了解我。

临走的那一天上午，云间先生到城里上班去了，孙巧云收拾了三个大行李箱，大树哥特地从商洛开车来接她。巧云笑说，为了你的梦想，我做不成别墅女主人了。大树哥说，你是到"小天堂"做女主人。巧云说，那我们出发吧。

大树哥帮她把三个大箱子搬上了越野车，大树将越野车开出终南山庄的大门后，巧云看见在人行道上走着的银桂，大声叫了一声"银桂"，银桂说，巧云姐出门啊。巧云说，我要出去一阵子了，随时联系。银桂说，巧云姐，你看着像有喜事啊。巧云哈哈笑着，跟银桂挥了挥手，绝尘而去。

出了终南山庄大门，巧云打开手机音乐，将李克勤的《红日》找了出来，将音量放到最大，"命运就算颠沛流离/命运就算曲折离奇/命运就算恐吓着你/做人没趣味/别流泪心酸/更不应舍弃/我愿能一生永远陪伴你"，巧云和大树跟着音乐，同时大声地唱了起来。中午，他们开车从秦岭沣峪口入山，到了广货街，两人在一家饭店坐下，要了一只笨鸡炖汤，切了一大盘子老腊肉，又切了一大盘麻辣香肠，大快朵颐。吃不完的腊肉，又打了个包，带上了车，说要在路上吃。巧云豪爽似女侠，对大树哥说，你开你的车，我还要吃我的肉。大树笑道，尽管吃吧，想吃多少就吃多少，没人嫌你吃相难看。他们就这样一路嬉闹着，说说笑笑，开到了商洛。

云间夫人走后，云间先生着实愤愤不平了一阵，似乎他从来都不曾好好认识过她。她是谁？她到底有几副面孔？

她是孙巧云还是另一个女人？云间先生感觉自己身上的一些东西坍塌了，瓦解了，重新建构一个新的世界，他还需要时间。这房子里，处处有云间夫人的气息，好像这终南山庄的别墅就是一座博物馆，她曾为这个家做的努力，都收藏在这个空间里。比如他的卧室里，他所有的睡衣、内衣裤、床单、被褥、袜子、拖鞋等等，连同柜子里的樟脑丸，都是她买来的，替他归置好的。电动牙刷，不知什么时候已换过新的了，一样是他喜欢的浅蓝色，不注意的话都看不出来是新换的，而且总是充满电的。她才是这个家真正的主人啊。他心里有点难过，感觉自己像个被抛弃的小孩一样，在这个大房子里，他有些孤独。她走后，他第一次通宵亮着灯，他失眠了，胡思乱想，想这个女人这会儿在哪里，正在干什么，是不是跟另一个男人睡在一起。以前他从不关心这些，也从来没有想过她会离开，没想过也许会有别的男人喜欢她，爱她，把她当心肝宝贝，要把她抢走。他从没想过，他端庄平静的云间夫人变成一个烈焰红唇的女郎，她一高兴，会跳起霹雳舞。

渐渐冷静之后,云间先生又想重新修复跟云间夫人的关系,因为他对这个女人有了新的好奇心,他认为:她不简单。但他努力了一阵后,云间夫人那边不咸不淡的。她总是很忙,说想把"小天堂"活得更活些,她的思维方式好像正在变成一个女企业家,像电视上接受采访的那种干练又有几分风情的女企业家一样。他又觉得这样的结果也未尝不可,他们不再有男女关系,但还是像家人。

云间夫人不在家的日子,他依然每周末到终南山庄来住,身边又有了新的小红颜。此外他床头的"钓鱼系列"图书里,又多了一本《渔具列传》,是一个叫盛文强的年轻人写的。这本书是那位新的小红颜送他的。

他仍然独自到水库边去钓鱼,时常一待就是一天,没有小红颜再陪在身边,垂钓的战绩比从前好多了。后来有一次,他在一个城中的酒会上碰到了从前的小红颜郭雅玲,她现在看起来更漂亮了,容光焕发,像一朵铿锵玫瑰。小郭看见他后,特地前来敬酒,说感谢刘总在水库之夜给她上了人生的重要一课。他们碰了杯,两个人都大笑起来。

那一刻，云间先生忽然觉得自己老了，回家后，他把剩下的伟哥统统倒进了抽水马桶，并且萌生了退出江湖做钓鱼佬的念头，但这件事并不能由着他自己，还得看他的一儿一女意下如何，肯不肯回西安，接过他的班。

空谷君的"林中空地"读书会，就这样少了几名成员，后来又陆续加入了几位新人。

"林中空地"的新人银桂，她前夫家喜在老家无一技之长，没有出路，疫情这几年钱更难赚了，嚷嚷了几次，要到西安来找银桂母女俩破镜重圆。银桂说，你不要来。家喜说要来陪女儿，他想女儿了。银桂说，法律规定了你可以探视女儿的，但法律也规定了，你得付女儿的抚养费，家喜就说他现在没钱，等赚到钱了就给。银桂说，那等你能付抚养费了，就来看女儿，这样女儿面前也说得过去。银桂想好了，万一家喜真的追到西安来了，就和小赵、女儿小灿三个人一起面对家喜，让他知道她有新生活了。但是家喜后来又很久没跟母女俩联系了，也没有一分钱寄来，神龙见首不见尾。

因为某些不可抗力的影响，小赵和银桂原打算自己做网商加直播来做园艺的计划，无奈暂且搁浅了，他们都是很审慎的人，打算再存一点本钱再说。小赵许下的五年内带银桂去巴黎的愿望，恐怕一时很难实现，不过银桂安慰小赵，面包会有的，巴黎也会有的。

银桂倒是遇到了一件十分好玩的事。她还在那对明星夫妇家中做园艺。有一天，女主人，也就是那位导演说，她要以终南山庄为主景拍一部新的科幻电影，男主角还是她丈夫。银桂很好奇，一边做活，一边说，原来这里也可以拍科幻电影呀。女导演说，银桂，你不觉得这里很有科幻感吗？银桂笑说，我还真没想过。女主人说，我的电影里，需要一个女园丁，银桂你就本色出演好了。银桂说，我哪里会演电影啊。女导演说，你就像现在这样，演你自己就可以。女导演的片子，有一个场景是在丁香园区的后山拍摄，有银桂走向山坡处一块林中空地，挖一棵李树的树苗的镜头。银桂一边劳作，一边心里想着，我就做自己好了。

后来一次，银桂去女导演家中做活，中间茶歇，女导演邀请银桂看她拍了的一些电影镜头。银桂看到自己在镜头里，那个女人又像自己，又不像自己。女导演很爽朗，人也健谈，她主动跟银桂说，她比她丈夫大五岁，非常爱他，就想为他拍几部电影，让他红。银桂深为羡慕。她和小赵曾在手机上看过电影《魔戒》三部曲，非常喜欢。银桂说，我怎么感觉像走进了《魔戒》的中土世界？女导演哈哈大笑，说，银桂，你真聪明，你的感觉对了，我要的，就是这个效果。

这是银桂自参加"林中空地"读书会后，再一次产生飞升到生活的半空中的感觉。她等着这部科幻电影杀青，看电影中的自己。女导演说过，会请她去首映式上看电影。

巧云也来联系银桂。想聘请银桂和小赵去商洛的"小天堂"技术入股，并主理一块花木园区，银桂回复说，她想等半年后，小灿小学毕业了，再做决定。巧云说，银桂和小赵，你俩都是人才啊，随时恭候。

"寄居蟹"老冯仍然和空谷君一起住在终南山庄，一天天地老了，"造人计划"曾在空谷君心里一闪而过，但事实是，他们处于无性状态已经很久了，一个仍然热衷于"林中空地"，一个仍然热衷于深空摄影。空谷君有一个愿望，她想把山上那个人请下来，给读书会的成员们讲一堂课：加缪的《鼠疫》。

自从云间夫人出门后，塔西佗时常寄养在空谷君家里，只有云间先生回来时才回到自己的家。公狗塔西佗和母狗海伦，两条终南山庄的老狗，也进入了它们的暮年，只要有太阳的日子，两条老狗就在自家的院子里打盹，互相舔着毛，继续打盹。据说异性相悦乃禽兽本能，塔西佗和海伦也具有某种神奇的社交倾向。只是塔西佗依然难以克服它幼年时期作为装修队狗狗的记忆，它九岁了，依然一有机会，就钻到原来装修队队长的小床那位置，现在那个客房几乎无人来睡。有一天，云间先生不依不饶地想把它从床底下拖出来，结果塔西佗忽然发威，咬破了云间先生的手，云间先生的手顿时肿了起来，鲜血直淋，他只好忍着痛开车去镇上的医院缝针，还要打狂犬疫苗。云间先生气得不行，回家后就用一条铁链将塔西佗拴在了院子里，又饿了它两天，塔西佗好像知道自己犯了罪，几天耷拉着脑袋，一声不吭。有一天，云间先生看到塔西佗的样子，它已经是一条不折不扣的老狗了，没有一点高贵的样子，相反，倒像是在贫民窟里流浪惯了的、穷途末路的老狗。他心里一阵嫌弃，把塔西佗带到车上，开车十几公里，去了他经常去钓鱼的那个水库边。塔西佗脖子上的铁链子被解下后，跑到野外尿尿，又标记新地盘的时候，云间先生赶紧开车跑路了，奇怪的是，塔西佗并没有追来。云间先生本想不要塔西佗了，由它重新当野狗去，自生自灭。过了两天，西安下起了一场暴雨，雷电交加，云间先生在西安城里越来越不安，就不顾坏天气，开了一小时的车回到终南山庄，坐在终南山庄的客厅里，心里仍然不安，再次发动了车子，去扔掉塔西佗的水库边找塔西佗。他在雨中边找边呼唤，有时喊塔西佗，有时喊灰灰，找了一个多小时，浑身都湿透了，也不见老狗塔西佗的影子。他想塔西佗可能死了，它现在患有关节炎，不可能跑得太远。但如果真的翻越了眼前的山岭，那么塔西佗就从北方的黄河水系穿越到了南方的长江水系。

老狗塔西佗不知去向,从此,云间先生的心里又缺了一块什么,那空洞变得更大了。

在山下的人们始终相信,坏年头总是能熬过去的。至于山上的那个人,慢慢地老了。在他下山来给"林中空地"读书会讲《鼠疫》之前,除了空谷君,已经很少有人记得他的样子了。

但是世事确实很难预料。山上那个打扮成道士的人,有一阵子时常看到山上那个叫杜泾渭的人,并对这个人产生了奇怪的兴趣。他也可能会下山,虽然他在山上从未碰到这个人,但他在旧望远镜中,几次看到了这个人下山。事情很可能是这样的:那个叫黄莺的女人,有一次上山后,悄悄带走了山上那个人的一件东西,那是一个已经写满了字的灰色羊皮笔记本,她将他所有的文字都输进了电脑。后来她又把这些文字给了一个出版社的朋友。等山上那个人知道时,这本书一个月内就加印了多次,他的名字火透了半边天。她再一次上山时,将书和版税交给了山上的他。

很奇怪，他并不怎么生气。他成了现代终南山上的名人，有好几个国内大牌出版社的编辑上山拜访他，想约他的下一部书稿。他说，这些文字，本来是想在他死后留给她的，她却说她一次次地读了，很喜欢这些文字，不想让它们只躺在他的抽屉里，而且她觉得自己不该独享它们。她说，你知道的，如果卡夫卡的朋友遵守卡夫卡的遗嘱，把他的文字都烧掉了，那么你就看不到《变形记》了。他无言以对。此后他虽然人在山上，却有了美国隐士作家塞林格那样的烦恼，总有人上山来找他，有些姑娘为了得到他一个签名，特地上山来找他，有人偷拍他在山上的生活，发到抖音上去，有人赞他是中国的塞林格、梭罗，也有人说他是装腔作势的伪隐士。有时候出版社的编辑还央求他，能否下山来做几场全国巡回的新书活动，他一直拖着没有答应，但是出版社的人，软磨硬泡的功夫就是好。这来自山下的意外的喧闹，使他不胜其烦。

他人生许多年来，第一次必须直面巨大的名利诱惑。这件事情让他内心既高兴又烦恼，他仍然想待在山上，他想在山上找一个更隐蔽的住处，不让别人找到他，但是又舍不得现在已经很习惯的、用他的双手一点点改造过的院子。他并不适合进深山老林生存。经历过这一段意外的"喧哗与骚动"之后，现在轮到黄莺教育山上的那个人了。她跟他说，我们并不知道，以后的人生会发生什么，也并不知道再过十年，你在山上，还是山下。我们连生死都不能预知。他觉得黄莺说得很对，世事难料。他还发现，黄莺说话的那腔调，越来越像从前的他。不过他仍然保持着清醒。他想到，现在的人把他当成偶像，只是一时新鲜，这实在是太荒诞了。但既然世界的本质是荒诞，那么他无非就是荒诞世界中的一个荒诞之人。等到有一天，山下的人们再次把他彻底遗忘之时，他就可以清净地在山上待下去了。

夜长梦多。又一年冬至日，长安城再度陷入不明的困顿之中，城中人们的心被乌云笼罩着。空谷君和老冯长日困居终南山庄，已半月足不能出户，山上的世界，好像也是死一般的寂静。这时候，夜间观星者老冯已经在自己的平板电脑上记了几万字的《星空手记》，配以上千幅的星空照片。为了不影响空谷君睡眠，两人已经分房而睡，每逢特别的日子，才睡到一张床上。有一天夜里，老冯闷得慌，半夜了，还在顶楼露台用望远镜夜观星象，空谷君在自己的房里辗转反侧，也睡不着，就披衣起身。她从杜泾渭的藏书中抽出一本书看，破天荒抽出一册竖版繁体字的《太平广记》，重新上了床翻阅起来，读到一则《陆生》——

唐开元中，有吴人陆生，贡明经举在京。贫无仆从，常早就识（就识原作欲试，据明钞本改），自驾其驴。驴忽惊跃，断缰而走。生追之，出启夏门。直至终南山下，见一径，登山，甚熟。此驴直上，生随之上，五六里至一处，甚平旷，有人家，门庭整肃。生窥之，见茅斋前有葡萄架，其驴系在树下。生遂叩门。良久，见一老人开门，延生入，颜色甚异，颇修敬焉。遂命生曰："坐。"生求驴而归。主人曰："郎君止为驴乎？得至此，幸会也。某故取驴以召君,君且少留,当自悟矣。"又延客入宅,见华堂邃宇,林亭池沼,盖仙境也。留一宿,馈以珍味,饮酒欢乐,声技皆仙者。生心自惊骇,未测其故。明日将辞,主人曰:"此实洞府。以君有道,吾是以相召。"指左右童隶数人曰:"此人本皆城市屠沽,皆吾所教,道成者能兴云致雨,坐在立亡,浮游世间,人不能识。君当处此,而寿与天地长久,岂若人间浮荣蛊菌之辈!子愿之乎?"生拜谢曰:"敬授教。"老人曰:"授学师资之礼,合献一女。度君无因而得,今授君一术求之。"遂令取一青竹,度如人长,授之曰:"君持此入城,城中朝官,五品以上、三品以下家人,见之,投竹于彼,而取其女来。但心存吾约,无虑也;然慎勿入权贵家,力或能相制伏。"生遂持杖入城。生不知公卿第宅,已入数家,皆无女,而人亦无见其形者。误入户部王侍郎宅,复入阁,正见一女临镜晨妆。生投杖于床,携女而去。比下阶顾,见竹已化作女形,僵卧在床。一家惊呼云:"小娘子卒亡！"生将女去，会侍郎下朝，时权要谒请盈街，宅门重邃，不得出，隐于中门侧。王闻女亡，入宅省视，左右奔走不绝。须臾，公卿以下，皆至门矣。时叶天师在朝，奔遣邀屈。生隐于户下半日矣。少顷，叶天师至，诊视之曰："此非鬼魅，乃道术者为之尔。"遂取水喷咒死女，立变为竹。又曰："此亦不远，搜尚在。"遂持刀禁咒，绕宅寻索，果于门侧得生。生既被擒，遂被枷锁捶拷，讯其妖状，生遂述其本情。就南山同取老人，遂令锢项。领从人至山下，往时小径，都已无矣。所司益以为幻妄，将领生归。生向山恸哭曰："老人岂杀我耶！"举头望见一径，见老人杖策而下，至山足，府吏即欲前逼。老人以杖画地，遂成一水，阔丈余。生叩头哀求，老人曰："吾去日语汝，勿入权贵家。故违我命，患自掇也；然亦不可不救尔。"从人惊视之次，老人取水一口噀之，黑雾数里，白昼如暝，人不相见。食顷而散，已失陆生所在，而枷锁委地，山上小径与水，皆

不见矣。（出《原化记》）

　　空谷君初读到吴人陆生骑驴误入终南山，以为有趣，就读下去，但她不那么喜欢读文言文。读完这一则《陆生》，书就掉在一边，她挨着枕头时，忽然脑中浮现出金庸小说《神雕侠侣》，小龙女正飘然来到终南山，白衣胜雪，凌波微步。太乙近天都，连山接海隅。白云回望合，青霭入看无。她在脑海中念叨了几句，昏昏沉沉地睡着了。

## 后　记

每次写"后记"的时刻,都是幸福的时刻。对自己说,终于,"后记"啦。此刻的杭州,春分日,大雨,马上进入子夜。

"林中空地",也在晴晴雨雨中,变幻莫测。

《林中空地》于我完全是一个"计划外"的小说,有点像一次天降良缘。如果说之前我的两个长篇小说《中产阶级看月亮》和《鹊桥仙》是经历了很长时间的酝酿,那么《林中空地》是突然发动的,说来就来了。

二〇二一年进入到秋天之时,记得那一天是十月七日,我从西安的女友念青的朋友圈看到,她一直在搞的民间读书会"林中空地"又有了新活动。西安终南山脚下,那一期的活动上,十三位中年妇女,包了七百个饺子。她们读的书是《喧哗与骚动》。两年多前,我在西安念青的家里吃过她包的饺子,着实迷恋饺子的味道。这七百个饺子的读书会,忽然让我想为念青写一个小说。

但一开始,我设想的只是一个短篇小说。因为我所了解的现实仅限于此,除此之外,是巨大的空白,我的脑袋空空如也。

这个长篇小说取名为"林中空地",因"林中空地"乃本书之"核"。海德格尔说过一句话,大意是真理有如林中空地。在这个小说中,"林中空地"贯穿了几十年的时间,从九十年代末伊始,至二十年代之初止,几乎直接或间接地,牵动了小说中所有重要人物的命运。

"林中空地",是师范大学时期的黄莺初恋的那一片心湖之投射,是她的大学老师杜泾渭的生命现场。曾经的那一片林中空地，深藏了黄莺人生格局的草蛇灰线，也种下了她一生爱情的种子。从她的师范大学时期，一直延伸到终南山庄别墅时期，原来一个人精神的投影可以拉得那么长，而给予其深刻精神影响的人，也许并不自知。

如果梳理一遍小说的时间线的话，我们可以看到——

九十年代末，是女一号黄莺和女二号孙巧云的大学时代，是男一号杜泾渭的大学老师时代，他曾经当过几年黄莺的文学课老师。这也是男二号刘胜天的大学时代，是孙巧云的一生所爱孙树人的广州拼搏时代。

二〇一四年，小阳春，黄莺和杜泾渭在小雁塔门口重逢。之后恋爱，又很快分开。

二〇一六年，黄莺和杜泾渭再度联系上。此后在终南山庄相守一年多时光。

二〇一七年四月，杜泾渭上山。

二〇一七年至二〇一九年，黄莺上山下山，因情伤五次进藏。

二〇一九年，黄莺第五次从西藏回西安后，老冯取代了杜泾渭,入住终南山庄。

二〇一九年新冠疫情前,黄莺开始张罗"林中空地"读书会。第一期,读的书是卡夫卡的《变形记》。

小说中的现在时,停留在二〇二一年端午节的后一天。

最后是,在终南山上怪道士魔幻的未来时间里,他们生命中可能发生的事。

"林中空地",是一片自由的空白,是光可以照进去的地方。是无序的,又是有序的。

真理是光,真理还是什么呢?

是小说中四个男人的退。杜泾渭退于终南山,云间先生退于垂钓,大树哥退于商洛故乡,老冯退于深空摄影。都是退一步,是否退一步就海阔天空,还是退到穷途末路,我们并不知道,他们自己也不知道。

真理也是四个女人的进。小说中,空谷君办起"林中空地"读书会是进;女园丁银桂走出故乡,从"甲虫"一般的工具人成为有思想的"人",参加"林中空地"读书会是进;孙巧云走出别墅女主人的人生,高唱着《红日》

重新活回真实的自我,出手相助心上人的理想国"小天堂",是进。职场"白骨精"小郭,在水库之夜的噩梦惊醒后及时辞职离开,是否也是一种进?

男人退,女人进。可能有人要问,为什么小说中的设置不是男进女退?这或许跟作者本人一贯的女性主义立场有关,也跟这个世界的客观现实有关。很久以来,男性一直占领着世界的主场,而女性作为新生力量登场不过百年,步履不停地迈进,是必然的。

"林中空地"始终是一束光一般的存在。在进退两难或进退之间,世界是真实的,世界是荒诞的,世界又不那么荒诞了。因为有了"空地",才有了真正的对人生命运的容纳。

钱钟书的《围城》是进城出城,《林中空地》则是上山下山。小说最后,男主人公杜泾渭到底会不会下山,下了山又会不会再上山,也成了一个巨大的问号。只要西西弗斯的那块石头不断上山下山地滚动,不仅仅是思想者杜泾渭,"林中空地"相关的人们,还有我们,是否也是一个不断推石上山,却又徒劳的西西弗斯?

再回眸,"林中空地"读书会至小说终结处,还没有偏离山上那个人最初开出的那张"荒诞书单"。

这个长篇是我写得最快的一次,简直是爆发式喷涌状态。一不小心就写到了深夜,体力严重跟不上脑子的节奏,过了深夜十二点如果还沉浸其中,这一夜几乎就彻夜失眠,虽是如此,我还是很难克制自己。最后几周,小说进入冲刺状态,夜里我都在想小说中的他们,活得真是让人拍案惊奇。我在静夜里想什么是真,什么是实,什么是荒诞,什么是理想,什么是现实。偶尔半夜三四点会打开手机,记录下一个闪念,一个片段。

写完之后,我真的好想合上电脑,明天立刻买张机票休假,飞去远方放飞自我,然现实仍不能让人如愿,因为疫情对人类的折磨反反复复,"说走就走的旅行"几乎成了奢望,这让我这个一年中如没有几次随性的远行就会觉得烦闷的人很不适应。上一次飞去西安,在终南山脚下的念青家居住了一段时间,每天写长篇小说《鹊桥仙》,这样的日子仿佛是很久以前的事了。

感谢念青，我多年的女友，因为她正在做的美好的事，让我有了这一个跟之前的环境和人生经历鲜有交集的小说。我虚构的国度第一次脱缰而出，远离了江南小世界，飞去了西北长安城，飞去了秦岭终南山。我从来不知道，我脑袋里还装着这样的东西，但我的确飞去过四五次西安，似乎对小说中的人物和世相并不陌生。

有些吊诡的是，当我完成《林中空地》的初稿，正是辛丑年末的寒冷冬天，我的西安朋友们忽然又陷入了难以言喻的困顿、封闭和煎熬之中，历时一个多月。个体有多渺小，人类的生存有多不确定，我在江南关注着，遥望着长安，时时长叹不已。其中况味，岂是我一个长篇小说能道尽的。而又有诸多时刻，我感知到，文学，并非是全无意义的。

初稿完成后，我有意识地放慢了节奏，想等一等。静止中，它还会生长出什么？数月的等待后，我调整了一些思路，加入了一些更冷静的东西。

我构建了一个叫"林中空地"的世界，以抵挡这个世界的漫天荒诞和虚无。对于打开这个小说的人们来说，我相信世界的某处也总有一处"林中空地",是光可以照进来的地方,可以助你抵挡这个世界的漫天荒诞和虚无。

然,荒诞是永远存在的。

非常感谢我的编辑引墨,正是这位北京十月文艺出版社的资深编辑,马上看中了我前一晚才刚刚写完初稿的《林中空地》,还未谋面过的我们,在打了很长时间电话后,都惊叹缘分的奇妙。引墨跟我说,她就是西安人。于是我激动坏了,一个写西安的小说,遇到了一个老家是西安人的编辑,这简直是《林中空地》衍生出来的又一桩美好的事情。

这一次创作长篇小说的经历,让我相信,这世界是神奇的,荒诞之中又充满了悲喜,也许我自己也会经历几度"上山,下山",人生虽已半途,我的好奇心依然旺盛,有心奔赴不同的"林中空地",去体验更多的人生历程。

写完这本书,正是农历早春二月,我休了年假,去了趟西安,在终南山脚下住了一些日子,每天都是阳光灿烂的。梅花开了一些,玉兰开了一些,迎春花开了满山墙。更多的花儿们等待着发芽,我确信银桂和小赵们每天在终南山下的别墅园区进进出出，确信银桂有一天穿上好看的风衣走进了空谷君的"林中空地"。此时疫情又不远不近地逼来，一个周日的午后，我参加了一次现实中的"林中空地"读书会，见到了西安"十八女罗汉"，亲眼见到她们排场很大地，在一起包了几百个饺子。我和念青一起又上了一趟终南山。山上仍有积雪未融，光秃秃的，满目的枯褐色。我们在野岭间走，四下无一人，旷野浩大，偶尔公路上有摩托车骑行者闪过，也不知目的地是哪里。远处的山上有一间寺庙，名净业寺。我们下山，终于看到路边有几株白色李树，一树树开得极为繁盛，却开了个寂寞。鲁迅先生说，希望本无所谓有，无所谓无，我，一一看到了我书中的主人公们。

大雨夜，"林中空地"湿了。我骚动的心，也终于可以安放了。

萧耳于杭州雨夜

二〇二二年三月二十一日　山水人家白沙岛

**图书在版编目 (CIP) 数据**

林中空地 / 萧耳著. — 北京：北京十月文艺出版社，2023.7
ISBN 978-7-5302-2312-3

Ⅰ. ①林… Ⅱ. ①萧… Ⅲ. ①长篇小说—中国—当代 Ⅳ. ① I247.5

中国国家版本馆 CIP 数据核字 (2023) 第 091441 号

林中空地
LINZHONG KONGDI
萧耳　著

| | | |
|---|---|---|
| 出　　版 | 北京出版集团<br>北京十月文艺出版社 | |
| 地　　址 | 北京北三环中路 6 号 | |
| 邮　　编 | 100120 | |
| 网　　址 | www.bph.com.cn | |
| 发　　行 | 新经典发行有限公司<br>电话 010-68423599 | |
| 经　　销 | 新华书店 | |
| 印　　刷 | 北京盛通印刷股份有限公司 | |
| 版　　次 | 2023 年 7 月第 1 版 | |
| 印　　次 | 2023 年 7 月第 1 次印刷 | |
| 开　　本 | 880 毫米 × 1230 毫米　1/32 | |
| 印　　张 | 12.625 | |
| 字　　数 | 172 千字 | |
| 书　　号 | ISBN 978-7-5302-2312-3 | |
| 定　　价 | 49.80 元 | |

如有印装质量问题，由本社负责调换
质量监督电话　010-58572393

版权所有，未经书面许可，不得转载、复制、翻印，违者必究。